浪花朵朵

Seawalkers

海行者

小心！虎鲨变形人

[德]卡蒂亚·布兰迪斯　著
[德]克劳迪亚·卡尔斯　绘
[德]王沛迪　译

海峡出版发行集团
海峡文艺出版社

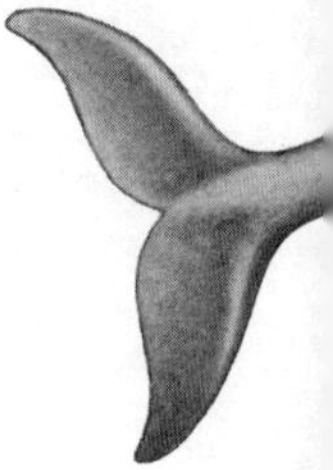

故事主要人物

蒂亚戈	虎鲨变形人
约翰尼	石斑鱼变形人
米萨奇	海鳗变形人
杰克·克利尔沃特	白头海雕变形人
阿丽莎·怀特	虎鲸变形人
艾拉	蟒蛇变形人
贾斯帕	犰狳变形人
芬妮	蝠鲼变形人
莎丽	宽吻海豚变形人
布璐	海豚变形人
诺亚	黑海豚变形人
法林·加西亚	海豚变形人
拉尔夫	礁鲨变形人
诺克斯	鹦鹉鱼变形人
克里斯	海狮变形人
雷奥诺娜	电鳗变形人
露西	章鱼变形人

托克	短吻鳄变形人
贝瑞	梭鱼变形人
奥利维娅	刺尾鱼变形人
佩拉吉乌斯	海龟变形人
朱娜	蝶鱼变形人
达芙妮	红嘴鸥变形人
莉迪亚·雷诺克斯	蟒蛇变形人
卡拉格	美洲狮变形人
诺艾米	佛罗里达黑豹变形人

目录

我一直都知道自己跟别人不太一样，只是花了点儿时间才发现有多么不一样。实际上我觉得作为一个变形人挺棒的。只是不能选择自己的异形让人觉得有点儿遗憾……而我又是一种几乎所有人见到都会尖叫着逃走的动物。我到底该怎么办呢？也有可能去了那所奇怪的蓝礁中学，情况会有所改变。

但是也许我该从前面讲起……

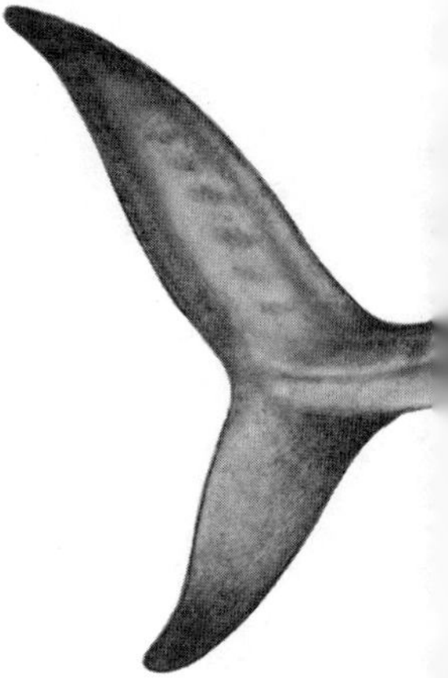

小心，鲨鱼

“小心，鲨鱼！”当你正在海里开开心心地玩耍时，你可不想突然听到这句话，更不愿意此事与自己有关。

刚听到时，我在水里原处愣了一下，回过神后，为了能和朋友说话，我将潜水呼吸管吐了出来：“你听到了吗？这里有鲨鱼！我们最好赶快上岸！”

“蒂亚戈……你……怎么……”兰多[①]边喘息边往后退。透过潜水镜，我看到他的双眼显得非常奇怪，眼珠像是随时会蹦出来一样。

“现在怎么办？”我催促道。

但是兰多像是听不见我的话。他以最快的速度向海滩游去，准确地说就是那金黄色的迈阿密海滩。我满怀钦佩地看着兰多从一个慵懒的胖子秒变成了奥林匹克游泳冠军。我最好也加快速度。

我用力拍打着脚蹼，加快速度浮潜着跟在他后面。完蛋了，海滩上的人都朝我们这个方向看过来！鲨鱼是不是就在我附近？

① “兰多”是蒂亚戈给朋友起的外号，还有下文的“蓝眼”“跳跳虎”和“丘巴卡”，都是美国系列科幻电影《星球大战》中的人物名称。——译者注（全书同）

我透过潜水镜紧张地在水里四下观望，只看见清澈的海水、浅色的沙子，还有一个被压扁的旧塑料瓶在海底摇来晃去。

其实我并不想从海里出来。虽然据说我对海水过敏，但在水中的感觉实在是太好了。不过，我的皮肤不知怎么的已经被染成灰色，像大象的肤色一样，这绝对不正常。我一边继续向前游一边紧张地盯着自己的胳膊。

然后我发现我的后背有些痒。我一边把头半埋在水里向岸边游，一边背过手去挠后背最痒的地方。我差点儿被吓死，背上多出来一个硬邦邦的东西。那……不会是一只背鳍吧？

我的天啊！不会是损友兰多粘上去的吧？但是按理说我应该能察觉到啊！我本能地翻了个身，把我背上那个不知道是什么的东西转向下面，然后继续仰泳。

终于游到浅水处了，我坐在那里，任凭海浪冲到我身上。我是唯一一个还在海里的人。尽管鲨鱼似乎已经消失了，人们还是情绪激动地挤在沙滩上。

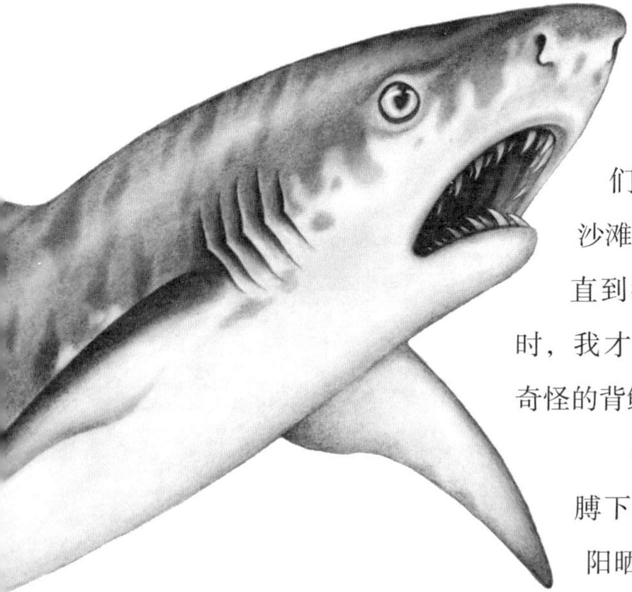

直到我的后背又恢复常态时，我才敢从水里出去。那个奇怪的背鳍已经消失不见了。

我一边把脚蹼夹在胳膊下面，费力地走过被太阳晒烫的沙滩，一边不安地四处张望，但是我怎么也找不到兰多。倒是看到一对身穿鲜艳泳衣、戴着草帽的老夫妻，满怀疑虑地打量着我。也许他们是住在那些密布在海滩上的酒店里的游客吧。有几个小伙子正在讨论刚刚海里出现的是什么鲨鱼。这时，一个举着快要化掉的冰激凌的小女孩指着我喊道："是他！他就是鲨鱼！"

"别乱说，贝琳达。"她的妈妈训了她一句。

那小家伙突然像个报警器一样尖声哭喊起来。不过幸好与我无关，而是因为她的冰激凌断了，有一半掉到沙子里了。

我赶紧从那些人身旁走过，拿起散放在地上的衣服，然后穿着湿答答的泳裤走向停车场。我只想快点离开！

但到了停车场后，我又一次傻眼了。兰多"借"他哥哥的那辆漂亮的红色丰田车已经不见了。我气急败坏地将脚蹼扔到地上，去裤兜里摸我的手机。他居然把我丢下了！我现在有些想哭，这算什么朋友啊？好吧，他其实也算不上是我的朋友，我就是偶尔跟他玩一玩而已。我有时候甚至都不知道自己喜不喜欢他，尤其是当他吹牛说他将会多么有钱——跟他的哥哥一样有钱时。他哥哥为了钱什么都卖，甚至是那些被禁止的、藏在裤兜里的东西[①]。

实际上兰多也不是他的真名，但作为一个能对《星球大战》台词倒背如流的狂热粉，一个普通的名字当然不能满足他。他曾经也给我起过外号，叫过我"蓝眼""跳跳虎"还有"丘巴卡"，幸好每个外号都不是叫得很久。我的眼睛虽然蓝得异乎寻常，但

---

① 这里指毒品之类的违禁品。

是“蓝眼”听起来很蠢，所以很快就不让他这么叫我了。他叫我“跳跳虎”的时候，我根本就不觉得他是在叫我，我完全都没有反应。我的头发又明显不够长，所以兰多很快就放弃叫我“丘巴卡”了。

我用手机也联系不上兰多。该死！现在只有一个人能救我，否则我就要被独自困在这离家足足有十多公里的迈阿密海滩上了。

在拨约翰尼叔叔的电话时，我感觉自己很傻，因为他从来不允许我下海。我是逃了下午的课，跟兰多偷偷开车过来的。我不想成为唯一一个在佛罗里达生活却从未下过海的男孩。而现在我却求他来接我，苍天啊！他会拿我怎么办呢？两个星期不让我出门，在家关禁闭？不过他扣不了我的零花钱，反正我也没有零花钱。我们手头紧巴巴的 。

半个小时后，一辆嘎嘎作响的蓝色雪佛兰车拐进了停车场，在我面前停了下来。我尴尬地拉开车门，磨磨蹭蹭地坐到破破烂烂的副驾驶座上，然后等候发落。约翰尼叔叔不是个轻易动怒的人，但是他一旦发作了，就会像飓风、火山或者海啸一样可怕。

约翰尼叔叔穿着宽松的方格衬衫，戴着那顶已经褪色的蓝色迪士尼帽子。不是说他有多喜欢迪士尼乐园，而是因为有个客人把帽子落在了他工作的汽车旅馆，这顶帽子比他之前的旧棒球帽子好多了。和往常一样，他身上有一股他最爱吃的肉桂口香糖的味道。直到我系好安全带，他将斗牛犬似的脸转过来之后，我才敢慢慢放松下来。他居然看起来一点儿也不生气……但脸色看起来就像有 20 辆满载的卡车压在他的灵魂上一样凝重。

“你去海里了？”他问我，“一切还……好？”

“嗯，还好。”我闪烁其词。

“‘还好’代表一点儿也不好，对吗？”他低声问道。

“呃，我好像看起来有些奇怪，所以兰多吓跑了。”

“我们需要好好地谈一谈，蒂亚戈。”我叔叔说道。

我的脸不禁扭曲起来，也许就像我的嘴角抽筋了一样。当你的法定监护人说这样的话时，一般不是要跟你讨论你生日时想要什么礼物或想去哪里吃比萨。但这次却正合我意，刚刚的事一直盘旋在我脑袋里，我也正想和他谈谈。看来约翰尼叔叔知道些什么，但一直瞒着我！

我们一路沉默不语。到家之后，沿着木制楼梯爬上咖啡色的公寓房的二层，这里是我们租的一个小公寓。几分钟后，我们坐到了平常吃饭的餐桌旁边。我一边盯着塑料桌布上的花纹，好像完全被它们吸引了似的，一边冒着汗，心里暗暗希望这一切都快点过去。

“首先，我想说，非常抱歉，”约翰尼叔叔说道，“我感到非常对不起你。”

这谈话可跟我预期的一点儿都不一样，但是也还好。

我的叔叔继续说道：“我不是一个爱撒谎的人。但是在你这里，我别无选择。”

“什么？”我问道，“必须要骗我？为什么？”

约翰尼叔叔深深叹了一口气，他的大肚子像波浪一样起伏不定。“我不是你的叔叔。”他解释道。

这对我来说真的不是什么新鲜事。“对，我知道，你实际上是我的姑姑。”我说道。每次我带人第一次来家里做客，都会觉得有些烦，因为他们都会充满疑惑地盯着我和我姑姑杰妮的照片。如果没有长发和隆起的胸部，她跟约翰尼叔叔长得一模一样。然而如果有人更想以男人的身份生活的话，有什么问题呢？

“我不是这个意思，”约翰尼叔叔没容我进一步琢磨，继续说道，“我们也不是亲戚。”

我一时语塞：“什么？”

“我是你爸妈的朋友……好吧，算一个熟人。他们差不多14年前把你……呃……交给了我，然后就继续旅行去了。”

“然后出了车祸。”我补充道，同时考虑他到底想说什么。

“不，他们并没有出车祸。”我叔叔解释道，他紧张地把口香糖包装纸捏成一团，然后松了松肩膀，“这只是众多谎言中的一个。幸亏不是真的。他们还活着，现在可能在国外，他们平常都在世界各地旅行。”

他成功了。这一次我无话可说了。也许我该因为我父母还活着而感到开心，但是我并没有怎么开心。

“你必须要明白，鲨鱼和它们的下一代没有什么特别的联系。”这个实际上并不是我叔叔的叔叔继续说道。

“鲨鱼？”现在事情的走向越来越奇怪了。这一切会不会只是一场梦？在经受了海里的遭遇后我昏迷了，等我醒来后还有点印象，觉得这场梦很搞笑。

“你妈妈的异形是蓝鲨，你爸爸的是虎鲨。”

我忍不住笑起来，因为这听起来太离谱了。但当我想到刚刚在迈阿密海滩发生的事情后，我的笑声就变成了打嗝。我每次一紧张就忍不住打嗝。我努力让自己镇定下来。也许关于鲨鱼的事只是一个玩笑，对，肯定是这样。于是我咧嘴笑道："那就是说我也是一条鲨鱼喽？"

"对，没错。"约翰尼说道。他并没有笑，但看起来放轻松了，好像是因为我这么快就搞懂了而感到欣慰，让人不禁怀疑他刚刚说的不是开玩笑，这反倒让我有些担心。"确切地说，你是一条虎鲨，"我还没搭腔，他又急忙继续说道，"所以我才跟你说你对盐水过敏，你懂吗？我知道我不许你跟同学去浮潜让你很生气，也知道我从不带你去海边让你很失望。"

"哦，是的。"我苦涩地说道。无数次，班里的同学或者约翰尼的朋友跟我说，他们下午或晚上要去迈阿密海边，有时候周末去那些美丽的小岛放风筝、冲浪。每次我听说的时候就快要瘫软成一团（因为嫉妒，当然也因为这里的夏天温度实在让人忍受不了）。有一次，一个好像有点儿喜欢我的女生邀请我和她的家人一起去冲浪，而我却不得不拒绝，那个女孩就生气了。她后来邀请了一个让人讨厌的高年级的家伙去了。

"我以前不能冒险带你去海里，"约翰尼继续说道，"一个拥有你这样大的力量却未经训练的变形人是很危险的！我不是鲨鱼，而只是一条石斑鱼。我知道你肯定不会伤害我，可是……"

"这一切只是一个很没劲的玩笑，对吧？"我怀着最后一丝希望问道。实际上约翰尼很少跟我开玩笑，因为他知道他骗不过我（我每次都能从他左边的嘴角看出来，他只要一撒谎，那里就会轻微抽动）。而这一次他的嘴角根本没有动。难道他说的是事实？

不，不，这绝对不可能，这一切听起来就像是电影里的情节。我们很少去电影院，只是偶尔去，一般是当约翰尼在旅馆里得到了比平时更多的小费，比如他帮别人换了轮胎，或是半夜十一点半找出一瓶波旁威士忌。但是我没听说过有关于人能变成海洋动物的电影。如果他刚刚说的是真的，那我该怎么办呢？

我感觉眼前一阵天旋地转，我的嘴在动，但却什么都说不出来。我努力让自己站起来，拖着双脚一步一步地往前移。回到房间后，我把门“砰”地一下关上了，然后扑到床上开始深呼吸，吸气，呼气，一次又一次。

小心，鲨鱼——这是一个因我而发出的警告？如果这一切是一场梦的话，我必须尽快醒过来。

脸 上 挂 彩

几乎一夜未眠。第二天早上，我从房间里摇晃着走出来，有些怀疑地四处张望。我心里有些期待，会不会看见椅子贴在天花板上，或者一只粉色大兔子在屋里蹦来蹦去。如果这样的话那就很容易解释了，说明我只是有一点精神失常。

但是一切都跟平常一样，墙上挂着“30 秒上火星”乐队的海报，还有一些我画的动物（其中有一条鲨鱼）、打斗的武士和我喜欢的明星——我画他们是想试试自己是不是也能画肖像（我画得还可以）。我的房间又长又窄，放不下衣柜，所以衣服只能堆在墙边。裤子堆上躺着我在学校里制作的手工机器人（可惜它现在坏了）。床头柜上摆着一台破手机，还有一本被翻烂了的关于南极的科普书，我最喜欢读这本书了，尤其在室外温度超过35℃的时候。书的旁边是我的吉祥物——一只有白色和橘色花纹的扇贝。

唯一与往常不同的是，约翰尼叔叔（我现在是不是该只叫他约翰尼了？）还没有去那个叫“橙花”的汽车旅馆前台打工。他坐在摆满早餐的餐桌旁，担心地看着我：“没事吧，蒂亚戈？”

“哈哈，没事，有意思。”我说道。我坐下铲了两个煎饼、一个煎鸡蛋，还有一片黄油吐司到盘子里，像往常一样将它们依次摞起来。然后我低头仔细观察高高堆起的早餐，就像我头一回看到似的。“我曾经在书里读到过，虎鲨不挑食，抓到什么就吃什么。”

约翰尼叔叔忍不住笑起来。“的确是这样，”他嘟囔道，“挺好的，不然你肯定早就抱怨我的厨艺了。”

昨天晚上我没有吃饭，现在饿极了。我开始狼吞虎咽地吃起来。“那么你真的是……一条石斑鱼？”每吃两口，我就情不自禁地盯着我的叔叔，“你真的能想变形就变形吗？”

“是的。”他满脸自责的样子，“有时候我跟你说我要去汽车旅馆值班，实际上是偷偷开车去海边，为了到海里的猎区转一圈。对了，也是因为我的异形，我才不再是你的姑姑了。石斑鱼在青春期都是母的。当它们长大后，就都变成公的了。我们在人形时也是如此。”

“厉害”是我眼下唯一能想到的词。他是一条石斑鱼……而我是一条鲨鱼！一条虎鲨，海洋里最危险的动物之一！我渐渐开始觉得这好酷。学校图书馆里关于危险的海洋动物的科普书，我差不多都能背下来了。

“听着，”约翰尼在桌子上方探过身来，目光坚定地盯着我的眼睛，“无论如何，你绝对不能乱尝试。我听说有一所隐秘的寄宿学校，是两年前创立的……一所海行者，就是跟我们一样的变形人的学校。在那里你可以学习掌握你的第二形态。”

海行者！多么奇怪的一个词啊——在海上是不能走路的！我眼前突然出现了一个画面：我作为一个潜水员戴着铁头盔在海底

走路。可是这个词也有吸引人的地方。不是也有人叫天行者嘛，但是在天上也是不能行走的。

我琢磨着约翰尼的话，渐渐失去了胃口。一所专门为海行者建立的寄宿学校——我向来觉得在寄宿学校上学一点儿都不酷，被送到那里，然后整天跟老师和同学在一起，最多每个周末回一趟家——我不喜欢这样。“等一下，那如果我不想去呢？”

约翰尼眯起了眼睛：“你最好还是祈祷他们会收你。我今天下班后去学校接你，然后我们开车过去。你先收拾一下东西，以防万一你想要留在那里。”

“我觉得这不可能。”我有些怀疑地表示，也感觉有点受到了侮辱。他这么着急想把我给甩了！“我先去看一眼，好吗？”

我又想到了另一件让我夜不能寐的事情：“告诉我，你到底有没有偶尔跟我父母通电话？或者和他们通过信？”

“很少。”他承认道，“你想要他们的邮件地址，对吗？”

我默默地点了点头，他痛痛快快地把地址写到了一张纸条上。我把纸条收好，然后拿出了旅行包，把衣服、洗漱用品、画本还有我的吉祥物塞了进去。那只有漂亮花纹的扇贝是我小学时最好的朋友在搬走时送给我的，之后我就再也没见过他。我有时候会想念他，还尝试在谷歌或脸书上找他，但是一无所获。我不知道，他现在变成什么样儿了。也许他不知道我现在变成什么样子更好——或者说我这个无知的白痴其实一直都是这副样子……一个不完全是人的生物，一个你最好要提防的生物。我手里捧着贝壳，有那么一瞬间，我感觉好像有人把我放在一艘小船上，孤零零地漂在大海中央。我深吸一口气，把贝壳塞到旅行包里，装作若无其事的样子。这样让我放松了一些。

打完包，上学时间已经有些晚了。我把书包甩到后背上就开始狂奔。还好我不需要等校车，学校离我家只有几百米。

“记住：今天下午我在停车场等你！”约翰尼在我身后喊道。

看来他真的坚决要把我送到那所古怪的学校去。但如果我不喜欢的话，他就休想！

可是我也不怎么喜欢我现在的学校。我们现在住的地方叫自由城，我上的那所学校很差，它是一所免费的中学，位于一个游客最好不要停留的区。尤其到了晚上，连我和约翰尼叔叔都不大愿意出去。

在去学校的路上我一直在想虎鲨，我的老天，一条虎鲨！现在仍感觉很不真实。直到我来到漆成灰色、被两米高的铁丝网栅栏包围的学校，走近我的储物柜时，我才恢复了往常的真实感，就像今天是个普普通通的日子一样。

在储物柜那儿，我遇到了兰多。他看到我时，退缩了一步，我赶紧瞟了一眼我的手，确认我是不是又出现了灰色的皮肤或者什么的。还好一切正常！

“嗨，兰多。”我有些不好意思地打了招呼。

“嗨。”他慌张地回道。在听了约翰尼叔叔的话后，我可以理解兰多了——看来我在海里时部分变形了。但是我还是有点儿生气。

“你把我一个人扔下，太不够意思了吧？”我说道。

“哦，那个，对……对不起。”他快速地把需要的书都装到书包里，将储物柜的门“嘭”的一声关上了，然后就想逃走。

可是对他来说不幸的是，我们现在都要去上化学课。我们就默默地并肩走着，然后坐进了即将遭受老师折磨的教室。

“二氧化碳的分子式，”老师环顾四周，“嘿，动起来，各位同学，这个真的不难啊！”

整个教室毫无回应。我四下张望了一下。那些女孩好像正准备去参加派对，有的在涂指甲油，有的在无聊地玩手机或者聊天。最后一排有一个男生把头趴在桌子上睡着了。兰多正全神贯注地画着千年隼号[①]——只是它看起来更像是一个坑坑洼洼的垃圾桶盖子。

我突然有些生气。我到底在这里干什么？除了浪费时间没有别的！我不服气地把手举起来。老师看起来很惊讶，但是也很高兴。“来，蒂亚戈，你来回答。”

“CO_2。”我说道。

坐在我后面的两个男孩——罗根和火箭[②]，他们的耳朵一下子竖了起来，用威胁的目光瞪着我。他们喜欢惩罚每一个比他们知道得更多，而且还敢表现出来的人。他们平时都不会惹我，因为很久以前我跟罗根打架时打赢了他，而且我平常都假装不听课。

可我现在突然没兴趣继续装了。我一次又一次地举手，说出正确的答案，我感觉自己解脱了。全班同学目瞪口呆。梅尔不小心把指甲油涂到了手指上，耐莉的手机掉到了酸奶里，然后火箭

---

① 一艘《星球大战》里有名的飞船。

② 此处的“火箭”是男孩的绰号。

的上嘴唇开始不停地抽动，有点儿像一只兔子。有可能我不是这班里唯一一个变形人？

“你会为此付出代价的。学霸！”火箭带着恶狠狠的眼神说道，而罗根则用一种混合着愤怒和期待的表情看着我，他最喜欢把别人打趴下，火箭比较聪明，会给他出主意，教他该怎么做。

我的好朋友兰多在旁边担心地看着我，但是我并不在意。

在第二次课间休息时，麻烦就来了。罗根和火箭马上就缠住了我。一些人也好奇地凑了过来，生怕错过好戏。

“刚才那是什么情况，万事通？”罗根问我。他比我高半个头，身材就像一个动作片里的人物。他张开手掌使劲地在我胸前推了一下，不过我并没有摇晃或摔倒，这让他有些疑惑。

“宁做万事通也不做智障。”我回道，同时尽量保持微笑面对着他。

火箭挥着拳头直捣我的肚子。我往旁边一闪，他的拳头就重重砸在了我身后的水泥墙上。他吱吱尖叫着抽手往回跳。罗根立刻就接替了他的位置，抓住了我的 T 恤。我转了一圈，挣脱了他，然后狠狠地在他的二头肌上打了一拳，他大叫一声。这是约翰尼叔叔上次看到我又一次哭哭啼啼地回家之后教我的一招。

可惜我学的招数抵挡不了很长时间，火箭最后还是把我推到水泥墙上。该死，我被困住了！火箭龇着牙的脸离我很近，就好像是为了让我欣赏他那泥土一样的褐色眼睛，还有尖尖的鼻子。罗根带着一个难看的笑脸冲我走过来，挥动着拳头。

虎鲨是很强的，我想着。如果我不能从他们手中挣脱，那我就不配当一条虎鲨！我用尽全力将火箭向后推去，然后惊讶地发现，他带着风声，像一支真正的火箭一样向后飞了出去……他后背着地滑过沥青地面，吓得大家纷纷躲开。

我抓住他的好兄弟罗根的手腕，转了起来。罗根被我带着，一边磕磕绊绊地绕圈子，一边咒骂。我一松开手，他就飞到了火箭身旁。

围观的人群里爆发出响亮的掌声和兴奋的议论。

可惜这场面我只享受了一瞬间。这时罗根的第二个帮手——他在另外一个班的朋友（他到目前为止一直没有参与），从一边突然冒出来，跟闪电一样快地打中了我。我发现自己倒在了地上，血从我的脸颊上流下来，整个脸颊火辣辣地烧了起来。

“三个打一个，这不公平！”兰多向那些家伙吼道。这时，要不是学校那个穿着黑色制服的胖保安气喘吁吁地跑了过来的话，他差一点也要挨上一拳了。

约翰尼叔叔下午过来接我时，被吓呆了。“你把你的脸怎么了？你应该给新学校一个好印象的！”

“嗯，确切地说不是我把我的脸弄成这样的。”我尝试着跟他解释。

约翰尼叔叔唉声叹气道：“如果校长以为你爱打架不接收你怎么办？整个北美洲只有三所给变形人上的学校，虽然加利福尼亚新开了一所，但是只有佛罗里达的这所适合水生动物！你离它这么近是你的幸运！”

我不服气地耸了耸肩，什么也没说。约翰尼气呼呼地发动了汽车。如果那个校长是一个混蛋的话，那我就不去那所奇怪的学校好了。他会不会也是一只动物……跟其他的学生一样？应该是这样的，这不是一所给变形人上的学校吗？

随着我们渐渐靠近佛罗里达，我内心的疑惑越来越强烈。约翰尼叔叔到底是怎么让我相信我是一条鲨鱼的？我至今都没有任何证据。这一切都很离谱，我当时怎么就相信他了呢？

傍晚时我们来到一个聚集着小房子的地方，这里有一家汉堡店、一家酒店，还有一座带有小船出租处的小木栈桥。再行驶几百米后我们发现了一块不显眼的牌子，上面写着“蓝礁中学”，我们差一点就没注意到。那里有一条连接着高速公路的小路，不是用沥青而是用白色壳灰岩铺成的。这时，不管我心里愿不愿意，心跳都在加速。

我们到了。

都 疯 了

茂密的树丛沿着道路两边向外延伸着，我们终于到了一个停车场。我深深地吸了一口气，这里空气的味道跟迈阿密不一样，湿湿的、重重的，充满了花香和海水的咸味。

我好奇地环顾四周，看到主体建筑是一幢白色的两层楼，楼身上爬满了开着紫色花的蔓生植物。远处是一片翡翠般碧绿的海，长满棕榈树的沙滩上有一座用棕榈叶作顶的白色小草棚，在海湾的另一边有一座相似的草棚。

这地方中间有人行道，灌满水的水渠，几个分散的小池塘。还有三座喷泉，正向空中喷射着水柱，四溅的水珠在阳光下闪耀着晶莹的光芒。

“我觉得我们走错了。”我对约翰尼叔叔说道，“这肯定是一家酒店，我要是留在这里的话，他们很有可能每晚会收 100 美金。”

“嘿嘿，不对。”突然有一个声音从夹竹桃丛中传来，接着一个弯着腰的老太太走了出来，她顶着一头灰色的鬈发，身着花哨的罩衣，脚上穿着笨重的鞋子。她正拿着一把剪刀在胡乱修剪着夹竹桃的枝叶。“这不是一家酒店，这里住着好多疯子。”

她狂笑了一声，“如果人喝太多海水的话，就会变成这样，对对……那样脑子就会溶化掉……”

我和约翰尼叔叔对视了一下。

“这种情况在您身上发生了，对吧？”我刚想问，却惊讶地发现约翰尼叔叔转身离开了。

“喂，你要去哪儿？”我在他后面喊道。

“我们往回开！”叔叔气呼呼地说道，“看来他们这里保密工作做得很不严谨，这样太冒险了，我无论如何不会……”

“哎，别这样。”我打断了他，然后拉住他的胳膊，“我们先跟校长谈谈吧。肯定没有那么糟糕啦。”现在我很想知道，这所特殊的学校到底是什么情况，“如果这位女士认为这里的人都是疯子的话，那也就代表她不知道这里真正发生了什么。所以一切正常。”

“呃，我不确定。”约翰尼叔叔看起来没有那么坚决了。

“到底要保密什么啊？”我好奇地问，“海洋变形人的存在吗？”

“就是这个。”约翰尼气呼呼地说，“我们都非常注意，不能让一个人类看见我们变形。”他深深地叹了一口气，继续说道，“好吧，我们看一眼再说。毕竟这对你来说很重要，你需要尽快上变形课。”

我们并肩走到了大楼前。

穿过大楼的玻璃门，我们来到了一个明亮宽敞的入口接待区。大厅里有一整面墙是一个水族箱，咖啡吧里的小桌子和椅子好像在邀请人去那儿舒舒服服地坐一坐。我在水族箱的玻璃墙前站了一会儿，观察着一条粉蓝色的鹦鹉鱼匆匆忙忙地游来游去，一只黄色的海马梦游般地在珊瑚间漂移，还有一只海葵把自己的触手伸得老长。后来他们三个也都发现了我。那条鹦鹉鱼停了下来，透过玻璃瞪着我，那只海马也把嘴转过来朝着我，而那只海葵则朝我疯狂地摇晃触手。平常我去水族馆从来没有发生过这样的事。难道关于变形人的说法都是真的？

“你好，陌生人。”当那条鹦鹉鱼在玻璃前面一上一下游动时，一个声音在我脑子里说道，“好难看的T恤，是从跳蚤市场上淘来的吗？”

“哎，别烦他，诺克斯！为什么你每次都要使坏？”那只海马把脖子弯得像一匹小小的黄色纯种马。

“秘书处在二层左边第一间。”那只海葵给我指点道。

“你是不是……也听到了……”我结结巴巴地问我叔叔。

“对，我听到了，别紧张，这很正常。”这一次是他拉着我继续往前走。

“正常？！他们在我脑子里说话了！”

“林行者和海行者都可以这样相互交谈，只是两个当中有一个必须是在异形状态。”我叔叔解释道。我们走上台阶，寻找着给我报名的房间。

所以这的确是真的。真的有变形人——而我也是其中之一。我的天呐！

最终我们来到写着“秘书处——米萨奇小姐”的门牌前，敲了敲门，然后进了办公室，在里面我们又看到了一个长长的嵌入墙内的水族玻璃缸。那里也有一条鹦鹉鱼，好像就是刚刚那条，他是怎么游过来的呢？“祝你好运，小子！”他慵懒地摆动了一下鱼鳍，对我说道。我瞪着他，难道他没有注意到，我比他大 20 倍？

秘书处房间的另一面有一张桌子，桌上放着一台笔记本电脑，桌子旁边有一个文件柜及一个报到台。这块领地的统治者看样子就是那位穿着波点花纹裙子的女士，她那深色的头发编得很有艺术感，有些绷紧的脸化着浓妆，我还没怎么见过用橘色口红的人。

“哦，你们就是新来的吧？蒙克小姐已经和我打过招呼了。”她说道。

“那个老园丁吗？”

“不，那只海葵。什么园丁？”

“我们在停车场遇到了她。她表现得有些……神志不清。”我叔叔描述道。

“啊！”米萨奇小姐两眼放光，嘶嘶地发声道。我慢慢明白，为什么那条鹦鹉鱼祝我好运了。

“恐怕那是芬妮，我们戏剧组里的一个学生。我会教训她的，我向你们保证！”她看起来似乎想要立刻去捉拿那个作案人，然后把她的假发从头上扯下来。

“哦，没那么严重啦。”我赶紧安抚她道。

她从写字台后面直起身来，显然她一直光着脚坐在那里，她面容扭曲，想朝我们走过来，可穿鞋子的时候突然尖叫了一声，接着就消失在写字台后面。

我们被吓了一跳，伸长脖子想看看是什么情况。

米萨奇小姐又冒了出来。她扭曲着脸，把左脚鞋子里的东西倒掉——是一条浅咖啡色的小鱼和一些水。“这些该死的海豚！一条鲇鱼！我的鞋子差不多毁了，你看到了吗？你看到了吗？”

“会干的。”我尝试着安慰她。

“肯定会的。”我的叔叔补充道。

“希望如此！”秘书小姐怀疑地打量着我受伤的脸，“说吧，你们想要我做什么？”

“呃，这是我的……呃……侄子蒂亚戈·安德森。”约翰尼说道，他的思路好像有点被刚才的问候给打乱了似的，“他想要参观下学校，看看喜不喜欢。对了，我们在哪里能找到校长？或许我们能跟他……”

“在沙滩上。”秘书咆哮道。片刻之后我们就傻傻地站在秘书处的门外了，手里拿着一张报名表。

在沙滩上？我和叔叔交换了一下眼神，怪事一件接一件，看来校长也有一点古怪。我们不知道怎么去沙滩，幸好这时走过来一个女孩，她高高瘦瘦的，头发染成天蓝色，还戴着墨镜。“哈，你们刚刚见过米萨奇小姐了，对吗？”她问道，“她是一条海鳗，平常心情总是不好，不要理她就是了。”

“原来如此。”我说道。我隐约记得海鳗是长得像蛇一样的鱼，长着尖尖的牙，它们常常埋伏在岩缝或洞穴里，等待着毫无察觉的海洋生物。这就跟秘书小姐的表现对得上了！

“你能告诉我们从这里怎么去沙滩吗？”约翰尼叔叔问那个女孩。

她刚张嘴要回答，我发现她的眼角处有一小块灰色的化妆痕迹……我脑子里灵光一闪："嗨，等一下！停车场的那个人是你吗？那个老疯子？"

蓝发女孩笑了。"哈哈，太好玩了！你们真该看看自己当时的表情。实在是太妙了！对了，我叫芬妮，我的异形是一条蝠鲼。"

我们相视一笑，我感到轻松不少，看来这所学校里也有友好的学生。

"你已经知道自己是什么异形了吗？"芬妮问道。

"我……"我刚要说话，秘书处的门突然被推开了，然后狂怒的米萨奇小姐冲了出来。"芬妮！这真的太过分了，你把每一个客人都……"

"我们能不能过一会儿再讨论这个？我现在没有时间，我要给客人带路。"芬妮很友好地说道。

这番话让米萨奇小姐一时无语，我们三个赶紧利用这个机会逃走了。芬妮让我们跟着她从台阶上走下去，来到建筑的主体。"从这儿可以去教室和餐厅。"她解释道，一边把鞋子脱掉，放到一个柜子里。我们跟着她做，因为前边有一条坡道，下面是湿的。看来学校的大部分地方都淹在齐膝深的水里！

芬妮在前面蹚着水，领我们穿过了主楼的第二个出口，来到了沙滩。"祝你们愉快，也许我们明天能在一年级教室碰面？"她抬起手来告别，晃晃悠悠地走了。

我兴奋地看到礁湖里有三只海豚在戏水。我看到了它们的背鳍，当它们在水面上呼吸时，能听到"扑哧"的声音。这三只海豚看起来分属不同的品种，一只体形小而肤色深，另一只有着长长的条纹，第三只体形很大，全身都是浅灰色的。啊，那只灰色的是宽吻海豚，我在书里和电视里看到过。

它们正在纵情地追赶嬉戏，看起来玩得非常开心。浅灰色的海豚跃在空中时，好奇地朝我们看了一眼，然后落回水中，溅起了无数水花。

“如果你再不把你的嘴合起来的话，舌头就要被晒伤了。”我的叔叔瓮声瓮气地说道，“你从来没见过海豚吗？在佛罗里达到处都是。”

“海里才有啊，而你从来不让我去那儿。”我回击道。

我们已经看到校长了——一个高个子的金发年轻男子。他只穿着一条短裤，盘着腿坐在沙子里，正在一台貌似防水的笔记本电脑上打字。他一看到我们就站了起来，很友好地看着我们。可当我们向他做自我介绍时，他却并没有把手伸出来，而只是对我们点了点头。有可能握手礼在变形人之间并不常见。“欢迎！”他说道，“很高兴你们过了米萨奇小姐那一关。我是杰克·克利尔沃特。”他停顿了一下，好像是在倾听自己内心的声音，“你们两个都是海行者，对吗？”

我还根本不知道怎么判断这样的事，有可能他是靠直觉感知的？“呃，应该是吧，我叔叔告诉我，我的异形是一条虎鲨。”

如果他不想收留这么危险的动物在他的学校里怎么办？我有些紧张地等待着他的回应，可他连眉毛都没动一下。

“那应该就是。”他很平淡地说道，“你有没有变过形？”

“只有一次，变形了一半。”我坦白道。同时感到放松不少，因为他看起来并不打算问关于我的脸以及与此相关的打架的事。

不过那件事本身也跟变形无关，只能怪我学校里的那些白痴。

“没问题，你在这里会练习这方面的技能的。”年轻的校长说道。然后开始问我多大了，过得怎么样，有什么兴趣爱好，以及我迄今为止在学校里都做了些什么。看来他很满意我的回答，最后他说道：“三号宿舍里还有空床位。如果你愿意的话，你现在就可以把东西放过去，我把钥匙给你。”

我的叔叔在一旁用询问的眼光看着我，我能感受到他有些紧张。“那……怎么样？蒂亚戈，你想留下吗？”

虽然这一切很疯狂，但这所学校比我现在读的那所要好 1000 倍！我挺了挺肩膀，看着杰克·克利尔沃特的眼睛，说道：“是的，我愿意。”

“你还不用马上和这所学校结婚。”[1] 杰克·克利尔沃特打趣道，我感觉到我的脸变红了。

我在脑子里听到了那三只海豚的笑声。

① 前文蒂亚戈说的“是的，我愿意”是在婚礼上的标准誓词。

长鼻和吸盘

可是我们还需要讨论一件事。“上这所学校需要交学费，对吧？”我问道，“毕竟这是一所私立学校。”

“对，恐怕是的。每个月要几百美元。”杰克·克利尔沃特说道，可当他触及我们惊慌的目光时，又补充说，“不过我们设立了奖学金，主要是给那些到目前为止一直以动物形态活着而没有钱的变形人。我们有可能给你破个例，稍等一下。”他在电脑上打开了一些文件，读了读，思考了片刻，然后说：“你可以申请。”

我和约翰尼叔叔同时出了一口气，这时我才发现，原来我刚才一直都在屏气。“有什么条件吗？”约翰尼小心地问。

“申请奖学金的学生有两个星期的考验期。”年轻的校长解释道，“可以接受吗？”

“当然可以，我们完全理解。”约翰尼叔叔毫不犹豫地说。

“明白。谢谢。”我轻松地补充道。两个星期？我应该可以做到。在最初的一段时间里，我会格外小心避免闯祸。如果我表现好的话，即便我是这么危险的一个变形人也没什么大不了的。幸运的话，考验期很快就会顺利过去。

叔叔仔细地四处查看学校环境，以确认我在这里会生活得很好，同时很多此一举地帮我提着包。我们沿着一条蜿蜒的小路，经过两座喷泉和一个小湖，来到了我的新住处——在沙滩和椰子林之间的第三幢小房子。它看起来很漂亮，外墙涂成亮眼的白色，门是青蓝色的。门前的沙地上摆着几把式样不同的花园椅，看起来就像是从跳蚤市场上淘来的二手货。

我猜房子当中的房间是洗手间。我试了试钥匙，打开了左边的门。门一开，一股混杂着潮湿的叶子、泥土和动物的气味就扑面而来。

“看来你的室友不太爱透气。”约翰尼叔叔说道，好奇地四下看了看，“那我回去了，你确定你留在这里可以吗？”

我朝他翻了个白眼。有的时候他比当妈的都要啰唆，虽然我们连亲戚都算不上。“可以，我很确定！你放心回去吧。谢谢你开车把我送过来。”

“那好吧，再见！注意不要随便咬人，好吗？”他有些沉闷地笑了笑，拍了拍我的肩膀，然后就把我一个人留下，离开了。

房间里摆着一张木制的上下铺床，两张带着小架子的写字台，以及一个衣柜。奇怪的是，柜门下面有一个像头一样大小的圆洞。其中一张写字台上堆着本子、笔和一把坏掉的三角尺，架子上摆着被翻烂的谜语书和教科书。

我曾经在书里读到过，鲨鱼是警惕性高、好奇心重的动物。这个特点很符合我。当听到有什么东西在床下喘息同时簌簌作响时，我忍不住把旅行包放下，蹑手蹑脚地走过去，往床下看去。只见一个正在爬来爬去的圆溜溜的生物往后一缩，然后突然冲了出来……他横穿整个房间，冲到衣柜那里去了。原来是一只犰狳！他钻进那个洞，然后用他那铁甲般的屁股把洞堵住了。看他那架势像是什么攻击都能抵挡得住。

我把包留在房间里，又回到了沙滩，校长还在那里坐着。

“呃，克利尔沃特先生……我的房间里有一只动物。”我报告道，“要我把他抓住，然后带过来吗？”

“不用，”克利尔沃特先生头也不抬地说，“那是你的室友，替我向贾斯帕问好，然后告诉他，不要再在床底下堆土。我已经跟他说过一千次了，如果他想要挖一个洞穴，那就在外面挖。”

我一时无话可说，于是回到了房间。只见一个身材微胖的男孩正在穿短裤，他顶着一头深褐色的头发，乱蓬蓬的。他在架子上摸来摸去，找到了他的眼镜，把它架在鼻子上，然后用真诚的眼神看着我。“刚刚，对不起。”他说道，然后小心翼翼地笑着，“我刚刚吓了一跳。”

“对不起，我不是故意的。”我说道，同时饶有兴味地看着他，“我是蒂亚戈，一条鲨鱼，好像是一条鲨鱼……而你，你真的是一只犰狳？”

“我是这所学校里唯一的陆生动物。”贾斯帕说道，然后叹了一口气，“我选择来这里，而不是克利尔沃特高中，是因为那儿太远了。去那儿念书的话，我就不能经常和我的三个兄弟见面了，我会想念他们的。你有兄弟姐妹吗？”

“没有，我是独生子。”我一边说着，一边爬到床的上铺去体验一下，“另外，校长要我跟你说……”

“好了，好了，又来了。”贾斯帕脸色一沉，“但是我就是喜欢床下有土。我晚上有时候会饿，有土的话，就很方便，我很快就能找到一条蚯蚓或一只甲虫……”

我不想听下去了，就打断了他：“说说看……你能不能再变一次犰狳？这对我会很有帮助……我还是不太能相信，你知道的……那些关于变形的事情。”

“好呀！当然可以，那你肯定就能相信了！”变形发生得太快了，我都没怎么看清。他整个身体快速缩小，然后就变形了。最后只剩下一件T恤躺在地上，里面有什么东西在动。一只长长的鼻子从里面伸了出来，一双棕色的像纽扣一样的眼睛看着我，两只像卷起来的叶子一样的耳朵朝我转了过来。我低头看着那个浅棕色、全身覆盖着铠甲的生物，它用后腿坐着，前爪在空中晃荡着，抬头看着我。

“我表现得好吗？”贾斯帕骄傲地问道。

“你很棒。”我说道，同时龇牙表示感谢。

我快速把东西从包里取了出来，将衣服塞到衣柜里，把画画的材料小心翼翼地放到架子上，把那只带着橘色和白色条纹的扇贝放在旁边。在这段时间里贾斯帕又变回了人形。我整理好后，他先带我看了看那个和隔壁房间共用的洗手间，然后再带我到校园里转了转。我们需要再次脱鞋子，因为我们大部分时间都需要蹚水。

贾斯帕充满期待地看着我。“克利尔沃特先生专门让人这么建的，为了让每个人在这里都能用两种形态活动，你觉得怎么样？”

“我喜欢。”我回答道，并环顾了一下餐厅，透过一面大大的、拱形的玻璃墙，可以看见大海。那里有直接立在水里的桌子和椅子，可我更喜欢的是，那里有八艘小船紧紧地挨在一起，被刷成了不同的颜色，里面有可以坐六个人的桌子，还都配了座位。

显然，晚饭时间已经过了，可是贾斯帕还是成功地说服了舍监，让他给我做了一份烤鱼。他自己也买了一些薯片，然后一分钱一分钱地数着付了钱，看起来他也没什么钱。

“你的父母是干什么的？他们是以动物还是以人的形态生活？”我问他。

“一半一半，”他回答道，“我妈妈在超市里打工，我爸爸是做道路施工的。钱不够花的时候，我们就直接以犰狳形态进入森林，然后在那里找东西吃。不用付钱，还好玩。”

当我们端着盛饭的托盘涉水到其中一艘小船上时，我有些紧张，因为我发现在不到三米远的地方，有一只棕绿色的披甲的原始生物正一动不动地悬在水中。

贾斯帕只瞥了一眼，说道：“嗨，内斯特。”然后就继续往前走了。他小声对我说：“内斯特是个了不得的学霸，他平时人还不错。”

“哦，原来如此。”我躲开了一只在膝旁漂移的水母。“哦，一个新来的。热烈欢迎！”她在我脑子里说道，同时很周到地向一只正在我们隔壁船的长椅上滑行的红褐色大章鱼打招呼。章鱼布满吸盘的触手四处摸索着，我看见她用两只触手抓着一些没打开的贝壳。“大的更好吃！”那只章鱼宣布道，然后她的皮肤颜色变浅了，几乎成白色的了。这是什么意思，代表她现在很开心吗？我还没来得及问，她就简单告辞，爬进水里，溜进了一只瓦罐里。看来那是她的房子。

“露西很会占便宜，知道怎么搞到零食。”贾斯帕说。我们大步跨进一艘红白相间的小船，在里面舒舒服服地坐了下来。当我们爬上船时，船微微倾斜，显然没有在地上固定住。

“她有什么诀窍吗？”我问道。

“没有。我们的舍监也是一条章鱼。就凭这个。”

“我明白了。”我笑着说，因为我还是不太愿意相信这一切。还是感觉像一个很疯狂的梦，但这偏偏不是一个梦——我能感觉到身体下面的船在轻柔地晃动，能闻到水的气味，以及感觉到在我手肘下涂了漆的木板桌面。

“你明天一起上课吗？”贾斯帕问道，“我一会儿给你课程表。每周三的第一节课是变形课，在一间很特殊的教室里上。”

我好奇地看着课程表。“变形课是这里的主课，对吧？课程表上安排了好多变形课。”

贾斯帕使劲点头：“这是很重要的课程，毕竟你要是突然在陆地上变成一只海洋动物，或者在深水里变成人的话，很有可能会丧命！”

“也对。”我沉思道。难怪约翰尼叔叔这么急着把我送到这里来——作为一个海行者是有生命危险的。“明天的课上……我也需要变形吗？”我不确定地看着他。

“当然！”贾斯帕嚼了一片薯片，“你不愿意吗？我们有一些海行者，比如露西和诺克斯，他们更喜欢当动物。这也没问题。”

“愿意，愿意。”我说道。可是我感觉紧张，甚至是非常紧张，尤其是当我回忆起迈阿密海滩上发生的事。

为了让自己转移注意力，我走到沙滩上坐下，开始画学校，然后尝试画贾斯帕，我的模特贾斯帕耐心地站着。最后我给他看画完的画。“这是我呀！”他惊叹不已。我把画送给了他。

天色变暗时，我们回到了宿舍，我爬到上铺，听着贾斯帕在床底下小声地喘着气，把自己弄得舒舒服服的。隔壁房间里，有人在床上吱吱嘎嘎地翻来覆去。虽然闭上了眼，但我还是很清醒。这一切都太陌生了。思绪就像一群鱼一样，在我脑子里漫无目的地游来游去。我心里乱极了：我属于这里吗？我在这里会感到自在吗？从明天开始以前的同学就看不到我了，他们会怎么想呢？至少兰多会想念我吧？

这样下去我是没法睡着的。终于我尽量小声地下了床，穿上泳裤，去了海滩。脚底下的沙子依然是热的，细细的浪花舔着我的脚趾。

我蹚进水里，开始游泳。这感觉太棒了，我失重般地漂在另一个世界里。是的，跟贾斯帕不同，我毫无疑问是一个水里的生物，在我还是小孩，还不懂什么是“氯消毒”之前，我就可以在任何一个泳池里都游得比别人快了。

可这不是泳池，我不确定海水会对我产生什么影响。一开始没有什么，除了咸咸的海水使我

脸上的伤痕感到强烈的灼痛。我等待自己的形态发生变化，可什么也没发生。

除了我还有人在海湾里。听呼吸声是一只海豚。她光滑的身体向我游过来，然后用声呐波快速地探测我。我在书上读到过，它们用这种方式在黑暗里辨认方向，就像蝙蝠一样。我有些激动地踩着水，等待着，看那只海豚会不会自我介绍。

“你好。”一个欢快的女孩声音在我的脑子里响了起来，“你就是今天刚到的男孩，对吧？很高兴你找到了我们。顺便说一句，我叫莎丽。”

“蒂亚戈。”我自我介绍道，“是的，我也很高兴。幸好我叔叔听说有这所学校，虽然它看样子是个机密。”

她在我脑子里轻轻笑起来。“海行者很爱说八卦——而人类都听不懂。”莎丽开心地继续说道，“哦，对了，我有一个小小的建议给你，最好不要在这个时间游泳。鲨鱼会在晚上捕食。”

“嗯，”我说道，“我自己就是一条鲨鱼。”

“哦，是这样，那问题就不大了。”莎丽围着我转了一圈，用声呐波检查着我，“我们学校里已经有两条鲨鱼了，都不危险，比如说拉尔夫，他是一条黑尖吻礁鲨。你是什么品种？”

“虎鲨。”我说。

“哦，呃，那……我得走了！”那海豚女孩说道，然后快速地拍打着尾鳍，消失在夜色中的大海里。

我感到有点失望还有一点伤心，上岸换了衣服，然后坐在我的新书桌前，那上面除了我的手机还什么都没摆。我把约翰尼给我的那张纸条从裤兜里拿了出来，上面写着我爸妈的邮箱地址。

我陷入了良久的沉思，我该对陌生的父母说些什么呢。我不能指责他们，否则他们肯定不会回复我的。终于，我凑出了几句话：

嗨，爸爸妈妈！

我对你们一无所知，只知道你们还活着。我在迈阿密住了十四年，自己想法子打出一条路来，哈哈（今天不得不打架）。我刚刚到了两年前开的蓝礁中学，希望在这里能学会……怎么说来着？做一个鲨鱼变形人。

如果你们想和我联系的话，就请联系我，好吗？

蒂亚戈

当我把邮件发出去后，我终于能够睡着了。

下　马　威

第二天早晨，我和贾斯帕穿着泳裤走去主楼，教室就在那里。让我安心的是，我已经认识了班级里的一些人。那个不拘一格的蝠鲼变形人芬妮会不会也在？那条好像叫诺克斯的鹦鹉鱼我也觉得不错，或许因为喜欢他说话的方式。可我更盼着见到另一条鲨鱼和那个海豚女孩！虽然她昨天只给我看了她那冰冷的背鳍。

可惜在去上第一节课的路上没有遇到我认识的人，反倒是遇到了另外一群人，一个打扮得很新潮的女孩和两个男孩，其中一个男孩又高又瘦，另一个红发男孩则像压路机一样壮实。那金发女孩的妆容和发型都很完美——那发型可一定不是五美元可以搞定的！不过我还是不觉得她好看。她的脸不完美，鼻子也太大了。不过这应该不是原因。我也不知道自己为什么不喜欢她。

当她手舞足蹈地讲话时，那两个男孩——他们显然跟我的品味不一样——被她的话完全吸引住了，然后至少每隔五个词就笑一次。这样显得他们的智商比现在的气温度数高不了多少。

因为他们三个把整条道都占了，所以走在前面的贾斯帕需要走上路牙石才能绕过他们。那几个学生觉得这很好玩，那个女孩暂停了自己的故事，他们三个龇着牙观察着我们的动作。我只想快点离开。

“哎，怎么了？”那个留着红短发的男孩问，他有着双下巴，皮肤像小麦粉一样苍白。他撞了一下贾斯帕，害得他差一点栽进灌木丛里。“哈哈，那只犰狳就是在陆地上也是笨手笨脚的！”

另一个瘦高个男孩一直瞪着眼睛，堵住了我们的去路。他有一双我见过的最冰冷的眼睛。

“别太过分，托克。”贾斯帕抗议道，“贝瑞，你能不能让我过去？”

没有人让开。那个女孩夸张地窃笑着。

我感觉到我的颌肌抽搐起来，血涌上头，身体开始发热。有时候我一生气就很难控制住怒火，反而会受它牵制。可今天我不能失控，一定不能，不然我就会马上被开除的！

幸好我有了个办法。我没有向他们三个咆哮，而是笑话他们。“这是什么小儿科的玩意儿？欺负弱小谁都会，有本事跟强大的对阵。”我指了指额头上的疤痕，意味深长地点了点头，“怎么样，回头见。”

他们三个都愣住了，只是安静地盯着我。

现在我只想快点去教室，而贾斯帕想从他们旁边绕过去却很难。于是我昂着头向他们走过去。在我们马上就要撞到一起之前，那两个男孩终于还是拖着脚让开了路，让我和贾斯帕过去了。

“谢谢，”等走到他们听不见的距离，贾斯帕对我说，“艾拉、托克和贝瑞经常欺负我。很少有人帮我。”

“从现在开始有人了。”我坚定地说，同时眼望别处，避开了贾斯帕仰慕的眼神，我被他看得有些不好意思，“在蓝礁中学有几个年级？”

“这学校还很新，所以到现在为止只有两个年级。”贾斯帕解释道，“除了我们一年级，还有一个大概20个人的二年级。三年后就要转到一所普通学校，因为要拿人类社会需要的毕业文凭。”

“我懂了。”我说。我们到达了主楼，那里有一些人在走动，他们看起来年纪比我大，有可能是二年级的学生。

直到我们到达低楼层的一号和二号变形练习场的时候，我才终于不再去想刚才的那场冲突了。穿过一条玻璃通道我们到达了一号练习场，我惊奇地四处张望。

我们站在一个圆形的被拱形玻璃顶罩住的房间里。房间的中间是干的，看上去就是一间正常的教室，有防水的椅子、桌子和带笔的白板。教室的其余部分是一个高至我胸口的、用玻璃板隔出来的水族箱，它被分成两部分：右边蓝色的部分显然与礁湖相连，里面是海水；左边透过玻璃微微发绿，里面是淡水，有可能跟什么淡水湖相通。

恰好这时，水里来了一头棕灰色皮肤的巨大的海牛，她发着呼哧声浮出水面，不一会儿，她就消失在海藻和海带后面，然后装在陆地和水之间的帘子动了动。

“这是变回去的区域，就像一间更衣室。”贾斯帕悄悄地对我说，“哦，对了，顺便说一下，这是玛拉。”

玛拉又出现了，这次是个长得圆乎乎的、长发正滴着水的女孩，她光着脚，把自己裹在一条彩色的毛巾里。她不慌不忙地走下坡道，然后在教室中间的一张桌子旁坐下。当她发现我时，温和的脸上露出一抹微笑："希望你喜欢这里。"我也用微笑回应了她。

大多数的学生，包括之前路上遇到的那些人，都以人形穿过主楼进来了，大家跟我和贾斯帕一样，都穿着泳衣。我对芬妮说了一声"嗨"。

"看，那些海豚进场了。"贾斯帕指向三个刚进来的人——两个女孩和一个男孩，那男孩很壮实，有着橄榄色的皮肤和黑色的鬈发。他们嬉闹着、笑着，因为一个身材苗条、金色鬈发的女孩刚刚说了个笑话。她是莎丽吗？我喜欢她真诚的笑容。

最后老师也来了，是一个身材高大、跟我一样有着奶咖色皮肤的男人。嘿，这是一个好的开始！

"啊，蒂亚戈·安德森，你是昨天刚到的，对吗？"他友好地跟我打招呼，"我是法林·加西亚，我的任务就是在变形、数学和物理课上折磨你们……也许不会，这就要看你们的表现了。"他接触到我疑问的目光，然后笑了笑，"海豚。"

"哦！"我差点脱口而出说自己是一条虎鲨。希望他不会有跟莎丽昨天同样的反应！

教室里吵吵嚷嚷的，加西亚先生严肃地环视了一圈，大家就安静了下来。可差不多也只维持了五秒钟。托克和贝瑞发出了很大的噪音，他们互相招惹对方，然后同时叫唤。

"安静！"加西亚先生吼道，然后用一把尺子在桌子上"啪"地拍了一下，"你们那么活跃，代表你们想开始了。我要看到均匀的、协调的变形，不要像上次那样半途而废。"他转向大家，"怎么才能做到？"

一个高大粗笨的男孩缓慢但是坚定地举起手来。

“你说，内斯特！”

“要在脑海里牢牢记住自己最后想要变成什么，”他答道，“而且在变形的时候不能分心。”

“没错。准备开始，同学们！”

托克站到他的椅子旁，然后慢慢蠕动着身体，变成了一条少见的有些胖乎乎的短吻鳄。与此同时，贝瑞走上了一条坡道，来到水池的边上，顺利地变成了一条大概一米半长的银色食肉鱼，满嘴都是针似的尖牙。

“这是一条梭鱼，对吗？”我悄悄地问贾斯帕，这场面让我印象深刻，我的新朋友充满敬畏地点了点头。

下一个就轮到那两个家伙崇拜的偶像了。“哦，不要，求你了，变形会把我的妆毁掉的。”艾拉哀求道。

“你还有三秒钟，艾拉。”加西亚先生说道，“三，二，一……”

艾拉嘴里不情愿地嘟囔着什么，然后开始变形。两个耳环和几个发卡叮当作响地落到地上，接着她变成了一条像胳膊一样粗的蟒蛇，身上布满深浅不一的咖啡色斑纹，半躺在桌子下面。她的嘴上还能看到口红印，她不耐烦地把口红蹭在离她最近的一个女学生身上，那个人马上尖叫起来。

“您现在满意了吗？”艾拉尖锐地问加西亚先生，好像也没有期待他回答。她的半截蟒蛇身体一圈圈地挂在椅子上。

“满意了，看起来不错。”加西亚先生说道，然后转向那条在海水区里忙着游来游去的粉蓝色鹦鹉鱼，“你呢，诺克斯？你今天想试一下吗？”

“不，谢谢，腿不适合我。”诺克斯回他道。

加西亚先生蹲下身往巨大的水族箱里望去，一条触手从一块岩石下探了出来。“露西？变个身怎么样？”

“要是变成两只手的人，那我就不能在岩石下待着了。”露西立即有了反应，然后可见的身体部分变成了红色，显然她有些不爽。

“好吧。”我们的老师又站了起来，看了看那两个海豚女孩中的一个，“那，莎丽，你来试一下。”

那金发女孩慢慢地站起来，带着一个痛苦的表情，就像要她马上倒立着吃掉一整盘西蓝花一样。噢，看来这不是她喜欢的科目。我非常好奇。

随着一个优雅的飞跃，她潜进了海水区，然后把脸浸在水里，在水面上漂了一小会儿。我们透过玻璃能看到她的头发在水里漂浮，就像一团用丝做的云一样。

“怎么样，可以吗？”加西亚先生问道。

莎丽把一只手掌按在玻璃上。“实在对不起，什么也没发生，我也不知道为什么！”

“加西亚先生，我们能跟她一起下水吗？如果我们在一起的话有可能会有帮助。”她的朋友恳求道。那是个深色头发、身材娇小却看起来十分健美的女孩。那个海豚男孩执着地看着加西亚先生，说：“您必须答应我们，我们不能抛弃莎丽！”

变形老师扬起了眉毛。“我完全没必要答应你们任何事情。不过我还是答应你们一次。那就快点儿。去吧，你们两个！”

一起行动果然效果更好，很快莎丽就有了灰色的尾鳍，有那么十秒钟她看起来就像一个美人鱼，可这效果很快就被破坏了，因为她接下来就有了一个长着金发的灰色的海豚头。芬妮和其他人都笑了起来。

“你看起来像是戴着假发去参加狂欢节。”诺克斯称赞道。

“闭嘴，你这个塞牙缝的小不点儿，我需要专注！”莎丽回复道。

等另外两个海豚同学顺利变形后，莎丽也成功了。莎丽就是那只浅灰色的海豚，我第一天看见她在海面上优雅跳跃的那只。她的朋友布璐身体两侧有着优雅的条纹，那男孩是一只稍小的深肤色的海豚，有着又短又钝的鼻子。

“很好，诺亚，你这一次变得很快。”老师夸奖道，海豚男孩用一个跳跃加上一个前空翻感谢了他。在一个小池子里这样做真不简单。

“瞧他那嘚瑟的样儿。”蟒蛇女孩艾拉抱怨道。

“你这么说，只是因为你自己没本事嘚瑟。”诺亚回复道，然后用尾鳍拍向水面。这样一来，艾拉被溅了一身海水，气呼呼地挂在椅子上，还滴着水。

“啊，这个形态好舒服，我们就一直这样待着可以吗？”莎丽咧开嘴，现出一个调皮的微笑，依偎在布璐身边。

加西亚先生点了点头……然后转向我。

我顿时在椅子上凝固住了。显然一定会发生什么。果然，他说道："那么，现在轮到我们的新人了。蒂亚戈，你能不能试一下？"

我双腿颤抖着站了起来，走下了坡，来到了海水区边上。

很多很多的牙

我跳进水里，踩着水在原地游，同时心怦怦乱跳着，就像我正在从金刚[1]那儿逃走。“我要做什么？我是说我要怎么才能变形？”

“你最好安静地躺在水上，放松自己！”加西亚先生说道，然后在一台防水的平板电脑上调出了一张虎鲨的照片，“现在集中注意力看这张图，尝试在图里找到你自己。”

我注视着那张图，那条鲨鱼就像是一枚鱼雷，宽宽的头，又短又钝的背鳍，身上还有深色的横条斑纹。这就是我！我兴奋又紧张。这时有很多双眼睛在好奇地观察着我。那些海豚往海的方向撤回了一小段，他们互相发出哨声在说着什么。有可能他们在嘲讽我游起泳来优雅得跟一个搅拌器一样。

一阵强烈的刺痛感穿过我的身体，然后我突然感觉到我的手变成了鱼鳍。我的身体从未感觉这么有力，我甩了甩尾鳍，就迅速往前冲出了几米，鼻子撞在玻璃板上，有些疼。教室里响起了一阵窃窃私语声，一些人往后退去。

---

① 金刚是同名经典历险电影《金刚》里的巨猿。

“哇，慢点儿。”加西亚先生说道，他显得很吃惊，“你在变形方面是个天才，蒂亚戈！还没有一个新人能在这么短时间内做到呢。”

“真的？”我不相信地看着他。我以前还从没在某一方面做到最好，天才更谈不上。连画画都不是，我每次都要疯了似的涂改，才能找到合适的感觉。

我的视野跟之前不一样了，在水里我还能闻到上千种我以前从来都不知道的东西。我通过身体侧面水的波动就能感觉到海豚的每一个动作。就算闭着眼睛我都能感知他们在哪里，因为我用我的新感官能感受到他们肌肉里的电脉冲。这简直太不可思议了。

“现在先别动。”我的变形老师说道。他从课桌里拿出一个卷尺。当我安静地在水里漂浮时，他拉开卷尺，两次才量完我的身长。“三米半！了不起！这样你就正式成为学校里的第二大动物了。”

“哇，太酷了！”我表示道，同时在想最大的会是谁。

这时一个硬硬的东西碰到了我的尾鳍，这已经是第二次了。真烦人！我本能地转过身，用牙咬住了它。它被我咬破了，发出嘎吱的声音。当我把它吐出来时才发现，我把一个标记游泳区域的红白色的铁浮筒，或者说一个曾经标记游泳区域的浮筒咬坏了。它的铁皮现在看起来就像是被揉成一团的纸。

那些海豚飞快地游走了，他们游得那么快，我只能感觉到漩涡在打转，就在他们刚刚待的地方。

"哦，对不起，"我结结巴巴地说，"我不是故意的。"

教室里变得死一样寂静。谁都没有动，也没人说话。所有的学生都盯着我，就连加西亚先生的脸色也变得有些苍白。

就在这时，走进来一个高个子男孩，披着及肩长的被太阳晒得发白的金发，穿着鲜艳的泳裤。"对不起，我来晚了……我错过什么了吗？"

"是的，克里斯。"只有芬妮理他，她一边说一边伸出手指梳理着自己的蓝色长发，"你错过了最精彩的部分。"

幸好我又顺畅地变回了人形，这节课很快就结束了。贾斯帕朝我走了过来，他要带我去上下一节课，可法林·加西亚挥挥手让他先离开。他示意让我留下，我只好愣愣地站着，直到其他人都走了。我等待着，看他要说什么。

他非常严肃地看着我，我注意到他在打量我脸上的伤疤。"对你来说，身为这么危险的动物肯定不容易。可是你必须做到，控制住你的攻击性。如果你做不到的话，你总有一天会伤到别人，而且有可能会很严重。"

"在学校的那次打架不是我……"我开口辩解道，本来我还想说"挑起的"，可我的新老师还没说完。

“这是第一次警告。请注意不要再有第二次。你是一个拿奖学金的学生，对吗？杰克跟你约定了多长时间的考验期？”

“两个星期。”我差点儿噎住，希望他不会说我的考验期这样就结束了，或者要我赔那个浮筒。我不知道那东西值多少钱，我只知道自己没有钱。

还好加西亚先生没有再谈关于奖学金或浮筒的话题，只是补充道：“祝你好运。你现在可以走了。你知道下一节课要去哪里吗？”

“我会找到的。”我回答，然后赶紧跑开了。

当我穿过玻璃通道回到主楼的另一侧的教室时，我感觉自己就像被麻醉了一样有些迷迷糊糊的，我也不知道下一节课该去哪里上。幸好贾斯帕来接我了，把我领到餐厅旁的一个教室，那是我们的主教室。“他跟你说什么了？”他好奇地问。

“一些我不想听的话。”我说道。加西亚先生很严肃，我还不太确定能不能与他和睦相处。我在想另外两条鲨鱼是谁，我必须赶快搞清楚。他们有跟我相似的问题吗？我有没有可能和他们交朋友或者成为盟友？

“哦。你现在可以放松一些了，下一节课肯定会让你觉得很亲切。”贾斯帕说道，“佩拉吉乌斯夫人教历史、地理和水文学，她已经92岁了，而且去过很多地方。她是一只绿色的海龟，可千万不要叫她汤乌龟，她不喜欢这个称呼！”

汤？听到这个词我的肚子就开始咕噜作响。自从我变形以后，我就饿得不行。餐厅里有一个盘子，里面放着可以自取的榛子，我就抓了一大把。

不出所料，我们的教室也和餐厅一样，有一半浸在水里，而我们的老师看起来只是一个才到我小腿高的深色鼓包。

我还从来没有这样俯视过一位老师。我有些不知所措地朝下面说：“嗨。”然后得到回复：“欢迎，蒂亚戈。坐下！”

看来没有什么就座顺序。那些正好是人形的同学直接抓一把椅子，随便找了个地方就坐下了。反正也不是所有人都需要座位。像那些从礁湖那边游过来的海豚，就待在教室的另一边，只能看到他们的背鳍。

我恰好坐在了差不多教室的正中央。当大家都就位以后，我周围还是空的。大家看我的眼神含义也很明显。浮筒事件之后，谁都不敢靠近我了。一个看起来有点儿娘的金发男孩和一个瘦瘦的女孩在说着悄悄话，还时不时地朝我这边看过来。还有一个人哼着恐怖片《大白鲨》的主题曲。连芬妮，那个蝠鲼女孩都跟我保持着距离，这让我感觉很受伤。

“别难过，”贾斯帕试图安慰我，同时在水里晃动着脚趾，“会好起来的。”

希望如此吧，可我不太确定，尤其当我感觉到艾拉、托克和贝瑞向我投来令人刺痛的眼神时。托克走过我身旁时，俯下身对我说：“你现在以为你是这里最强的人了吧？”

“不知道。”我小心翼翼地回答。

“你不是。”

“也许吧，据说我只是这里第二大的动物。”

托克的眼神变得更加愤怒了。“不是什么都看大小的。别掺和我们的事情，明白吗？鲨鱼。”

这对我来说明显过分了，想听一个乖乖的“好”字是不可能的。“没问题，你和艾拉，你们两个反正只是淡水暴民，你们有自己的麻烦。咱们井水不犯河水。”我随口说道，同时马上就后悔了。为什么我又让自己被激怒了呢？

我能感觉到，他很想现在就在这里攻击我。可他不傻，他忍住了。他和贝瑞会找到机会攻击我的。然后如果我倒霉的话，我会成为那个从学校里被踢出去的人。我突然觉得两个星期的考验期对我来说无比漫长……我真的可以熬过去吗？

我一点儿也不确定。

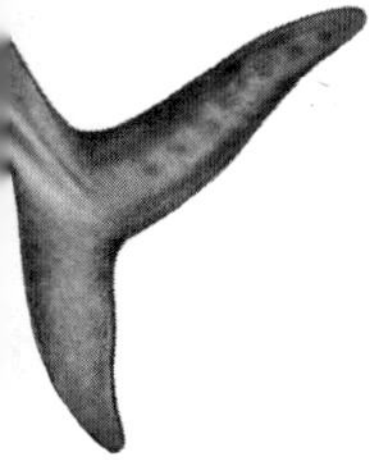

权势炙手

可惜班里的一些同学还是听到了我们的对话。每一个错过的人，几秒钟后也都从一个深色头发的女孩那里得知了。我听说她是一只红嘴鸥，她那又快又能说会道的嘴巴现在正在滔滔不绝地说个不停呢。更多好奇的、害怕的或者小心的目光向我投来。当海牛玛拉用伤心的眼神看着我时，我很为“淡水暴民”这个词感到抱歉。这个表述确实并没那么好笑。

“现在，请安静，也包括你，达芙妮！”佩拉吉乌斯把她带甲的头往上伸出来，显然她打算整节课都用海龟的形态来上了。那个海鸥女孩悻悻地沉默下来。“好，我们开始。今天我给你们讲讲我甲壳前半部分上刮痕的故事。”

我向贾斯帕困惑地望去。

“她每一次都讲一个刮痕的故事。”他对我解释道，“据说每一所变形人的学校里都有一个专门讲故事的老师。”

“十年前，在南美洲，我正在湾流里赶路，”佩拉吉乌斯夫人开始讲道，“这很省力，跟着湾流我前行得更快，而且水流温度适宜。有谁知道湾流是如何流动的吗？”

这次有两只手举了起来，是学霸鳄鱼内斯特和那个刚刚悄悄议论我的女孩。她把那巨大而温暖、从墨西哥湾流到欧洲的湾流画在了白板上。佩拉吉乌斯夫人修改了一下，让我们抄到本子上，然后继续讲解下去。

“问题是，湾流里也会有人捕鱼，”海龟老师继续讲道，“我当然知道这个，可是我想，海洋那么大，不会那么巧就让我碰到吧？唉。我正在脑子里创作我最新的钢琴曲和两首小提琴曲，就感觉到粗糙的渔网围绕着我收紧了。”

“那感觉肯定很糟糕。”克里斯说道，就是那个上变形课迟到的金发冲浪者。

我用牙齿咬开了一颗榛子。佩拉吉乌斯夫人的头下意识地缩了一下。“对，是的。哦，我刚刚说到哪儿了？哦，对了……这时，我感觉我被拖上了甲板。跟我一起被抓住的还有一群鲈鱼，它们中很多被自己同伴的重量压坏了，到达甲板上时就已经死了。可我还是坚持了下来。”

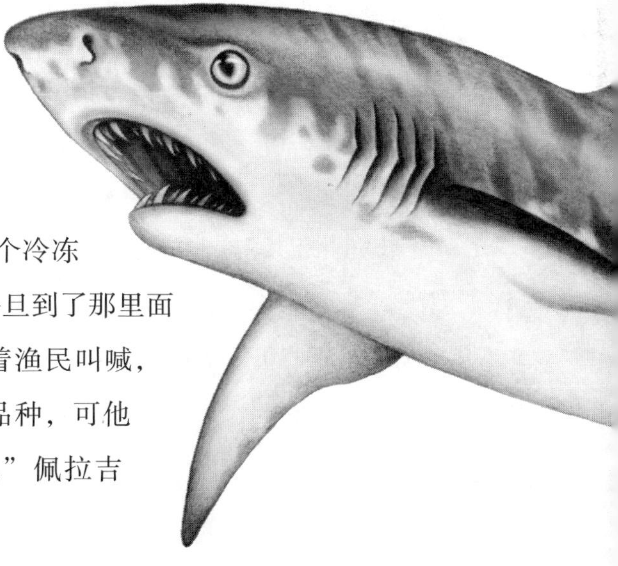

全班都陷入了沉默。海牛玛拉开始抽泣。

“那些鱼被倒进一个冷冻的货舱里。我知道我一旦到了那里面就全完了。我很想冲着渔民叫喊，说我是一个被保护的品种，可他们根本就没有发现我。”佩拉吉乌斯夫人讲道。

“如果是我的话，我就会直接变形。”芬妮说道，同时把双臂交叉在一起。

“可这样你就把海行者的秘密给泄露了，”老师反对道，“当时我使出全身的力气用四肢拍打，最后不知怎的居然从鱼堆里爬了出来。”

这故事很有趣，我很好奇她最后是怎样生存下来的。我顺便又嗑开了一颗榛子，同时惊奇地注意到，她又缩了一下。

“呃……对，但不幸的是，我爬错了方向。当一个渔民看到我时，他激动地指着我，”她继续讲道，“我听到他兴奋地向他的弟兄们说，我的肉能卖多少钱。”

贾斯帕和我互相对视，都气歪了脸。

“这太过分了，”佩拉吉乌斯夫人说道，“有一个人想抓住我，我使劲咬了那家伙的手，然后爬到驾驶室，船长正在那里。我用后肢支撑着站起来，正对着他，然后想办法只把我嘴的部分变了形。”

芬妮和克里斯脸上的笑容越来越大，那些海豚高兴地吹起了口哨，至少他们当中有两只在吹。

“您咬了他？！”那个娴静友好的布璐问道。

“不止如此，”佩拉吉乌斯夫人的眼睛闪闪发亮，“我用三种语言诅咒了那个船长。渔民大多数都很迷信。你们该看看那家伙有多么着急地把我扔下甲板。我身上的刮痕就是被他急匆匆地扔出去时被船帮划到的。”

这时，有手的同学都纷纷鼓起掌来。那三只海豚也用尾鳍拍打着水，发出更响的声音。

“那肯定是我们的海神坦加罗阿[1]帮助您的。”诺亚说。我听说他是一只黑海豚，人形时是一个毛利人——新西兰的土著人。我不知道他是怎么来到佛罗里达的。

“坦加罗阿？谁知道呢。”佩拉吉乌斯夫人说。

下课的时候我很高兴，这节课我表现得还好，没有犯错。反正我自我感觉不错，直到一个我不认识的男孩向我走了过来，他耳朵里塞着耳机。“嗨，老弟。”他一边说着，一边有节奏地晃着脑袋，“一切还好吗？”

“呃，是的。”我困惑地说。这奇怪的家伙找我什么事？

“我是拉尔夫，黑尖吻礁鲨。大家认识我是因为超酷的狂野派对，每两周举办一次，在周五的晚上。当然是由我做 DJ（唱片骑师）！明白吗？你会来的，对吧？”

“呃，会的。”我说道，同时退后了一步。这就是我班里的第二条鲨鱼？好吧。

“实际上我本来想说的是，下次在她讲话的时候别再用牙嗑坚果，”拉尔夫说，“虎鲨是唯一能够咬开海龟壳的动物。她上个星期刚给我们讲过。很险，老弟！那条鲨鱼一下子给她留下了20 条刮痕，蛮厉害的，对吧？”

我尴尬地笑了笑。“是的，够厉害。”

于是我把剩下的坚果装了起来，留到以后再吃。

学校里的第三条鲨鱼，我打听到是一条锤头双髻鲨。于是我就在课间休息时，大摇大摆地走过去自我介绍：“嗨，我是蒂亚

---

① 即 Tangaroa，是毛利人（诺亚的人类形态）信仰的海神，同时也是掌管天空和陆地的造物主。

戈，第二形态也是一条鲨鱼。”她看着我，就像我是刚刚从天上掉下来似的。

“哈。有意思。我们会再见的。”那个女孩说道，然后继续埋头读健身杂志。好吧，是的，我早就知道鲨鱼都是独行者，可这也太令人失望了。我对我的同类不抱什么期望了。

晚饭时，跟我担心的一样，我独自一人坐在一艘船里，用叉子在海鲜饭里戳来戳去。

我满怀希望地看着贾斯帕端着一个装满食物的托盘向我走来，至少他会坐到我这里来吧？看来是的！他真是一个好心的家伙，而且还很有勇气。

可惜他需要经过艾拉、达芙妮和贝瑞坐着的那艘船，这次他们的短吻鳄兄弟托克不在。我刚想朝贾斯帕喊“小心”，因为我猜到了他们三个的阴谋。可太晚了！在贾斯帕跨过去的那一刻，艾拉突然把船锚的绳子拉紧。他绊倒了，托盘飞向空中，落到了旁边船里海豚女孩布璐的怀中，食物洒在了她的膝盖上。“祝你好胃口！”诺克斯在离得最近的一个水族箱里祝愿道。那些海豚变形人笑起来。

“是啊，我也祝你们好胃口。”布璐对着水里说道。她把落在身上的米饭喂给在船周围游来游去的一群银鱼。

那些海豚认为这一切很有趣，可这并不好笑。我站了起来，大步走到那三个白痴的船旁，然后用手掌使劲拍在艾拉的桌子上。“如果你们胆敢再惹贾斯帕一次的话，那我很乐意给你们看看鲨鱼的牙齿是怎么咬东西的。懂了吗？”

因为惊恐，达芙妮变成了红嘴鸥，而旁边船上的莎丽则分秒不差地把一只彩色的水杯扣在了她头上。

“嗨，这是什么意思？谁来救救我！”那只海鸥在桌子上打着趔趄，蒙头乱撞，她的爪子一脚插进贝瑞的饭里，顿时米粒四溅，落入水中，水里的那些小鱼简直难以消受这突如其来的幸福。贝瑞的眼神比平常更阴沉了，可什么也没说。

“懂了吗？”我又问了一次。艾拉抿着嘴。“你等着！我要把这事告诉托克……还有我妈妈！”她怒吼道，“如果她听到你刚刚对我说的话，你就会吃不了兜着走！”

我几乎不敢相信自己的耳朵。她居然用她妈妈来威胁我？我差一点大笑起来。这话可别让我老学校的人听到！

可是似乎除了我以外，显然别人都不觉得这是在开玩笑，所以我还是忍住没笑。我不再理睬艾拉，而是扶我的朋友起来。“没事吧？”我问他。

贾斯帕点了点头，咧嘴苦笑了一下。“实际上他们根本不需要这么做，我常被自己的脚绊倒。”

他重新取了餐，我也重新拿了一份，因为刚刚有海鸥在我的盘子里拉了粪。

蝠鲼变形人芬妮已经在前面等我们了，她转身向我们走来。“你闯祸了。”她对我说道。

“为什么？”我惊讶地问。

“你那么粗鲁地跟艾拉说话。我敢打赌你会有麻烦的。”

“我不觉得托克和贝瑞能给我带来什么麻烦。”我耸了耸肩膀。

“我的意思是艾拉的妈妈。她真的可以伤害你——而且还不止是你。”

可当我想仔细问清楚之前，芬妮已经转身离开，去另一张桌子了。

“芬妮说得对，希望艾拉不会真的告诉她妈妈这一切。”贾斯帕说。当我们在离别人有三艘船远的地方坐下时，他显得很担心。

“为什么这么说，她是个怎样的人？”我一边吃一边问道。

“这个星期天我们为家长们准备了一场演出，那时你肯定能见到她。”贾斯帕的身体颤抖了一下，“莉迪亚·雷诺克斯，她在迈阿密很有影响力，认识所有重要的人物。像你这样的人，如果不小心的话，她可以把你连皮带毛吃掉。”

我扬了扬眉毛，说：“好吧，除非她想消化不良。”

“你现在可以嘴硬！不过很可惜杰克·克利尔沃特对她很客气，因为建校时她捐了很多钱。可是有钱人并不总是那么友好，你知道吗？”

“这我知道。”我说，“她的工作是什么？”

“律师。她能让该进监狱的人不用坐牢或者把已经坐牢的人弄出来。”

“比如说？”我变得很好奇。

贾斯帕在桌子上俯身过来，这样说话就不用太大声：“就是，那些真正的罪犯。我知道的不多，只是在电视上看到过她，当时她满面春风地和一个罪犯并肩走出法庭。即便那个混蛋射杀了两个人，她还是把他捞了出去！”

我们两个都气歪了脸。

“难怪她那么有钱。”我说，“律师每小时就要收好几千美元呢。”

“他们不按小时算，而是分钟！艾拉讲过。”

“哇。如果我是一个律师的话，我猜每天十分钟的咨询就够付我们的房租了。”

关于艾拉的话题，还有一件我想问的事。“为什么刚刚托克那个烦人的短吻鳄不在啊？”

“他、内斯特和艾拉在他们的异形状态时不怎么需要吃东西，他们作为人类时也只需要每两天进食一次。”贾斯帕解释道，然后满脸笑容地看着我，他可能想起我刚才是怎么保护他的了。“也许就算他们现在都在这里，也不会来惹我了！”

“如果不是的话，他们就会有麻烦。”我咕哝道。我又喝了一口柠檬汁。在帮贾斯帕这件事上，我的力气至少是优势。

哎，我们现在真的在同一艘船上了。他是这里唯一的一个陆地动物，而我是让别人都害怕的人。当我请布璐把盐瓶扔过来的时候，她甚至吓得往后缩了一下。

当我去柜台添饭时，看见一块挂着的告示板上有一份手写的名单，是每个学生与他对应异形的名单。很实用。克里斯，那个迟到的人是一只海狮。而且我班里还有一个电鳗女孩。酷！还有一条鲽鱼。鲽鱼到底是个什么鬼？就是那个比我更大更危险的动物吗？

当一个娇小的（我几乎高过她一头）女孩，端着满满一盘蓝色小鱼点缀的麦芬蛋糕向我走过来时，我一下子没搞懂她要干吗。这不会是给我的吧？

“我是朱娜，你们的班长。”她说道，在离我还有一段距离的地方停了下来，“如果有新生来我们班，我就会给他做迎新麦芬。这些是给你的，希望你喜欢。很高兴你加入我们，蒂亚戈！”

她这话我可不太相信。她哆嗦得那么厉害，那整整齐齐摞起来的麦芬都掉下来了。幸好我反应快，接住了两个，可惜我没有更多的手了。但是我们的厨师有！一个穿着拖鞋、顶着一头灰色长发、身着夏威夷衬衫的家伙——像一个海滩嬉皮士，用他变出的八条章鱼触手接住了，并把它们重新摞了起来。他还留了一个当作他出手相救的酬劳。

“谢谢。”我对朱娜和厨师说道。他腼腆地笑了，把触手又变了回去，然后趿着拖鞋回厨房去了。

我开始回忆告示板上“朱娜”的名字旁边写的异形是什么。突然间我变得非常好奇。“太感谢你了，朱娜。你是一条鲽鱼[①]。它是什么样子的？”

朱娜的脸涨红了。“蝶鱼！[②]”她说道，“我是一条蝶鱼！克利尔沃特先生的字写得实在太难看了。”

“是这样啊，对不起，我不是这个意思，我……”

“好吧，那祝你好胃口。”她又客气了一句，就匆忙走了。

当天晚上，我又到礁湖里游泳。听到尖叫和哨声，我就知道

① 原文中此处为 Folterfisch，现实中并没有这种鱼。参见下文，是因为克利尔沃特先生的字写得不清楚，导致蒂亚戈误读。为与下文相呼应，此处采用了与“蝶鱼”形近的“鲽鱼”，在中国也称比目鱼，形态比较丑陋，所以下文朱娜表现出不开心。

② 原文此处为 Falterfisch，意为“蝶鱼”，是色彩最艳丽的海水鱼之一，典型的珊瑚礁鱼类，比较适合朱娜的身份。

那三个海豚变形人也在附近，而且在黑暗的水里我能很清楚地感觉到他们。到了晚上我一向能比别人看到更多的东西。他们好像在玩一种节奏很快的水下马球运动。有可能因为我在他们的附近，我在脑海里能捕捉到他们的对话。

我听到布璐的声音：“哈，终于让我抢到球了，你们再也别想得到了，你们这些滑溜溜、呼哧呼哧的排气阀！”

“在你的右边，莎丽！”诺亚喊道，“我们夹击她！”

这时传来莎丽的声音：“快击球，诺亚！你就直接想象那个东西是克利尔沃特先生的屁股。”

诺亚嘻嘻地笑道：“不，还是加西亚先生的好一些。我上次在他那里的成绩……沉底儿了。”

“随便，快点，钝鼻子！”

一阵闹哄哄的喷溅和拍打声之后又传来莎丽的声音。“终于，耶，我抢到啦。来抓我呀，如果你们能做到的话！”

我忍不住笑了。我很想直接游过去和他们一起玩，可我又不想被人赶走。为什么我是一个鲨鱼变形人？如果我也是海豚，能跟他们一起游泳，一起享受游戏的快乐和恶作剧的乐趣就好了。

可这分明不可能，只能是做梦。

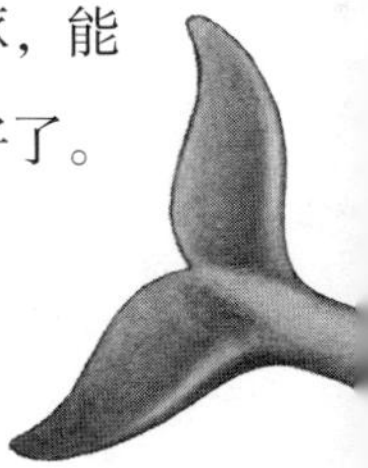

回到宿舍，我拿出本子开始画画。海豚、海马和章鱼——在这奇妙的学校里有很多的题材。如果我继续这样画下去，这个本子很快就会画满了。

这种新生活也不赖。

真　丑

当第二天早晨闹钟响起时，贾斯帕完全不为所动，继续呼呼大睡。这也不奇怪，据我所知，夜里有一半的时间，他都在外面的灌木丛里行走。因为晚上的温度更舒服，夏末的白天总是又潮湿又闷热，令人不适。不过让我欣慰的是，学校的每个房间里都有电扇。

“快点，起床啦，不然要错过第一节课了。”我说道，同时拉着他的腿把他从床底下拖了出来。很快地板上就沾满了土。

“让我一个人安静一会儿，我要睡觉。”他咕哝道。

我拎起公用浴室里的水桶，找了个最近的淡水池，灌了满满一桶水，往贾斯帕身上泼去。他跳了起来，在晨光里眨了眨眼，甩甩他的小耳朵。“刚才好凉爽，再泼点吧。”他说完又蜷缩成一团继续睡了。

我从泥水里蹚到门口去，决定先走一步。看来我又要一个人吃早饭了。

可这次我错了。当我拿了一份虾仁炒蛋，在尽量远离艾拉那帮人的桌子旁边准备坐下时，有一个人朝我这边走来，在正对着我的位子上坐了下来。

我盯着那个女孩。像小麦一样金黄的及肩短发，一双笑盈盈的深棕色眼睛，健美的体形，还有从她剪短到膝盖以上的牛仔短裤里露出来的一截被晒成棕色的腿，是我曾经见过作为海豚尾鳍的腿。是莎丽。

我一时疑惑不安，这是什么意思？难道那些海豚要对我搞恶作剧吗？莎丽的朋友在另外一张桌子旁坐下来，然后朝我们看过来——布璐的表情充满怀疑，诺亚则显得很警惕，有可能他觉得自己是他们这个团体的保护者。

“你什么意思？”我对莎丽说道。

“什么？”她扬起眉毛看着我。

“这是一个胆量测试还是什么？”

“你指什么？”莎丽看着我装满虾仁炒蛋的盘子，“这些虾很明显没有危险性啊。”

“我不是说这个。我的意思是我是一条虎鲨。”

“我知道。我在变形课上看见了。”莎丽不动声色地回答道。

好吧。如果她想要证明给她的伙伴看，她不怕我的话，那就随她吧。我继续默默地吃着。一时间，我们两个都不说话。她会不会只是因为可怜我是一个人吃饭才坐在这里？

“我不需要同情。”我说道，语气出乎我自己意料地粗鲁。

“不好意思，是我人太好了！”莎丽毫不示弱，她用愤怒的目光注视着我，“那你想要怎样，要我走开吗？”

为什么我不能像她对我那样对她友好呢？快点儿，我现在需要说些友好的话！可我一时也想不出来，只好说：“不。”

这个海豚女孩啃着一条熏制的鱼，然后把鱼丢回盘子里，说：“人类做饭的本事真的很牛！来这里的第一个星期，我只吃生鱼，后来我第一次尝到了烧熟的鱼，蘸着奶油酱的味道实在太棒了！”

“你是作为海豚长大的？”我问道。虽然不想，但还是忍不住被她吸引住了。“你是什么时候来这所学校的？”

“两个月前。”莎丽做了个鬼脸，用手指摆弄着一条天蓝色线绳项链，上面挂着三个小小的银色海豚尾鳍。那三条尾鳍代表着他们海豚小团体里三个成员。“我变成人形时，还是会觉得很奇怪。照镜子的时候，看到头上绒毛一样的一堆怪东西，这样一只奇怪的小鼻子，还有全身上下的这些身体附件。”她晃动着手指头，“可幸好你们别的人也同样这么丑，所以你们也不会介意。”

她竟然觉得自己丑？我默默地看着她，她是我见过的最美丽的女孩。“呃，不，我不介意。”我只能挤出这句话来。

莎丽冲着我笑了，是那种不可思议的真诚的笑容，没有夹杂一丝幸灾乐祸。“当你刚到一个新的地方，头几天会过得很不容易。可是你处理得挺好。嗨，布璐，诺亚，你们为什么不过来？”

那两位不好意思地笑了，向我们招了招手。他们脖子上有什么东西闪了一下，我发现，布璐和诺亚也戴着那条有海豚尾鳍的项链。

“嗨！”布璐打了声招呼，“不用了。反正我也快吃完了。我在外面等你，莎丽。”

“我也是。一会儿见。”诺亚变成人形的时候是一个很强壮的家伙。他喝完菠萝汁，向我抛来一个警告的眼神，端起他的托盘就走了。

“嘿，你们去哪儿？”莎丽冲着他们的背影生气地喊。

“让他们去吧。”我说道，“你们不必这样做，真的。”

“好吧，好吧。”莎丽叹了口气，拿起她的托盘站了起来，“那我先走了。我们有英语课，然后是数学课。我喜欢上数学课。”

唉，好糗啊。这世上最好的女孩想跟我做朋友，结果却被我搞砸了。

贾斯帕来的时候，我正阴沉着脸坐在我的早餐贝果前想事情。“你该多睡一会儿！”他责备我，“这么早就起来，真的不健康！”

“有可能。”我哼了一声，然后我们一起去了教室。

下一节课是英语课，由克利尔沃特先生亲自上。我已经打听到了他的异形是一只白头海雕，所以严格来说，他并不适合这所学校。可他站在齐膝深的水里，看起来很自在。我只是不明白，他今天为什么穿着高筒的橡胶靴，上次在沙滩上他是光着脚的，所以他不可能怕水。

“今天我会把你们上个星期的考试试卷发下来。”他宣布道，“所有人都站到桌子上去！我跟雷奥诺娜去门外。”

我莫名其妙地看着他。而其他的人看起来对这道指示并没觉得有什么异常。包括莎丽也很坦然，我从上课开始就一直用余光观察着她。当她爬上桌时，显得有些紧张，然后跟别的人一样，小心翼翼地不再碰水。

只有一个很高的长腿女孩耷拉着肩膀站着。“讨厌，最近我一直都在专门练习。”她向身材纤细的班长朱娜嘟囔着，“看来又没有成功。”

“雷奥诺娜是一条从亚马孙河来的电鳗。”贾斯帕悄悄告诉我。

我一听也急忙爬上桌子。在我们旁边，章鱼女孩露西在芬妮周围爬来爬去，不安地吸附在她身上。“雷奥诺娜可不要生气！只要你吃得好的话，成绩差点儿又算什么呢？”

“我完全同意你的观点。”芬妮说道，同时拿开一只在她脸上摸来摸去的章鱼触手。

其他人没再多说什么，都盯着一个在教室入口处的小机器。

雷奥诺娜和克利尔沃特先生走到门外。气氛一下子变得很严肃。“可惜你这次又……”滋滋！“……得了一个4分[①]，这个……”滋滋！“……不算一个好成绩，你需要更注意逻辑……”滋滋！

“600伏特。”克里斯赞赏地嘟囔。

托克龇着牙，把克里斯从桌子上推了下去。

“你这该死的棒棒糖！”克里斯喊道，同时一蹦就跳回到安全地带。我被他折服了，除了在超级英雄电影里我还从来没见过跳得这么快的。

“没事了，警报解除。”杰克·克利尔沃特说，他这时带着雷奥诺娜回来了。这节课继续正常地进行，就连隔壁教室发出一声爆裂声都没怎么影响到大家。

“刚刚那是什么声音？”我吓了一跳，问道。

---

① 4分是刚刚及格。

“哎，肯定是二年级的那只寄居蟹又把壳弄坏了。”贾斯帕说，“他变形时还控制不好。”

“原来如此。”我说，就像这是世界上最平常的事一样。

在数学课和后面几节课上，我的目光一直转向莎丽。我刚刚对她那么粗鲁，我该怎么补救呢？如果她不想再跟我有任何联系的话，那就太糟糕了。不知出于什么原因，她几乎是这里唯一一个不怕我的人。我必须跟她道歉，而且越快越好。

贾斯帕打断了我的思绪，他敲着防水的课程表说：“我们下面要上格斗和生存课，这节课在外面的礁湖里上。”

我被吓坏了：“哦不，拜托不要！我不能参加这个！”

“为什么不能？”贾斯帕担心地看着我的脸，“你肯定会表现得超级好，毕竟你像大象一样强。”他挠了挠头，“或者差不多强。我也不太确定大象到底有多强。我从来也没见过。”

我只吞吞吐吐说了一个“我”字，就能清楚地感觉到恐慌在我的身体里蔓延开来。昨天我第一次变成鲨鱼，就已经一团糟了。这节搏斗课肯定会是灭顶之灾。如果加西亚先生的担忧成真了，我伤到别人的话怎么办？这将意味着考验期将在一瞬间结束。

我想办法摆脱了贾斯帕，在课间休息时回到我们的宿舍。在洗手盆边我把凉水拍到脸上，然后在镜子里观察着自己。尽管我的皮肤是棕色的，但我的脸色还是明显变苍白了，海蓝色的眼睛也大大地睁着。别人能很明显地看出来我害怕了。这样不好！而且我还在令人讨厌地打嗝。

现在还有时间逃避。比如说我可以随便得个胃肠炎之类的毛病。这样的病总是突然发生的。是的，如果我仔细听，确实能听到我的肚子里正翻江倒海地咕咕作响。不过这也有可能是由于恐惧而产生的。

为了让自己镇定下来，我打开了手机，结果被吓得更厉害了。我的父亲回信了！我的亲生父亲。噢，我的老天啊！

我现在真的得上个厕所了。我拿着手机，迟迟不敢把消息打开。当我终于站起来时，手指又湿又抖，那该死的手机居然从我手里滑走了……“扑通”一声掉进了马桶里。该死！我本能地伸手去抓住它，结果是手掌和手机一起浸到了马桶里。当我皱着鼻子把手机捞出来时——幸好没人看见，它已经不出意外地死机了。

我绝望地盯着手机。不知道要过多久我才能读到这条消息？我赶紧洗了手，冲到外面，四处张望。每天课间休息时，大多数的学生都会在那片窄窄的白色沙滩上打发时间，游上一圈（像克里斯、芬妮），互相嬉戏打闹（比如那些海豚），或者坐在棕榈树下聊天（像朱娜、雷奥诺娜和达芙妮）。变成人形的内斯特坐在一张躺椅上，把水文学教科书挡在面前，就像有人把它钉在那里似的。

我的犰狳朋友正以人形在一个灌木丛的树荫下打瞌睡。我大步走向他，把他摇醒。“贾斯帕！这学校有联网的电脑吗？如果有，在哪里？”

“在二楼。”他被我摇迷糊了，缓过神来之后对我说。我听后马上就奔跑起来。

可是我没能跑多远。

快 干 胶

突然间，托克和贝瑞出现在我旁边，就像他们要护送我到什么地方去一样。可这不是一个礼宾队。托克把他的手部分变形了，用他那短吻鳄的爪子抓住我的胯部，我感到阵阵生疼。“假装什么事儿也没有，跟我们来！”贝瑞在我耳边低声说道，“不要叫，明白吗？”

太好了，现在我在格斗课和手机的麻烦之外又多了一个跟我在老学校遇到的一样的问题。尽管我似乎比他们强壮得多，可目前对我也没什么帮助，因为我不能冒险打架。所以我只能挤出一个词：“明白。”然后由着他们两个拉着我往淡水湖的方向走去。

莎丽正跟另外几只海豚在浅水里嬉闹，碰巧把头转了过来，朝我的方向看过来。我冲她挥挥手，挤出一个笑容。无论如何我不能让她受到牵连。托克和贝瑞要对我干什么？艾拉面带着恶毒的笑容在前面等着我们。该死！那淡水池塘和水渠是他们的领地，他们肯定打算在那里把我干掉。我要赶紧逃走吗？不然的话，肯定会干上一架。

“还有五分钟就要上课了，你们觉得时间够用吗？”我问贝瑞，同时努力不让我的恐惧被觉察。

“如果我们需要更多时间，那我们就多花一点时间。”贝瑞说，同时观察着我。他的眼睛有一种苍白的蓝色，而且他好像从来不眨眼。

“我觉得，新人要尽早学会规矩！”艾拉讥笑道。

“要是我告诉杰克·克利尔沃特，会怎么样呢？”我问道。

“克利尔沃特是个胆小鬼。他根本管不着我。”托克说道。

“没错，如果他有一天在海里迷路了，我会让他知道，到底谁是老大。”贝瑞补充道。

如果贝瑞能保持直立的话，这话听起来会很有威慑力，可是他突然踉跄着向前摔倒了。

“哦，实在抱歉，我可没想绊倒你。”地上出现了一个浅咖啡色的鼓包，假惺惺地细声说道，同时给了我一个含义明确的眼神。“快，快跑！”是贾斯帕！他可真够勇敢的！

我用力挣脱了托克的爪子，身上留下了几道隐隐作痛的伤痕。当我刚刚绷紧全身的肌肉准备逃跑时，看见莎丽走了过来，然后我就跑不起来了。在她面前，我可不想让自己看起来像一个懦夫。

我有些惊讶，因为莎丽只是顺便向我点了点头，她面带同情的微笑，拿着一个创可贴径直向贝瑞走去。“哦，你弄疼自己了吗？我这里有创可贴，先别动……坚强点儿！”她把创可贴贴到他擦伤的膝盖上，还吹了吹，“你看着，一会儿就不疼了。”

贝瑞分明被惊到了，僵立在原地一动不动。而他的短吻鳄朋友就主动多了，他追着贾斯帕，还想用脚踢他。“你会为此付出代价的，你这披着盔甲的香肠！”

可是贾斯帕很灵活。他飞快地跑向一间储藏室，那里的门有点腐烂了，他想从门的裂缝里钻进去，然后在门后躲起来。可是他判断失误了，那个洞对他来说太小了，他根本钻不进去。偏偏这时托克追了上来，在他包裹着盔甲的屁股上踢了几脚。这倒未必会伤害到我的犰狳朋友，可这样一来他就像一个软木塞子塞在酒瓶里那样被卡住了。

“过分，这是要干吗？”他吱吱地叫着，后腿挣扎着乱蹬。

“我马上让你看看。”一个幸灾乐祸的女孩声音。我被吓得往后一跳，因为我看到一条蟒蛇在沙地上滑向贾斯帕，这是——艾拉的异形！

出于本能反应，我立刻抓住了那条大蛇的尾巴，用尽全力往后拉，尽管她那又滑又硬的蛇皮差点儿从我指尖滑走。在一边看热闹的一些一年级和二年级的学生大笑了起来。也许是因为艾拉此刻根本不像一个荒野女王，而更像一根巨大的棕色面条。

艾拉变回了人形，手忙脚乱地抓起一条扔在一旁的毛巾，想把身体裹起来。可是这条毛巾太窄了，没法把她全裹住。她的脸变得像西红柿一样红。她向我投来怒气冲冲的目光，凝视着我。“你会后悔的，你这个混蛋！”她嘶

吼道。

我震惊地看着她——事实上，我没打算让她在众人面前出丑。

“这是怎么了？你们现在要来上我的课，都忘了吗？”我们面前站着一位身材高大、明显经过训练的女士，她脸型窄窄的，棱角分明，深棕色的头发扎成了马尾辫，穿着黑白条纹的专业运动员泳衣。她生气地把拳头顶在腰间，挨个儿打量着我们。

“怀特小姐，我们……”我还没见过托克这么胆怯过。

“别找借口！赶紧去礁湖，我们一分钟后开始。”当托克和贝瑞走下去时，怀特小姐一把抓住被卡住的贾斯帕，用力把他拽了出来，那扇门可就遭殃了。

“呃，谢谢怀特小姐。那我先走了。”贾斯帕说完就跑了，我还能听到他小声嘟囔，“天啊，我太讨厌被虎鲸从洞里抠出来了……”

她是一条虎鲸，也被称作杀人鲸？现在我终于知道谁是学校里最大、最厉害的动物了。虎鲸轻轻松松就能长到 8 米长——在自然界一条未成年的虎鲨对她来说只可能是一顿加餐，而绝不是一个对手。

我本能地站住没动，有那么一会儿，我和这个老师互相用眼神打量着对方。

“你就是新来的鲨鱼小伙儿吧？”她问道，我默默地点了点头。

当我的念头一转到格斗课时，我的大脑又让我的身体进入红色警戒状态，可不知为什么，这位老师显得那么冷静和理性，帮助我缓解了紧张情绪。

她突然飞起一脚，踹向了那扇腐烂的门，一脚就把它踢碎了，吓了我一跳。怀特小姐看起来很满意。“好吧，现在杰克知道他得让人把它换了。之前一直说没钱，说这个还能撑一段时间。那么是谁每次把贾斯帕从那里拉出来？当然是我。”她耸了耸肩，转身走了，没再理我。

我跟在她后面走下礁湖，那里正有一出异乎寻常的好戏在上演：贝瑞以梭鱼的形态一次又一次地冲向空中。每跳一次，阳光都照耀在他那纤细的银色鱼身上，闪闪发亮。“嗷，嗷，嗷，该死！那是什么创可贴啊，脏海豚？”

“哦，我只是涂了一点点快干胶。”莎丽解释道，同时以她的海豚形态在清澈碧蓝的礁湖里飞快穿梭，为了不被贝瑞逮到。我忍不住咧嘴笑了起来。怪不得她在创可贴上吹气……原来是为了让胶水快点变干！

“那该死的创可贴在我变形的时候至少扯掉了十几二十片鳞片！”贝瑞骂道。这时诺亚和布璐从边上拦住了他，不让他继续追击莎丽。

“贝瑞，现在安静！”怀特小姐指挥道，她对他的同情显然非常有限，“所有人，请变形。”

我一下子又跟之前一样紧张了。

格斗课开始了——现在再请病假已经太晚了。

咬 合 力

很明显，我别无选择，我必须想办法熬过这两节课。所以我就让自己沉入水里，集中精力在变形上。我几乎立刻就感觉到了身体发麻。我虎鲨的样子清清楚楚地展现在我眼前……搞定了，我现在是一条鲨鱼了。可是有什么地方不对劲——我还能摇晃脚趾！当我弯曲身子去查看是怎么回事时，我看见我的人腿从尾鳍下露了出来，看起来愚蠢极了。

“把眼睛闭上。然后想象你的鲨鱼身体没有腿时是什么样的。”怀特小姐建议道。成功了！

本来我想待在礁湖里我变形的地方不动，以免吓到别人。可这不行……如果我不游来游去的话，我就会沉到水底，而且呼吸会变得更困难。所以我只好慢慢地四处巡游，让水流过我的鳃，以获得足够的氧气。“对不起，对不起，我需要经过这里，实在很抱歉……”

虽然我离那些海豚很远，但他们还是不由自主地挤在一块儿。布璐害怕地发出哨声，诺亚显然是一位真正的绅士，挡在我和那两个女孩之间，保护她们。

“没事啦，那是蒂亚戈，他平常是一个很友好的家伙，”莎丽向她的朋友保证，“除非他认为有人要让他出丑或者他正受到浮筒的威胁。嗨，你们不是看见了吗？他是多么乐于助人！如果没有他，那些人早就把贾斯帕干掉了。”

“呃，莎丽，可是那时候他还是个人。”诺亚有些不安地说。

还没过五秒钟，我从他旁边经过时靠得太近了，我左边的胸鳍不小心擦到了他。诺亚惊恐地往后退，不自觉地紧紧靠在玛拉的前肢中间。海豚是没法儿脸红的，可诺亚在这一刻差点就变红了。玛拉反倒笑了，不知道是因为她很有幽默感还是因为她那里很怕痒。

“不用担心，如果那条鲨鱼敢斜着眼睛看你们的话，我就给他一个电击。”雷奥诺娜承诺道。

“哎，等一下！”我连忙说。

芬妮出其不意地朝我扑打过来，以超过两米的大蝠鲼形态，有着黑色的背面和浅色的腹部。“哎，蒂亚戈，别这样。这样一次小小的电击对血液循环很有好处。”

诺克斯埋怨道：“小心点啦，你这个会飞的煎饼，你的鳍差一点打到我的脸上了！”说话间，他就用他那鹦鹉鱼的嘴咬了芬妮一口。

芬妮转过身来，像一个黑色的复仇天使一样在诺克斯面前张开身体。“什么，你就为了这个咬我？就是因为我差点儿弄疼你？喂，你脑子还正常吗？怀特小姐，我能选这个蓝色的小坏蛋练习搏斗吗？”

我只用了一半心思听他们斗嘴，因为我非常紧张。有可能根本不会轮到我练习。或许怀特小姐已经从加西亚先生那儿听说了

变形课上发生的事，然后就会放过我，让我独自不受阻碍地游来游去！

虽然这里没有陌生人能看见我们——这个环礁湖被一片红树林遮挡住了，从开阔的外海无法看进来，但怀特小姐目前显然没有变形的打算。她从容不迫地走进水里，直到水漫及她的腹部。“好，开始。利努斯，你先来。”

“我正在孵化，不能参与！”我听到一个细小的男声，是从哪里传来的？我仔细地环顾四周，但还是谁也没看见。

怀特小姐不耐烦地呼了口气。“你又在孵化？我不相信！”

“很好玩的，”那个声音固执地回复道，“您知道怀孕的时候不能变形，因为这对孩子可能会有危险。”

什么？一个怀孕的男孩？我又游近了一些，然后发现了一只我在接待大厅的水族箱里见过的小小的黄色海马。他正用尾巴把自己固定在一块石头上——果然他的肚袋里有卵。海洋动物比我想象的还要奇特！

“而且我也不想搏斗。”利努斯补充道。

怀特老师扬了扬眉毛。“可是你想要生存，对吗？”

“哎，您就让他安静安静嘛，孵化只需要十天，”班长朱娜说道，并以一条黄黑色蝶鱼的形态在怀特小姐的脚趾周围游来游去，语气听起来倒是挺斗志昂扬的，“而且那些海马宝宝真的很可爱！”

“是啊！”海牛玛拉附和道，虽然她随便吸一口气就有可能无意间吸进十个这样的宝宝，而且自己还察觉不到。

那只海马悠然地在石头上晃来晃去。我很确定他的第一形态就是上次那个跟朱娜说悄悄话的瘦瘦的金发男孩。上次他们说的大概与我无关，当时朱娜可能在劝阻他不要这么年轻就生那么多的孩子。我的父母会不会也是类似的情况？可能他们生孩子的时候还太年轻，觉得自己无法胜任父母的角色？

我向海湾周围快速瞥了一眼。贾斯帕以犰狳的形态蹲在沙滩上，怀疑地打量着在几米外大摇大摆走过沙滩的海鸥达芙妮。他们两个也在搏斗课上请假了吗？

“克里斯，你来。跟我们说好的那样。”怀特小姐对那只优雅地在水里穿梭的海狮说，他正小心地和我保持着距离。

“没问题！随时效劳！”那海狮前肢一拍，快速转身，冲向沙滩方向，然后正好在贾斯帕面前激射出水。我的朋友受到了惊吓，四脚离地跳了起来。

“就连皮球都跳得没你高。”克里斯叹了一口气说道。

怀特小姐也叹了一口气：“贾斯帕，请不要在你害怕的时候跳起来。当汽车从头上快速驶过时，你的那些同类都会这样做。可这样跳起来反而会撞上汽车的底盘，然后就完蛋了。”她目光犀利地向那两个蹲在陆地上的同学看了一眼，“所以你们俩就练习这个，直到贾斯帕能像被粘住了一样坐住不动，清楚了吗？达芙妮，你就练习快速起飞——你上次跟瘫痪了似的，就连一条老掉牙的食肉鱼都能跃到空中抓住你。”

怀特小姐打量着剩下的学生。我的脉搏开始加速，可幸好被点名的不是我，而是黑尖吻礁鲨拉尔夫和章鱼露西。“你们俩先来一次攻防练习。”怀特小姐说道。

“谁想抓到我，得先找到我再说！”露西滑进岩石缝，然后像变色龙一样，把身体变成棕白斑驳的颜色，这使她几乎隐身了。

可对她来说，不幸的是，拉尔夫跟我都能感觉到她肌肉里的电流。稍稍迟疑之后，拉尔夫很快就用嘴把露西从她的藏身之处拖了出来，尽管她使劲扒着她能扒住的东西。“抓住你了！”他胜利地喊道，“多么轻松的一个动作，对吧？”

“我现在死了吗？”露西问道。

“如果你现在能想出什么办法来的话就还没有。”怀特小姐回复道，一边把胳膊交叉抱在一起。有可能这个动作给了露西一点启示，她用八条触手缠绕住拉尔夫……有几条触手直接罩在他的鳃上。

“该死，我现在该怎么呼吸？”拉尔夫抱怨道，“嗨！我……没法……呼吸……了！”

“这是我的问题吗，大嘴兽？”露西根本就不想把触手移开。

一段时间后，拉尔夫不得不放手投降了。这次露西得分。我忍不住咧嘴笑了……可这笑意在怀特小姐看我的那一刻立马就消失了。是的，她确定无疑是在看我，因为我身边除了水没有别的。“好，现在轮到我们的新人了。谁能把我在沙滩上准备好的树枝拿过来？”

贾斯帕把树枝推进水，然后克里斯用嘴把它们推到我这儿。

“首先，你需要学会估算你的咬合力，蒂亚戈。”怀特小姐示意我游近一些。她把一根和胳膊一样粗的树枝推到我嘴前。

“请把它咬断。”

好啊。一秒钟后，就只剩树枝的碎块漂浮在礁湖中了。耶，这个好玩！

跟浮筒事件一样，同学们开始窃窃私语。可怀特小姐并不在意，她递给我第二根树枝。“现在请你把它这样衔在嘴里，注意不要咬断。”

“好。”我回复道，然后按照她的指示执行。当我把树枝松开后，怀特小姐检查了一下上面的牙痕，显然找到了很多。“好，第三根树枝，你把它咬住，但尽量不要咬坏它。”

这真是最难的练习。我不小心把一根树枝咬断了，下一根也坏了。当别人进行搏斗练习时，我却只能制造碎木块或者说注意不能把木头弄碎。我感到很轻松，但不知为什么也有些失望。把这些树枝咬断很好玩，然而如果能来一次小小的搏斗可能也很有意思。我嫉妒地看着别人，对贾斯帕说："这太累人了，我已经不想再看见树枝了！"

"累人？看看我吧！"贾斯帕气喘吁吁地说，"我的腿现在就跟橡胶做的一样没感觉了，一直在跳上跳下的！要想改掉一个习惯，实在是太难了。"

过了很长时间我才想到，如果用脑子沟通的话，有可能谁都能听见。可怀特小姐没让人察觉出她有没有听到我的抱怨。

这两节课是今天最后的课，所以一听到杰克·克利尔沃特用他的螺号宣布放学，同学们就都溜走了，大部分还在各自的异形状态里，包括贾斯帕和那些海豚。我也想快点走，然后找一台能打开我父亲邮件的电脑。可跟加西亚先生一样，怀特小姐也让我留了下来。"你害怕了，对吗？"她说道。

我犹豫了一下，可还是选择了诚实。"是的，我是这么危险的动物，这让我感到害怕。您究竟是怎么对待……"

剩下的半句话我吓得咽了下去，因为转眼之间怀特小姐已经开始变形。在我面前，一个流线型的有黑白花纹的身体拱了起来。大量的水从她身上流了下来。一只像剑一样的背鳍从水里冒了出来。随即，一件无主的泳衣漂在水面上。我急忙往后退，就像一个学车的新手第一次尝试着倒车停车。

"如果你能学会更好地控制自己，恐惧就会慢慢消失，包括你自己的恐惧和别人对你的恐惧。"怀特小姐说道。那头黑白色的雌虎鲸在我面前的水里流畅地滑行着，在水面上吸了口气然后又潜入水下。她巨大的头朝我转过来，打量着我。这次我没有躲避。

“您可以教我这个吗？”我试探着问道，“对我来说，我不太容易控制好我的感觉……”

“感觉？它们被高估了。”怀特小姐轻蔑地回答道，看都不看我一眼就游走了。

这应该是一个否定的回答。可是我需要帮助，我觉得自己无法独立做到，而一个糟糕的错误就能把我从考验期踢出去！

“请您带我练习，我保证一定不会再跟您谈感觉了！”我冲刺般地游到她身旁，和她并行向前游着，“我觉得您是这所学校里唯一能真正理解我的人。”

“啊哈，你觉得。”怀特小姐嬉戏般用尾鳍把一块之前被我咬碎的树枝甩到沙滩上，然后很快地向开阔的大海游去，把我一个人留在她身后的水流漩涡里。“回见。你能在上岸之前先收拾一下吗？”

我被甩掉了，失望地向她的背影看了一会儿。我该怎么做，她才能变成我的导师呢？我面前浮现出一个大师和徒弟的画面，就像卢克天行者和欧比旺·克诺比[①]一样。只是很可惜，好像怀特小姐的脑子里并没有同样的画面。

只要我完成她让我做的事，我肯定会有机会的。所以我开始收拾，虽然收拾东西从来都不是我喜欢做的。

可是这次挺好玩的：树枝碎块飞在空中，落到沙滩上、灌木

---

① 欧比旺·克诺比和卢克天行者是美国系列科幻电影《星球大战》里一对有名的绝地武士师徒，其代表了非常传统的师徒关系，除了传授技艺之外，大师更是人生导师，和徒弟有类似父子的情谊。

丛里和我宿舍的屋顶上。随即，愤怒的抗议就冒了出来：“老弟，冷静点！”我们隔壁宿舍住着克里斯和拉尔夫。

直到我又变回人形穿好衣服站在沙滩上时，我才想起我父亲的邮件。

我一下子变得很着急。不一会儿工夫，我就坐在教学楼二楼的图书馆电脑室里了。我意识到自己在发抖，幸好这里没人会注意到我。我一只手把一个甜甜圈塞进嘴里——这次变形之后我又非常饥饿——同时用另一手点击了“打开”。

秘 密 基 地

我迅速地读完了那封只有寥寥数行的邮件。

你好，蒂亚戈！

很高兴你能写信来。我们希望你对杰妮或者说约翰尼这些年对你的照顾还满意，同时也希望你已经能很好地适应你的异形了。我们目前正在巴黎，需要在这里完成一些咨询的工作，不过星期五我们就会回美国。

祝好，伊利丝也向你问好。

斯克特·安德森

我盯着邮件，恨不得把它删掉。打招呼的方式就让我觉得很差劲，只有这么一个简单的“你好”，写一个“亲爱的蒂亚戈”有这么难吗？不过，这样至少说明他们很诚实。他们不了解我，所以也不可能爱我。

但我觉得也有可能会发生改变，如果他们认识了我呢？我很快写了回信。

嗨，斯克特！

星期天是学校的家长日，会举办表演活动，你们会来吗？如果我能见到你们的话，会是一件很棒的事情。

祝好！

蒂亚戈

嗯，这样就好，给他们一个明确的邀请，但又没表现出我急着要见他们的样子。我可不想逼他们。人被逼迫的感觉很不好，更不用说鲨鱼了。

我的收件箱里还有第二封邮件，是兰多发来的。我很高兴他没有忘记我。他有些犹豫地问新学校怎么样，我回答说还挺喜欢的。虽然这里也有一些要把人推来推去的家伙，可作为补偿，我们在休息时间可以到沙滩上去。

然后我给约翰尼叔叔写信，这让我感到放松极了，因为我能无所顾忌地告诉他一切。比如说，我很讨厌这里很多人都怕我，还有一些人要干掉我。“一个女孩想用她的妈妈来威胁我。很奇怪吧？不过听说她还真的是一个可怕的人。”我写到这里的时候觉得脊背一阵发凉，不禁打了一个寒战。兰多每次都说只有当一个人在他未来的坟墓上走过时才会有这样的感觉。无稽之谈！

我听到有人走了进来。我本能地转过身去，为了不让敌人从背后偷袭我。但这回不是敌人，是莎丽。她扬起眉毛看着我，跟怀特小姐一样，手臂交叉在胸前。“你一直防备着有人会攻击你，对吗？”

“在我以前的那所学校里我一直得这样，但很不幸，在这里也一样。”我说道，莎丽点了点头。我想起我今天在餐厅里对她是多么粗鲁，感觉血一下子涌上了我的头。我必须得道歉，最好就是现在！

“听着，实在对不起，如果我……”

可莎丽用一个手势打断了我。“省了吧。实际上我来只想问你点儿事。”

“什么事儿？”

“你要不要一起来？”

“嗯？去哪里啊？”

“哎，有惊喜等着你哦。可你需要变形，这对你来说会有麻烦吗？”

什么？她问我，这对我来说会有麻烦吗？鲨鱼天生就是海豚的死敌！如果她打算跟我一起去海里的话，我对她来说才是一个麻烦呢。我脱口而出：“呃，不，不会有麻烦。可你们也许有口笼什么的给我用吗？毕竟安全第一。”

我紧张的时候就容易说一些傻话。

莎丽笑得太厉害了，以至于她马上就真的有麻烦了。她的人形突然不见了，只见图书馆的地上躺着一只海豚，身上还挂着撕裂的T恤。她那两米的身长，这里实在是装不下。她的尾鳍压住了一个书架，嘴顶在一个装办公用品的柜子上。

“该死，怎么会这样！”莎丽哀叹道，“救命，我要怎样才能离开这里？”

“你不能很快变回去吗？”我担心地问道。

“我试一下。”莎丽回答道。可什么也没发生，除

了她的海豚皮肤短暂地失去了灰色，看起来像她半粉红色的人类皮肤。“讨厌，又不行了。”

“我可以找一些人帮忙，把你带到礁湖里。”我一下子束手无策。

这只浅灰色的海豚发出了一个哨声：“千万不要！万一被加西亚先生发现了呢？穿过窗户我就能跳进水里，可我现在做不到。我身体太重了，你也根本抬不动我。你能不能把我推到门那儿？”

为了移动到门那儿，莎丽把头扭来扭去，腰也弯曲了。她的尾鳍扫到一些架子上的书，散了一地。“等等，我来弄吧。”我赶紧说道。幸好这一刻贾斯帕把头伸进门来了，疑惑地四处张望。

“我们需要一桶水，或者最好更多的水！”我求助道。我的朋友说了一句“很快就来”就跑了。

“马上就会好的。”我尝试着安抚莎丽。直到我听到贾斯帕慌忙跑近的脚步声后，我才松了一口气。“好了，现在有大量的水了。”他雀跃着走来，同时得意地给我看那满满的两桶水，结果却绊倒了。一个水浪泼到那些散落在地上的书上，书立马就被泡软了。“哦，不妙。”贾斯帕说。

“至少地现在湿了。”我说道。幸好那个合成材料地板遇水变得很滑，莎丽的海豚皮肤也是。贾斯帕和我双手按住她的背，同时抓着她的鳍，以获得更好的借力点，然后开始用力推。

“看，这不可以了吗？”当我们把莎丽推过门时，贾斯帕欢呼道。可到了走廊里又停住了。

“去取更多的水来，这里太干燥了，没法滑行，”莎丽说，“另外，我的皮肤已经很酥脆了！”

“酥脆？”我惊愕地问道——这个词我只知道是用来形容饼干的。我和贾斯帕急忙带着水桶跑到走廊尽头的洗手间去取更多的水。

当我把凉爽的清水倒到莎丽身上时，她发出享受的尖叫声。“很好，我们很快就到楼梯那儿了——哦，我讨厌楼梯……”

“扑通”“扑通”“扑通”，她顺着楼梯一路颠簸着往下滑，“啪”的一声掉进餐厅齐膝深的水里。“快，过来。”她对我说道，“我们可以从这里游过去！”

我只犹豫了片刻，然后说：“回头见，贾斯帕，谢谢你的帮助。”然后潜入水中变了形。

章鱼舍监约书亚兴致勃勃地看着我们从礁湖里游走。他靠在一个拖把上，部分变形的手里拿着很多东西：拖把、抹布、两种不同的洗涤剂、一个桶、一个装满了垃圾的袋子……另外居然还有一本书，名为《来自深海的呼唤》。

我们穿越了礁湖，莎丽径直游向那片翠绿的、盘根错节生长着的红树林，穿过树林中间的一个开口就到了开阔的外海。我犹豫着是否要继续跟着她。“可是……我可以这样做吗？我还从来没有在外海当过鲨鱼。”

“我知道，”莎丽说道，同时加快了速度，“现在是时候了！”

她在水里像一枚劈波斩浪的鱼雷，还时不时跳起来，然后又一头扎入一大片泡沫里。海豚都能达到这样的速度吗？“嗨，”我喘道，“能不能慢一些？我是一条虎鲨，不是一条涡轮增压鲨[①]！”

---

① 德文原著这里用了两个谐音的单词：Tigerhai（虎鲨）和 Turbohai（涡轮增压的鲨鱼）。

“这样也好，涡轮增压鲨发出的噪音肯定很大。”莎丽用她深色的眼睛调皮地看着我，放慢了速度。

我们先在深水里转了一圈，这里深得连海底都看不见。我像被催眠了一样呆呆地往下看着，可莎丽领我回到了学校附近的珊瑚礁。这里太美了，和之前我游过的那些无聊的瓷砖泳池完全不一样。

“这是我们的礁石房子，如果这附近没潜水员的话，我们有时会在这里训练。”她告诉我。

光线穿过海水透射进来，让这里看起来像一座被光浸没的外星城市，到处都是形态各异的生物，它们在这里争吵、嬉戏、检视自己的领地或是照顾自己的后代。当它们看到我们时，成群的小鱼惊慌地四散逃去，寻找隐蔽处躲了起来。我避开了一条狮子鱼，它充满戒备地伸开了鳍，警告我它是有毒的。“啊哈，这个品种我在书里见过。”我兴奋地说。

莎丽疑惑地问：“他们是怎么把鱼弄进书里的？”我才又想起来她是作为海豚长大的。

我开玩笑逗她：“把它们压得很扁的话就可以了。”

“那些鱼真可怜……可恶！”莎丽围着那条狮子鱼转圈，用脉冲声波探测着它，然后继续往前游，“其实我们在海里玩的时候，我想把你带上，可其他人都反对。”

“我并不觉得意外，”我说道，而且几乎没觉得有什么不舒服的，“那么你们在海里都做些什么？”

“咳，就随便做点儿什么，”莎丽避开了我的问题，“反正我先带你看看我们在这附近的秘密基地。哦，小心，别碰那个东西。那是一只火珊瑚，你会被它烧焦的。”

幸好我还来得及把鳍拉开。“谢谢！你们有秘密基地？还有谁知道啊？贝瑞也知道吗？”

“他当然不知道，”莎丽立马说道，“很少人知道，我们只告诉我们喜欢的人。这算不上是绝密，可也还算是个秘密。”

“酷！”我说道，并且暗自琢磨，她的海豚朋友知不知道，她带我去看他们的秘密基地。

虽然我之前吃过一个甜甜圈，但现在肚子还是饿得咕咕叫。

在游过去的途中，我观察着那些在礁石上的鱼。我能直接叼走一条吗？我不太敢。可当有一条肥肥的、有条纹的鱼脱离鱼群，从我嘴边游过时，我的身体做出了本能反应。啊呜，一个短暂的挣扎，我就把我的猎物吞了下去。什么味道也没尝到，可无所谓，我的肚子填饱了。这是我第一次打猎！好吧，或者说我只是服务了自己一下。那条鱼的行为明摆着是想找死。

我不安地朝莎丽看了看，可她没显露丝毫的不安。“好主意，”她说道，同时叼住了一个跟手指一样长的海洋生物，一下子就把它吞了下去，“不知道这东西在你们人类那里叫什么，我们称它为少刺小点心！”

我们到了一个地方，在清澈的水里能清晰地看见一艘沉船。莎丽宣布：“我们到了。”

我惊呆了，这就是他们的秘密基地。沉船的残骸棱角分明，一直伸展到大约水面下 5 米的地方。船体很大，跟一艘游览汽船一样，并且船身已经有一半被五颜六色的珊瑚和贝壳覆盖了。“我们要游进去吗？”我有些犹豫地问。这是一个很白痴的问题，因为莎丽已经开始往那里游了。

“哦，已经有人了。”她说道，我身子一紧。会是谁呢？我并不是跟学校里的所有人都能很好地相处。可现在退缩明显太晚了。

沉船和水球

我们小心翼翼地从一扇门中挤了进去，那里面确实有一个充满空气的区域。

“那么现在干什么……这是给人形的海行者准备的吧？”我说道，然后身体不自主地一阵发痒，就是变形时的那种感觉。瞬间我就变成了一个光着屁股的男孩，我急忙往上爬到空旷的区域，抓起一条扔在附近的毛巾，赶紧裹住自己的臀部。幸好莎丽没看见，可我的心还在怦怦乱跳。天啊，如果刚刚这突如其来的变形发生在 20 米深的海底或在遥远的外海会出什么事呢?

秘密基地里有一股潮湿的铁锈味，这里有一个装有零食的柜子，一些彩色的橡胶垫子和游戏机扔在地上，整个环境很酷。

果然，已经有人坐在里面了，是一个高大的金发男孩，他有一双明亮的蓝眼睛——克里斯，那个海狮变形人。“嗨，莎丽，我就知道你会过来的。”他说道，我从他看莎丽的眼神里能看出来，他很期待莎丽过来，同时还希望我是在月亮上，或者在深海里，反正离这儿远远的。

“嗨，克里斯！”莎丽显得很热情，这反而让我浑身不自在。之后她不再说话，因为在忙着变形。刹那间她变出了手，背鳍暂时没了。接着没有动静了。“唉，该死，算了，我还是放弃吧。”她叹了口气，重新变回了一条正常的宽吻海豚。“克里斯，星期天我们的家长来的时候，你表演什么？”

我注意到克里斯在听到“家长”这个词时变得很局促。

“哦，对不起，”莎丽急忙说，同时把鼻子放到他的膝盖上。“我不该提这个，忘了吧，好吗？顺便说一下，布璐和我准备了一个舞蹈表演，芬妮要表演变形。”

我在想他的父母怎么了。显然至少他是认识他们的，总比我对我的父母了解得多吧。我的父母会不会来呢？每当我想这个问题的时候，就变得异常紧张。我安慰自己说，约翰尼叔叔会来的。

克里斯用一个挑衅的眼神打量着我。“你肯定不会表演什么，对吧，帝……帝诺……帝亚诺……”

“蒂亚戈。”我说道，并直视着他的眼睛，“我可以咬断很粗的树枝。我刚从怀特小姐那儿学会的。”

“你想把一半的家长都吓跑吗？”莎丽叹息道。

克里斯扬起眉毛，说：“哈，就跟他们说，你的新宠鲨鱼只想玩游戏，那他们肯定就会相信你了。至于在这游戏之后身体可能会缺胳膊断腿什么的，你就先不必说了。”

我报以龇牙一笑，克里斯显然没料到我会笑，他犹豫了一下，也咧嘴一笑，然后转向了莎丽：“在那讨厌的表演日之前幸好还有个派对——疯狂星期五。”

莎丽发出了一连串哨声，显得很兴奋。

“噢耶，我喜欢派对。”我说道。

克里斯的笑容消失了，他转头注视着我说：“你知道吗，呃……你最好还是不要参加，蒂亚戈。”

“为什么？”这对我可真是一个打击。

“对啊，为什么？”莎丽失望地问。

“我听说……”克里斯吞吞吐吐地说。

“你听说什么了？”莎丽用她那深色的海豚眼睛友善地注视着他。

克里斯欲言又止，挥了一下手说：“我保证过不说出去的。你就别去了，好吗？在你的宿舍里待着，蒂亚戈，读一本好书或者什么的。还会有别的派对的。”他匆忙地转向莎丽，继续说道：“你听说了吗？达芙妮给玛拉制订了一份她认为适合海牛的减肥饮食计划。”

莎丽发出了一个哨声：“没有！玛拉说什么了？”

派对的问题就被一下子抛到脑后了——看来海豚女孩的注意力很容易被转移！

笑容又回到了克里斯的脸上。“那个好脾气的玛拉生气了，说她无论如何也不可能节食减肥。这样她就会瘦得吓人。”

“这就对了，她现在这样就很好。”莎丽说道，并发出了一声悠长的尖叫。

我们又八卦了一阵后就都游回学校了。“你喜欢那里吗？”莎丽边问我边跟已经在礁湖里玩耍的布璐和诺亚打了个招呼。他们两人都小心地跟我保持着距离。

“很喜欢，”我感觉到我的心在“扑通扑通”跳着，“为什么你要为我做这一切？”

莎丽以海豚的形态围着我的腿游来游去，她用意识传递的声音变得越来越小，也许只有我能听见。“我们本来也能帮助贾斯帕的。可不知为什么，除了你之外谁也没去做。很讨厌，不是吗？每当我想起这一点时，都觉得心里不舒服，甚至有些反胃，很难说清楚。”

“我懂。”我说道。此刻我心里也正有种说不清的感受，但还不算糟糕。

当贾斯帕听说莎丽带我参观了他们的秘密基地时，他立刻表现得非常羡慕。“她也说过要带我去看的，可我不能潜那么远！”贾斯帕叹了一口气，“也许我这辈子都不会看到了，真遗憾。那地方听起来真的很棒。”

我打量着他，问道：“你憋气能憋多长时间？”

“大概十分钟，可你教不了我游泳的。我不可能学会。”

我不解地看着他。“那你为什么需要憋气呢？”

然后贾斯帕骄傲地展示给我看，他是怎样在餐厅水底的地板上跑来跑去的。

“野外的犰狳在河底就是这样活动的。”他向我解释道。

我忽然有了一个主意。这段时间我在学校四处晃悠的时候，在一个仓库里发现了一种透明的、带拉链的水球，球里可以放东西，放好之后能往里面充气。“我们可以在上面拴一条绳子，然后我就能把你拉到沉船那里去了。”我对他说道。

“你变成犰狳的时候体积很小，把你放进那个水球简直轻而易举。”

贾斯帕很兴奋。甚至当我把他塞进水球里时也是如此。只有当他意识到拉链只能从外面打开时，他的兴奋才消退了一些。

“别把我留在里面，你听到了吗？”他说道，用前腿顶了顶透明的塑料，用他纽扣一样的眼睛不安地看着我。

“放心吧，我是你真正的朋友。”我说道，用一个打气筒往水球里充气，接着把装起来的贾斯帕夹在手臂下，好把它一起带到礁湖去。

“好，时间差不多了。”我变完形后说。可当我想把绳子咬在嘴里时，却发现球已经不在刚才的地方了。我想起来海豚最喜欢玩球了。他们似乎觉得生活里的所有事物都很好玩，除了变形课。当我发现的时候为时已晚了。

“啊，这是要干吗？”当海豚们兴高采烈地把球在水面上推来推去时，贾斯帕在里面大声呼救，“救命啊！”

“来吧，好好享受吧！哇哦！”布璐把球顶在鼻子上保持着平衡，然后又把它传给了诺亚，后来莎丽把它夹在胸鳍中间把玩着，并尝试带着它潜下去，不过没成功。这期间贾斯帕在里面翻滚着大喊：“我讨厌坐过山车！”

“哦，那好吧！”诺亚说道。突然间我看见一只在飞的犰狳，诺亚把装着贾斯帕的球用尾鳍抛向我这边。“祝你俩玩得愉快，在你们离开的时候，记得锁上门，好吗？”

“我没看到门啊。”我困惑地说，然后那三只海豚笑了起来。

“只是一个玩笑啦。”莎丽开心地说。

原来如此。

我用我新学会的涡轮模式游到开阔的外海上，并希望还能找到那艘沉船。鲨鱼形态的我用某种方式记住了路线，不需要再三考虑就找到了地方，只有一次——在火珊瑚那儿拐错了。沉船已经在我们眼前，它矗立在海底，我毫不费劲地把贾斯帕拉下去，又让他在沉船的空气里浮上来。

贾斯帕太兴奋了，在我放他出来之前他就用爪子把球抓破了。“哦，对不起！”他说道，“这里真好，我能经常来吗？”说完他就让自己四仰八叉地倒在地上了，显得有点疲惫。

因为球弄坏了，所以返程时贾斯帕不得不抓住我的鳍离开这里。我尽量快地带他游回到了礁湖。

“这是一次很酷的郊游！”贾斯帕咳出一些海水后就摇摇晃晃地回宿舍了。

而我则去教学楼查邮件，在打开之后立马就看见有一个来自我父亲的新邮件通知。我打开邮件的时候，因为紧张差一点把它删了。但当我成功打开之后，有那么一瞬间我几乎喘不上气来。

请来一个鱼汉堡

我飞速地扫过父亲发来的几行字，又一次不敢相信自己的眼睛。

> 嗨，蒂亚戈！
>
> 看来我们有可能去参加你们学校的家长日活动。如果你需要什么或者需要我们给你带些什么，尽管跟我们说。
>
> 祝好。
>
> 斯克特

哇哦，这代表我很快就能见到我的父母了！很快！一想到这个我就觉得紧张了。我们会怎么打招呼呢？他们会觉得我怎么样呢？如果他们不喜欢我，见面以后不想再见我，那我该怎么办？我怎样才能避免让自己出丑呢？我没打算登台表演，他们会不会觉得很遗憾？我还来得及排练点儿什么吗？

我没有回这封邮件，如果说我什么也不需要，那纯粹是在说谎。可我不想让我的父母觉得，我想见他们是因为对他们的钱感兴趣。

我沉浸在这些想法里，走在回宿舍的路上。

莎丽以海豚的形态漂在浅水里，当她抬头发现我时，她的神色一下子变得很担心。“怎么了？”

“我父母有可能来参加家长日活动——这将是我们的第一次见面。”我说道，坐在她旁边的海水里，我的短裤马上就湿透了。

“哇哦！你很期待吗？”

“我想是的。”我说道，然后意识到自己真的非常期待。不只是因为马上要见到我的父母了，还因为到星期天那天，我终于能够亲口告诉约翰尼这些天在蓝礁中学发生的一切：关于我的狁猍室友，在变形课上发生的差错，莎丽带我看的秘密基地……

我突然有了一个想法。

“你给我看了你的秘密世界，展现了你的友好。我也给你看看我的怎么样？”

莎丽把灰色的头晃来晃去，用她的回声定位系统检查着我的膝盖，这让我有些发痒。她那调皮的海豚眼睛注视着我。“听起来不错，那到底是个什么样的世界呢？”

我迅速环顾四周，确认有没有人在偷听。“我看到离这儿差不多一公里的地方有一家快餐店。要不要去那里来一份汉堡？如果没人发现的话，就今天晚上怎么样？”

“听起来棒极了！我要去！”她兴奋地用尾鳍拍打着水，“我得变形，这可能需要一点儿时间。”

这句话就像给我当头浇了一杯冰水一样。我想起来她变形有多差劲以及上次在图书馆里发生的事。“停，停，这真是个坏主意。我刚刚有些考虑不周，也可能是被我父母的邮件搞糊涂了，还没清醒过来。”我急忙说道，“我们不能这么做，这太危险了。我也能用别的方式给你看，怎么样……”

“嗨，这不公平！”莎丽从水里探出头来，张大嘴巴并发出愤怒的尖叫，“看在老天的份上，我们去吧。保证会很有趣。”

这个女孩确实有些胆大妄为，也真够固执的。她跟我磨了10分钟，直到把我说服，最后计划也成型了：等大家都回宿舍后，我们就跑到那家快餐店，吃一个汉堡，然后悄悄溜回学校。神不知鬼不觉。

“那你的海豚朋友呢？”我问道。

“啊哈，他们今晚要在开阔的外海里睡，”莎丽安慰我道，“我就说我要在礁湖里待着，我们吃早饭时再见。虽然布璐不喜欢我做事不带着他们，她不喜欢一个人，可是我能搞定。”

整个晚上我都处在一种紧张的状态中。我怎么会想出这样的馊主意？如果莎丽突然变形的话我该怎么办？如果在餐厅里碰到老师的话该怎么办？作为海行者，未经许可是不能去那儿的。如果我们让自己陷入危险的话，老师们肯定都会觉得这样的行为该受到谴责。我会因为这件事而被开除吗？对此，我的父母会说什么呢？如果他们星期天来参加家长日活动，这真是给他们的一个大大的“惊喜”。我已经可以想象那个场景了。“嗨，你们两个，很高兴你们来了，可惜我刚刚被学校开除了，我还是带你们参观一下？”

另外一个问题是我们怎么才能弄到钱？我现在只有一张皱皱巴巴的五美元纸币。莎丽显然听到了我的想法，她安慰我：“别担心，我有一些你们的绿抹布。”当她跟在我小腿旁游到餐厅里时，她悄悄地在我头脑里对我说："这叫什么来着？哦，对了，美元。是这样的，怀特小姐喜欢戴镶着彩色石头的银戒指，有时候她在变形前会忘记摘掉，它们就掉到海里去了。我们这些海豚就帮她取回来，当然都是有偿的！"

"这一切有点疯狂，"我还是顾虑重重，小声地问道，"我们能不能……"

"不能！"她很坚决地说，"你想叫我空欢喜一场吗？"

"不，我不想。"我弱弱地说。

那三只海豚在吃晚饭时保持着异形，我好奇地观察他们是怎么把鱼吞下去的：他们用牙齿咬住鱼，在嘴里像玩杂耍一样转一下，直到鱼头朝下，然后不加咀嚼地让它从嗓子眼儿里滑下去。真好玩。

"这样鱼鳍就不会卡在喉咙里了。"诺亚跟我解释道。布璐什么也没说，只是时不时小心地看我一眼。不知道在未来的某一天，她能否习惯我以及我的虎鲨形态？

我的思绪又飘到了家长日，不由自主地颤抖了一下。如果布璐运气不好的话，这里很快会有更多的鲨鱼，虽然只是暂时的。我们的第一次见面，哦，老天！这个念头让我紧张。我的父母会认出我吗？我会认出他们吗？

从我桌旁经过的艾拉注意到了我在颤抖，她幸灾乐祸地看着我，说："怎么，已经害怕了吗？你以为你可以为所欲为地对待我？你很快就会得到报应的，我已经写信告诉我妈妈发生的事了！她会教训你的。"

她到底在说什么？是关于贾斯帕被欺凌，我替他打抱不平的事吗？不会吧，更有可能是指搏斗课之前发生的事，当时我把蟒蛇形态的她在地上拖走，让她出了丑。在她看来，那条讨厌的毛巾一直滑落肯定也算我的责任。

“啊，真的吗？”我回答，同时感到庆幸，因为艾拉不知道真正让我害怕的是什么，其实是我的父母以及他们对我的看法！

经过漫长的等待，天终于暗了下来。我坐在浅水里，让叶子和木头块漂浮在海面上，以便让身为一条黄黑色蝶鱼的朱娜把它们来回推着玩耍。“看，我力气很大。”她大声说道，一边用尽全身的气力把一片棕榈树叶推走，叶片上趴着一只看起来很紧张的甲虫。

“差不多跟一头抹香鲸一样有力。”我认真地回复道，我们两个都忍不住笑了。后来我救了那只甲虫，然后我们又让一艘新的“船”驶向大海——这次是一块载着蚂蚁乘客的树皮。

“嘿，它到底有没有买票？”朱娜问道，用她那娇小的鱼嘴轻推着那艘“船”。

“不用担心，我刚给它的票盖章了。”我说道，同时对朱娜不再怕我感到很开心。至少，她看见人形时的我不再害怕了。这游戏有一点幼稚，可还是很好玩。

最后我还是不能集中注意力继续玩这游戏了，我告别了朱娜，去了停车场。莎丽已经等在那里了，她兴奋得手舞足蹈，把她那条挂着三条海豚尾鳍的项链在手指上绕来绕去。她穿着一条带有一两块污渍的短裤，上身套了一件宽大的蓝绿色男式T恤，可我还是觉得她很美。

“你真的确定……”我又一次担心地问。

“是的！我们要走哪条路？”

我不再纠结了，说：“那边。”然后我们沿着一条小路出发了。看来我们不是唯一偶尔会去快餐店的人，因为这是一条被踩出来的小径。

莎丽跟我讲了很多关于布璐的事情：她喜欢深水，喜爱读书，是莎丽认识的人中最爱思考的那个。目前她已经在读超厚的书了，虽然她是当海豚长大的，几个月前才学会怎么读书。我渐渐放松了下来。眼下，谁也看不出来莎丽不是一个人类，而是一个海行者。一切肯定都会顺利进行的。

“本尼汉堡”那闪亮的红白色标记出现在我们前面，是一个戴着厨师帽微笑着的面包。莎丽安静了下来，并惊喜地四处张望。她饶有兴味地看着停车场里的车、加油站和那个小小的商店。现在该轮到我了，这儿我熟悉。我为她推开汉堡店的门，然后和她并肩走到柜台点餐。一位胖乎乎的年轻男子一脸困倦地看着我们，他的姓名牌上写着“嗨，我是朱利奥”，他大概是住在附近的古巴人。“要来点儿什么？”

莎丽还在皱着眉头全神贯注地研究菜单。她学会阅读的时间还不长。“你们这里有那种小小的、银色的、有黄色条纹的、爱成群结队游来游去的鱼吗？”她询问道，“那种鱼真的很好吃。”

“呃。”朱利奥不知道怎么回答。

我赶紧插话：“请来两份鱼汉堡和薯条。你应该会喜欢的，莎丽。”

“其实活鱼的味道更好。”她说，又大方地补充道，“刚死没多久的鱼也可以。”

“呃，好……”朱利奥应道。他开始用奇怪的眼神打量着我们，我急忙把钱放在柜台上推给他，赶紧拿了汉堡，领着我的海行者朋友来到一个红色人造革的卡座里坐下。莎丽把汉堡掀开，把里面的沙拉拿出来放在一边。然后她用双手抓起剩余的部分，鼓足勇气大口咬了下去。“如果非吃不可的话，这东西也能吃。”她说，而旁边的客人都在笑着看她。

这期间又进来了一些人，在柜台前排队。当我想看看其中有谁在排队时，我吓了一跳。“先不要惊慌，可是我觉得我们有麻烦了。”我嗓音嘶哑地对莎丽说，同时把剩下的汉堡一口塞进嘴里。如果一个人想说话嘴里却塞满了东西，那可就不太方便了。可我还是尽量能让人听懂地说：“那前面站着的是怀特小姐。”她离我们这么近，我都能看见她手上闪闪发光的银戒指和那些彩色的宝石。但幸好她正背对着我们点餐，没看见我们。我们还算幸运。

“该死！”莎丽还是被吓到了，“怎么偏偏是她！”

我们两个都很清楚，如果学校里最严厉的老师在这里看见我们的话，结果会怎么样。莎丽本能地缩成一团，可这也无济于事。就算钻到桌子底下也没用，一样能被清楚地看到，而且这举动还会让别人觉得我们脑子有问题。

我抓住她的手，把她拉起来。“快，进去！”我把她推进女厕所，“找一个隔间，然后待在里面把门关上。”我进了男厕所，在这么短的时间内我一时也想不出别的主意。该死，现在我们需要一直在这里待着，直到我们的格斗老师吃完饭！不知要等到什么时候，有可能是一千年以后，我壮起胆子往外面看了一眼。正好看见怀特小姐离开了。谢天谢地！

我犹豫了一下，推开女厕所的门，往里面张望了一下。

“小伙子！”一个烫着大波浪的金发女人被惹恼了，她怒气冲冲地推开我从门口挤了出去，又把门摔在我脸上。哦，不妙。

等她走开后，我又试着叫了一声：“莎丽！”

“我在这儿。”伴随着一个欢快的声音，莎丽出现了，还用手在脸前扇来扇去，“这里面的气味可真不好闻……你们为什么不直接排在海里呢？”

我们又回到餐厅坐下来，但马上意识到我们坐的位置不太好。因为从这儿能看见电视，而屏幕上正有两只海豚在跳跃着。

“哦，该死。”莎丽说，很快把目光转移，“我……”

“怎么了？”我担心地问，“没事吧？”

“看见这样一幅场景……哦不，我身上痒得厉害！”她的眼神看起来很慌乱。她的皮肤已经显出一丝灰色了！马上就会有一只海豚在地上翻腾吗？那这里肯定会变得一团糟，有人会报警，或者因为是只海洋动物，会叫来海岸警卫队或动物园的人。如果莎丽的皮肤变干，她受伤了该怎么办？

幸亏桌上有两张吃饭用的垫纸，上面印着一个微笑的金发女郎。“看这里，看着她，好点没？”我紧张地问莎丽，“她长得有点儿像你。”

莎丽抢走那张纸并使劲盯着它。一段时间后，她的呼吸平静了一些。“哎，我想我现在没事了。”

“太好了。”我说，“我现在更喜欢人形的你。”

“哈哈，我也是，想象一下一条活生生的虎鲨坐在这座位上，”莎丽向我咧嘴笑着，“这样你会把所有的鳍都压坏。”

我的衣服这会儿已经完全被汗浸透了。真是自作自受，我暗暗骂自己：“谁叫你这个笨蛋提出这个建议的？你应该阻止她冒这样的风险才对！”

我有些疲惫，差点儿没注意到内斯特也来了，那个短吻鳄变形人和学霸。这太讨厌了。人形的内斯特长得很强壮，像一名橄榄球运动员，一举一动缓慢而从容不迫。他头发剃得极其短，甚至连发色都看不出来了。

这一次我们没有躲避，而是在原地坐着。我只希望他不要和任何人说起在这里看到了我们。他端着一个托盘走近我们的双人座，托盘里有一杯奶昔、两个苹果派和一个冰激凌。他害羞地朝莎丽笑着。“嗨，能遇见你真是太高兴了！”他嘟囔着说，脸变红了，“你经常来这儿吗？早知道的话，我们也许可以一起来……”

我恼怒地看着他。

“你好，内斯特。”莎丽说，跟他寒暄了几句，然后把他打发走了。等他离开之后，莎丽小声地叹了一口气，说：“又一个，看上我的。真不明白，是看上我什么了。”

“可能是你身上美妙的鱼腥味。”我故意说傻话，莎丽忍不住笑了。“这就是我喜欢你的地方，你每次总能引我发笑！我不知道鲨鱼能这么风趣！好吧，实际上我想说的是，那个内斯特和学校里别的一些人有点烦。不知为什么，每次他们看见我，他们的脑子好像就停止运转了。”她叹了口气。

“也许就像是机器上的一个紧急开关。”我说道，同时努力咧嘴笑着，“如果我的大脑遇上一道很难的数学题，就会启动这个开关。”

实际上我并没有心情开玩笑。自欺欺人是没有意义的——我自己也已经喜欢上莎丽了。

但现在我知道，我永远也不能告诉她这些。

谁了解人类

人有的时候需要强迫自己去关注生活中光明的一面。目前我生活中的光明面就是，在蓝礁中学我能每天见到莎丽，而她显然也挺喜欢我，不管出于什么原因。我把对她的奢望塞到我的脑海深处珍藏起来。无论如何我不能被列入在她看来是傻瓜的那群家伙里！只要她还不知道我对她的喜欢，我们就还能正常交往。我们就当朋友相处。

“蒂亚戈！”

我从白日梦里被吓醒了，怀特小姐不知何时站在了我面前，她看起来不像对我们的师徒关系有了什么新的想法。准确地说，她正在愤怒地注视着我。用她那又窄又有棱角的脸以及此刻严肃深邃的目光来表达愤怒并不难。陪我去上课的贾斯帕见势不妙，快速地问了个好就逃走了，然后怀特小姐继续说：“如果你觉得我很蠢，那你可就错了。”

“呃……”我的脸开始发烫，“怎么了？”

“我希望你们那天在汉堡店里吃得还好，只是你们不许再去了。这是给你和莎丽的第一次警告。要是再有第二次，你的考验期就完了。”

“可是……”我结结巴巴地说。

“可是什么？”有那么一瞬间，我怀疑我在怀特小姐的嘴角边发现了一个不易察觉的浅笑，“你以为我没看见你们吗？我开始时确实没有，可是我感觉到你们了，然后在外面等到你们出来。对一个受过良好训练的林行者或海行者，或像朱娜那样有天赋的人来说，能在一百米的距离内察觉到另一个变形人。”

“这……是什么感觉？”我犹豫地问。

我们俩站在沙滩上，那些去主教学楼上课的人不约而同地走了一个大圈，远远地绕开了我们。

“这个你会在变形课上学到。”怀特老师转身要走。

我还想再问一句“您能不能给我简单描述一下”或者一句简单的“求你了”，可我没能说出来。这一刻，我感觉自己完全被抛弃了，就好像整个世界都转身背对着我。

怀特小姐可能感觉到了我的想法，她离开的脚步忽然放慢了，最后她停了下来。我连大气都不敢喘。

我看到她深吸了一口气，然后转过身看着我的脸，点了一下头。“这个很难解释，可是我能展示给你看。”

我感激地冲着她笑了笑，但她完全无视这个笑容，而是让我到沙滩的另一端，然后走向她，同时仔细倾听自己的内心。“注意你感觉到了什么。你也可以把眼睛闭上，这样可能会有帮助。”

我闭着眼睛走过沙滩，一步又一步。不，到现在我还感觉不到什么。当我再次睁开眼睛，想看看走到哪里时，我一下子变得紧张了。我离我的老师只有五步的距离了！如果我撞上她的话，别人就会不停地拿这个说事儿。

“闭上眼睛，继续，慢慢地！”怀特小姐指挥道，“停止胡思乱想和担心。”

“呃，好的。”我的眼睛又合上了，我试着把自己的内心放空，用小碎步继续往前走。幸好在某一刻我忽然真的感觉到了什么，就猛地站住了。“是的！有了！我想我感觉到了。”

很难形容这是种什么样的感觉……突然间我感觉到怀特小姐不是一个人类。我在别的同学那里也有过同样的感觉，可我当时不知道这个感觉是什么或有什么含义。

当我睁开眼睛时，我被吓得跳了起来，因为我距离怀特小姐的鼻子尖只有几厘米了。我急忙后退一步。“这代表，我的直觉还很弱，对吗？”

“是，可这没关系。”怀特小姐说道，“法林会带你们练习，教你们在更远的距离做到这一点……”

我突然间开始呼吸急促。

“怎么了？”我的格斗老师问道。

记忆来得如此强烈，我感觉就像被一个人拿着棒球棒打过一样。我曾经有过这种感觉，可不是在这个到处都是海行者的地方，而是在我迈阿密的老学校里。我很少和其他学生有近距离的身体接触，近到足够能感觉到另一个海行者……可有一次，而且那是不久之前的事。“我觉得，我以前的班里还有一个跟我一样的人。”我说道。

怀特小姐眼睛里闪过一丝好奇的光芒：“我很好奇。林行者和海行者很少见。你在谁身上发现的？”

“一个男孩，不是一个友好的人。他自称火箭。”

“你确定吗？”

“不太确定。”我说道，并打算在我第一次回迈阿密过周末时去找火箭。虽然他很有可能不愿意再次见到我！约翰尼叔叔会允许我去找他吗？假如我告诉他我的怀疑，那他应该会同意吧。实际上约翰尼一直以来给了我很大的自由，只要我不是去海里游泳。

怀特小姐抬头看了看天上的太阳，说：“我觉得我们应该进去了，要不你就要错过今天的第一节课了。”

“哦。”我们两个大步走向教学楼。为了这事我得到了一个警告，但我感觉还不错。虽然怀特小姐之前生我的气，但她还是演示给我看了，也许这是一段美好友情的开始？

今天的课也不错。我们星期五的午休后有人类学课。

“让我来猜猜，你脸上的灿烂笑容是从哪儿来的？”漂在餐厅水族箱里的诺克斯说。

“你尽管猜。”我大方地说。虽然我几天前刚来到这儿，但已经不觉得和鱼说话奇怪了。人真的什么都能习惯。

“你在想，你在人类学课上能够很轻松地获得一个好成绩，对不对？”诺克斯用嘴啃着一只珊瑚说。

“当然。”我承认，“毕竟我是作为一个人类长大的。对你来说，这肯定更难一些，对吧？”

“还可以吧——我有生之年的一半是在一个鱼缸里作为宠物度过的，”诺克斯解释道，“那个鱼缸在一个该死的牙医诊所的接待区。关于补牙和牙根管处理我知道得很多，还有怎么预约时间以及人类看什么杂志。希望这些有一天会被问到。”他穿过一个透明的硬塑料管道飞快地游到水族箱的另一边，又穿过另一条管道游往教室的方向。

教人类学课的是校长本人。杰克·克利尔沃特以高个子青年男子的形态坐在讲台的桌角上，冲我们微笑着。“今天我们讨论人类的业余活动。谁知道他们都干些什么？”

“看杂志！”诺克斯很高兴，开始滔滔不绝地介绍，“《时尚》《优家画报》《人物》《国家地理》……”

莎丽皱着眉头打断了他：“他们只是偶尔看这些。大部分时间他们都会去海滩。”

“那只是因为你经常在海滩上看见他们，并不代表每个人都一直在那里。”雷奥诺娜——那个电鳗女孩提出了不同的看法。

“不对，我觉得应该就是。以前我跟我爸妈在加勒比海游弋，每天晚上那里的沙滩上都会举行派对。”布璐讲道，“我们就找一个隐蔽的地方上岸，穿上衣服，冒充参加派对的人。我们跳舞跳得可开心了。只可惜我们没有钱，不过我爸爸教我怎么问人要一杯可乐。”

这是我能运用我的人类知识得分的大好时机。“对，跳舞很受欢迎。”我解释道，“很多人也喜欢看电视、打电子游戏、运动。他们还会去游乐园玩。”

莎丽充满兴趣地看着我：“啊，那他们跟我们一样，也爱救人吗？”

“大部分人不会。”我不得不承认，“不过有人会为了钱而救人。”

“真奇怪，”诺克斯说着又向我问道，“他们在游乐园里能看到什么。”

我感觉到血正涌上我的脸。“呃，比如说海豚。”

“啊，人类拯救海豚！”莎丽的脸灿烂了起来。

幸好杰克·克利尔沃特来帮我了。“是的，人类偶尔会，比如说，有海豚搁浅了的时候……可在游乐园里，他们是看海豚怎么表演杂技。”

“是这样啊，那好吧。”布璐说道，“我听说过一些关于让海豚表演的事。作为奖励，它们会得到鱼，不是钱或其他什么的。谢天谢地，我很高兴我不需要在那里工作！”

海鸥达芙妮开始喋喋不休地高谈阔论，讲她有一次跟她的父母去海洋世界的经历，直到杰克·克利尔沃特最终失去了耐心并且打断了她。“回到业余活动这个话题吧。你们认为，一个普通的家庭平均多长时间一起出游一次？”

我发现，人类学课仍然不是我擅长的。我怎么知道普通的家庭都干什么呢？约翰尼叔叔和我实际上从来都没有出游过。哦，老天，我迫不及待地想见我的父母！有可能这之后一切就会不一样了……

“为什么我们要讨论这样无聊的事？”托克抱怨道，同时变成一条短吻鳄围着老师的桌子游动，“我们能谈一些有意思的事吗？今晚的派对上有薯片吗？”

“托克，变回去，现在！”杰克·克利尔沃特说道。

“我现在不行。”托克大胆地说，游到了艾拉的椅子下。她笑嘻嘻地爬到座位上，假装很害怕地喊：“救命，救命！”

其他人都往他们那边看去，开始窃窃私语，没有人再认真听课了。校长先生把手交叉起来："如果你们两个那么想计划你俩的婚礼的话，你们也可以在课间休息时做。"

大家都笑了，而托克沉默了，很是尴尬。可艾拉还是继续假装她不认识他。"可这是一只危险的猛兽！"她假装惊恐地看着托克，扭动着她涂着指甲油的手，同时压低声音吃吃笑着。

"那就打它。"芬妮百无聊赖地说，"或者吃掉它。"

"没人能打我，这个大家可要搞清楚！"托克张开大嘴，到处叼来叼去。他的一颗牙勾住了窗户上的装饰品，然后那些串着海星和鱼形花环的亮纸链被整个儿扯了下来，全落在了他身上。从来没见过一条短吻鳄被装扮得如此夸张。

杰克·克利尔沃特完全不为所动。"当然这很遗憾，艾拉，让你感到害怕了。"他开始按手机屏幕，"我马上跟怀特小姐说一声，让她把你们两个护送回宿舍，好吗？"

这立马让艾拉和托克恢复了理智。托克嘟嘟囔囔地让朱娜和贾斯帕把他从那些装饰品里解放出来，然后安静地趴在水里，只露出了那双气呼呼的、闪着光的眼睛和一小块鼻子。

我在想他们两个是否是我不该去派对的原因。可惜克里斯在秘密基地警告我时透露得很少。有没有可能艾拉那伙人在打什么鬼主意？可是派对上会有负责监管的老师在场。

"回到'业余活动'这个主题——有的时候人类也读书。"克利尔沃特先生说道，同学们又把目光转向前面，望着他，"哦，对了，说到这儿……是谁在图书馆里搞破坏了？"

很容易就能看出来是谁干的……莎丽的脸已经开始变红了。我和贾斯帕相视一下，叹了一口气，然后抢在莎丽前面举起了手。毕竟她对自己不受控制的变形也没办法。

“谢谢你们的诚实。”杰克·克利尔沃特说道，“请在下课后来我办公室，我要跟你们仔细说说我对这类事的看法。艾拉和托克去那里收拾一下，因为他们目前显然不太忙。”

我们不需要去收拾，真是太好了，可这样一来，艾拉和托克只会更生我的气了。不好！我的后颈感到一阵发痒，我能感到他们正盯着那里。

“等着瞧吧！今晚会是你这辈子最难忘的派对！”托克通知我，还附上恶意满满的笑声。

下课以后，我和贾斯帕按照指示来到克利尔沃特先生的办公室，等着挨一顿臭骂。“别因为我们整栋楼的底层都在水下就产生错觉，水在干燥的区域里会造成很多破坏。”克利尔沃特先生说着把一本受潮后涨大的书从桌子上推向我们，同时用穿透灵魂的目光审视着我们，“这书是属于委员会的，我们只是借用，它现在看起来很棒，对吗？”

“实在很抱歉。”我真心地忏悔，又是一个被我破坏的物品，同时我希望可以不用赔，“什么‘委员会’？”

“是林行者委员会……当然也是海行者的委员会。每一个大洲都有一个，相当于是我们的政府。”克利尔沃特解释道，又把书推到一边。这是一个好信号！“它由十个会员组成，负责处理各种问题，帮变形人解决麻烦，同时负责守护我们的秘密，诸如此类。”

“你听说了吗？加西亚先生是委员会成员之一。”贾斯帕骄傲地悄悄跟我说，“可他不是主席，不然的话，他就没时间教课了。”

“正是。”克利尔沃特先生的眼神又变得严肃了，“所以请你们下次手里拿着装满水的桶要干点什么时，请慎重考虑再做好吗？”

贾斯帕和我同时点头，说：“是，先生！”同时为这个警告如此温和而感到高兴。

从校长办公室出来后我发现我想一个人待一会儿。拉尔夫、贾斯帕、达芙妮和其他人都在忙着准备派对，可没人要我去帮忙，于是我就默默地闲逛到沙滩上。

我有一个计划。第一次一个人下海！我可以吗？最好别问。因为无论如何我都想去尝试下，如果有人阻止我的话，我反倒有可能会因为过度失望而以虎鲨形态强行下海。

当我在礁湖里开始变形时，我的心怦怦跳个不停。我把泳裤脱了，扔向宿舍的方向，然后就以虎鲨形态用缓慢而有力的动作游到通往外海的水道。我想我最好与海岸线平行地游，这样就不会迷路了。无论如何，我可不能让别人来救我！

我自在地游到水下三到四米的深处，像初次来到一个陌生城市的游客，所有的一切都让我惊奇地瞪大眼睛。鹿角珊瑚、两条调情的小盖刺鱼、里面有一群小丑鱼游来游去的海葵……只可惜我是唯一的游客，还得放弃把这些全部拍下来并上传发布的念头！我的画纸在这里会立刻变成白色的纸浆。

水下并不安静，我听到了噼啪声、敲击声和一种嗡嗡作响的声音。这些声音到底是什么？我开始去探查声音的来源。发现噼啪声是一条陌生的鹦鹉鱼在啃一只石珊瑚，就好像它是一个超大号的棒棒糖。敲击声似乎是那些小丑鱼在进行沟通时发出的声音，而那个嗡嗡作响的声音来自远处一艘船上的发动机。忽然周围一下子变得很吵，哨声、尖叫声和嘎吱声在水里回响。啊，一群巡回的海豚！是莎丽、诺亚和布璐吗？

我不想让他们看见我，因为今天我更想一个人探海。所以我躲到了一只珊瑚后面。不过很可惜，以我的身型藏在那里，就像一头长颈鹿躲在路灯后面一样。我很快让自己又沉下一些，为了在后面藏得更好些。

没错，确实是莎丽他们——其他海豚群体都不像他们这样是由不同种类的海豚组成的。真是个多元文化的海洋动物群体。幸好他们离得很远，没有发现我，他们正兴致勃勃地在水里冲跃。他们在搞什么鬼……一次神秘的郊游？也许他们又在计划对某人搞恶作剧。这显然是他们最喜爱的活动之一！

在我有时间好好考虑这一切之前，我已经与海豚们保持着安全距离，跟在他们后面游了起来。

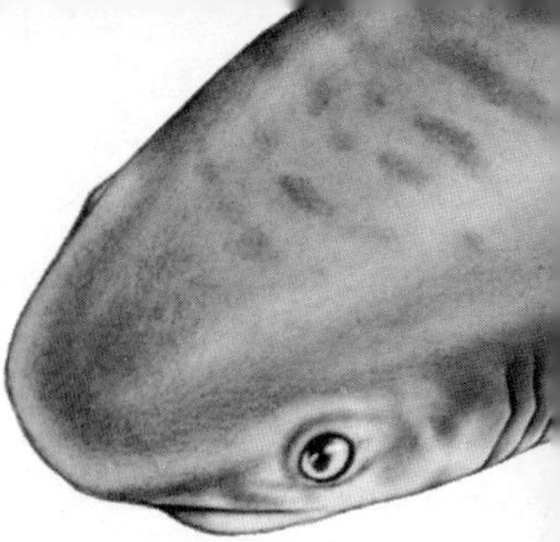

派对时间

哦，老天，他们又是这么匆匆忙忙的！如果我以人的形态尝试跟上莎丽、布璐和诺亚，现在肯定已经汗流浃背了。可我现在幸好有冷水降温，而且当鲨鱼的我有可能也出不了汗。

我是因为别的原因才感到燥热的——我的心在经受着煎熬。如果莎丽发现我在跟踪他们，我该怎么解释呢？

“我迷路了，只是碰巧出现在附近。”听起来很愚蠢。可这是事实，我真的是碰巧遇到他们的，并没有打算跟踪他们。好吧，至少之前还没有这个打算。

看来那些海豚现在到达他们的目的地了。他们在浅水里停住了，然后放松地在水里滑行，在寻找着什么。

等我发现身在何处时，已经太晚了。我们正在佛罗里达基丝礁岛的一个小小的海滨浴场的海滩前面！

我急忙转身想要游走，可是已经有人看见我了。两个少年开始尖叫，一个上了年纪的穿着条纹泳衣的女士试图以最快的速度游回岸去，可是她并没有前进多少，因为她只是在疯狂地用手拍打着水。但愿她不会马上发心脏病！一个冲浪的年轻人因为惊吓而失去了平衡，从冲浪板上掉下去又紧张地想再爬上去。一个在充气垫上玩水的女孩急忙把手脚都缩了回去，接着她开始哭，也许是因为她不知道该怎么划回岸去。哦不，这太让我尴尬了，我平常可不是爱把小孩子弄哭的人！

“怎么回事？”诺亚困惑地问，随后他发现了我，“哦，你这个大水母，是蒂亚戈……”

“好的，伙计们，现在该轮到我们了，”莎丽宣布道，“这里有很多事情要干！”

我不好意思地远远观察着那些海豚怎么行动。他们把冲浪的人推回到他的板子上，把那个老太太夹在中间并把她护送到海滩上，甚至允许她抓住布璐的背鳍。她犹豫了一会儿才敢这么做，之后就非常兴奋。这期间诺亚游到离那些少年非常近的距离，直到那些恐惧的尖叫变成了兴奋的叫喊：“哦，它真可爱！”

我心里感到有些苦涩，我估计这辈子也不会有谁对我这么说吧。

当我还在半尴尬半吃惊地等待着会发生什么时，莎丽连一秒钟都没有犹豫。她转过身，围着充气垫游了一圈，用鼻子把它以及上面的乘客推到岸上。在那里，忧心忡忡的女孩父亲接应了她，可是这个女孩并不领情。“我要跟海豚玩！放开我，爸爸，我要跟海豚玩！快放开！”

幸好莎丽忍住没有用胸鳍向那个小家伙告别。这样会让人起疑心的。

终于海滩又回归了平静，海豚们游到我身边。我正在羞愧地绕圈，同时小心地确保我的背鳍没有露出水面。“对不起，我害得你们需要去救那些人。”我道歉道。

“哎，那很酷，我们终于又有事可干了！”布璐说道，以一个独特的姿势将自己甩出了水面，她一直很小心地与我保持着距离，中间始终隔着一个她的伙伴。

“对，真的很好玩，”莎丽表示道，并且挨着我游了一会儿。“在海边救人虽然是我们的爱好，但平时大部分时候什么也不会发生，我们就只能闲逛和聊天。”

“是的，那样就会很无聊，”诺亚附和道，同时尝试用一个空翻跳超越布璐，“嘿，这个棒吧？我今天肯定能做一个双空翻。大家都往这儿看！”

“诺亚，别这么显摆，很讨人嫌哎。”莎丽翻了下白眼，这个动作她在海豚形态时做看起来很好玩，“我们四个要一起去基拉戈找潜水员吗？”

“呃，我想先游回去。”我赶紧说。很高兴没人生我的气，不过我也不想再去吓坏一帮潜水员。我问莎丽：“我们在派对上能见面吗？”

“当然。一定会的。”她愉快地回答，“一会儿见。对了，我还必须告诉你一件重要的事。我听说克利尔沃特先生有一个特殊任务要交给我们。好像是关于一个来自另一所变形者学校的客人。我把名字给忘了……”

“呃，什么？”我说，不过这样不着边际的问题肯定也不会得到什么有意义的回答。特殊任务？可我到蓝礁中学才没几天，校长真的会信任我吗？“我们”到底是指谁……难道只有我和她？

“其他的事我们今晚再说！”莎丽喊道，堵住了我涌到嘴边的无数问题，“对了，另外谢谢你把图书馆泡水的事儿揽在自己身上，我会记得这个人情的！”她的声音渐渐消失在远方，他们三个正以一贯的速度快速离开了。

该死！离派对至少还有两个小时。在那之前我很有可能会胡思乱想，直到我的大脑一点点地崩溃掉。

我又想起来克里斯的警告，让我一定不要去那个派对。还有托克宣称的，什么这将成为我“生命中难忘的派对”，这听起来也不太妙。

我的身体一阵战栗。如果在我的老学校，听到这样的话时我就会退却，尽量远离麻烦。可蓝礁中学对我来说是一个新的开始。自从我知道自己是一条虎鲨之后，我就再也不想被别人恐吓了——尤其不想被那个鱼肉三明治贝瑞和他的弟兄们。

我刚回到学校，约翰尼叔叔就打电话来找我了，电话就在教学楼二楼的医务室。“喂，你那里怎么样？一切都好吗？”

我快速地四下扫了一圈，看是否有人在周围。还好，没人。是时候坦白了。“嗯，呃，我因为一个鱼汉堡得到了我的第一个警告，还有变形为鲨鱼后不小心吓到了海边的游客。”

电话那头沉默了一会儿，我不安地等待着即将来临的风暴，可取而代之的是从听筒里爆发出一阵狂笑。“你真的干了？快说说看！”

我全都告诉了他，并又一次感到很欣慰，我的父母偏偏把我交给了这个脾气暴躁的老石斑鱼。尽管我这么喜欢和信任约翰尼，但为了安全起见我还是没有告诉他我今晚的计划。我会去那场该死的派对，尽量开心地玩！那样我也许就能暂时忘记家长拜访日。

只有两天了，哦，老天。

“疯狂星期五”派对在礁湖另一边的一幢大房子里举行。它平常是一间船屋，可现在学校的两个运输工具——一艘白色快艇和一艘带舷外马达的橡皮艇——被拴在外面的一个码头上了，这间屋子现在就归我们了！

事先收到警告也是有好处的。我充满戒备地等待着可能出现的麻烦，可托克、艾拉、贝瑞和达芙妮只是在小声地聊天，偶尔哈哈大笑。他们并没有在关注别人，最好就这样保持下去。幸好还有加西亚先生和怀特小姐两位老师在这儿监督，他们已经有事在做了。我的脑子里忽然传来一个女孩微弱的求救声，我疑惑地四下张望。

“为什么塞尔达又在波利[①]饮料缸里了？”我听到加西亚先生不耐烦的声音。贾斯帕像平时一样助人为乐，试着把这只水母捞出来。不过他用的是一块木头片。“啊，贾斯帕，你干吗呢？”水母塞尔达抱怨道，“直接用手抓我不就行了吗，不用担心，我并不危险的，还是我对你来说太滑了？”

“是的，有一些。”贾斯帕回复道。这时幸好有人从厨房里

---

① 原文为“Bowle”，是在国外派对中经常供应的一种混合水果碎块和果汁的饮料，可以含酒精，也可以是无酒精的。因为经常盛装在称为“Bowl”的广口玻璃容器中，所以口语中常把这类混合饮料统称为“Bowle”。

拿来一把汤勺，我的好朋友就用这个把塞尔达送到了礁湖里。

那里正有一个人昂首阔步地走来走去，他身材圆润，红头发和雀斑看起来很像艾德·希兰[1]。他手里拿着一把吉他，被一群好奇的学生围着。我愣住了，那不会真的是艾德·希兰吧。

当莎丽看到我脸上的表情时，笑了个半死。“那是芬妮。化装是她的爱好，你不知道吗？一会儿她会在乐队里客串。”

“听起来不错。你现在可以跟我讲讲那个特殊任务了吧。”我求她道。

“到现在为止，我也只知道有人在佛罗里达的湿地里遇到了麻烦，需要我们的帮助。我们的头儿还要等一个特殊代表过来加入我们这次行动。他会派一些人到那里去考察……我，可能还有你。”

我盯着她，说：“佛罗里达湿地……等一下，那是沼泽啊！可我是一条鲨鱼！”

“你说的这两点我都清楚。”莎丽笑了笑。

“有可能你听错了，我并不在名单上。”我有些失望同时也略感轻松地说。沼泽，呃，这可不适合我！“会是一个什么特殊代表呢？”

她凑近我的耳朵，说：“听说是从克利尔沃特高中来的——一个林行者学校。哦，你要是能一起来的话就太酷了。”

“哦，是的。”我又慢慢地平静下来，“我猜那位代表可能是老师或特工，也有可能是一种淡水动物，这样的话他在沼泽地里

---

① 即 Edward Christopher Sheeran，1991 年出生于英国的歌手和作曲家，除了演唱以外，他也会在电视剧中扮演角色。他在华语区的一个绰号是“红发艾德”。

就能应对自如了。”

“不知道，我也不猜了，到时自有分晓。在这之前先要应付家长拜访日的表演。苍天啊，我不想表演！”莎丽紧张地把双手插进她的金发里，把头发搞得乱糟糟的，“我会把一切搞砸的！”

“你不会的。”我说道，“你表演什么来着？你排练过了，对吧？”

“布璐和我表演水上芭蕾。当然，我们排练过了。可星期天会有一大群人看着我们！而我可能连把头从水里伸出来都不敢。”莎丽在发抖，纯粹是因为怯场。

“哎，别胡说八道了，你会做得很好的。”我很想搂住她，可我不敢，“我也会怯场……因为我的父母，他们有可能会来。”

“我能理解。”莎丽好奇地凝视着我，然后她的脸又扭曲了，“他们肯定会觉得我们的水上芭蕾表演很糟糕！”

这个女孩真是没救了。“来，我们去跳舞吧。分散一下你的注意力。”我说道。

“好吧。”莎丽有气无力地说。可这时朱娜走过来要和她说话，所以我只能一个人先去了。

在屋子里的一侧，乐队正在一团电线和一堆乐器里安装他们的演奏设备。在他们忙活的时候，唱片师先放起了音乐。玛拉和一些二年级的人已经开始跳舞了，贝斯的低音在船屋里隆隆作响。拉尔夫一脸专注地在他的笔记本电脑前工作着，收集大家的点歌愿望。我也排上队，当轮到我点的时候，我问：“你能放一首‘三十秒上火星’唱的《水上行走》吗？”

“可以的，鲨力！”拉尔夫简短地打个招呼，他没看我，继续在电脑上摆弄来摆弄去。

鲨力？这是什么意思，新的问候语吗？我又瞟了一眼托克、贝瑞和其他人，发现他们俩正在窥视我。当我们的目光刚一触碰时，他们急忙转头看向别处了。光看看是没问题的，但问题是仅此而已吗？

我去拿了一些薯片和一杯波利饮料。大家尝不出来泡过水母的饮料有什么异样，反正我也不知道水母是什么味儿。正当我琢磨时，我听到了我点的歌！

你是否相信你可以在水上漫步？

你是否相信今夜你能赢得这场战斗？

我急忙把饮料放下，开始在舞池中扭动起来，将所有让我烦心的事儿暂时搁在了一边。

两首歌后，掌声和欢呼响起，现在该乐队上场了。那个高高瘦瘦的、安静的电鳗雷奥诺娜，以一首扣人心弦的电吉他独奏开始了表演，同时章鱼舍监开始用他的八只触手在架子鼓上击打，而刺尾鲷奥利维娅则专心演奏着电子琴。莎丽和我肩并肩地跳舞，有那么一会儿，我觉得自己的生活简直就是完美。

可是当我觉得口渴，跑回去拿起杯子又喝了一口饮料时，我担心的事又回来了，而且比之前还糟糕五倍。

硬 碰 硬

我只喝了一口，就感觉到头晕得不行。不好！一点儿也不好！更不好的是艾拉穿着短裙和粉红色的无袖吊带衫，咧开嘴夸张地笑着向我走来，她把胳膊绕在我脖子上并在我脸颊上重重地吻了一下。超丢人！希望莎丽没有看见。

我试着从艾拉的掌控中挣脱出来，可我全身沉重得像一块水泥板，头晕得就像坐在一个巨大的旋转木马上不停地转圈。我没喝酒啊，难道有人在我的饮料里放什么东西了？

艾拉乐不可支地把我推了出去。我想要引起别人的注意，最好是怀特小姐的，可完全没有人注意到我。不只是因为乐队正在热火朝天地演奏下一首曲子，还因为海牛玛拉喝光了我杯子里的饮料，然后突然像一棵被砍倒的红杉树一样轰然倒下。地在震动吗？或者只是我的错觉？奥利维娅、加西亚先生和怀特小姐都急忙跑到她身边，站在她附近的其他人也都伸出了援手。

“我们首先需要测她的心跳！”奥利维娅表情严肃地跪在玛拉身旁，开始摸她的脉搏。她立志以后要成为一名医生。朱娜在为玛拉扇风，好让她能呼吸到新鲜空气。露西用她的八只手爬到外面，去打一桶凉水。连贾斯帕都没有发现我被艾拉带走了。他正发出尖细的叫声，喘着粗气，试图从玛拉身下爬出来——幸好他现在是有着坚硬甲壳的犰狳形态，不然就要被压坏了。

我好像打了个盹儿。当我再次醒来时，发现自己已经在船屋的后面了。在半明半暗的暮色里，有三个影子正心情愉快地往我赤裸的上身以及脸上画画和贴东西。哦，太好了！虽然我的脑子还是迷迷糊糊的，但我很清楚接下来要发生什么。他们要给我拍丢脸的照片，然后发出去！

“该死，他醒了！”贝瑞抱怨道，“他喝了多少？”

“好像只有一口，所以快一点！”艾拉说话时带着嘶嘶声。

我努力想把他们三个从我身边推开，同时站起来。

“休想动，你继续躺着。”托克命令道，在我头上打了一拳，想再次把我打晕。

我抡起胳膊，盲目地回击。“让我一个人待着！”我嘟囔道，可是却说不出更多的话来了。

看来我那一拳打中了贝瑞，他愤怒地哼哼着，接着向我踢了一脚，却踢偏了。我也伸腿想踢他，可什么也没踢到。反正也无所谓了，因为他们三个马上就一拥而上来群殴我了。

“给他点颜色瞧瞧。”托克咆哮道，“他实在是欠揍！”

他们三个加在一起比我强，尤其是在陆地上以及我还在头昏脑涨的时候。我只有一个机会——就是得想法子把他们拖到水里去跟我打。

我和托克扭打在了一起，他试图把我压在地上。艾拉把她的一只鞋脱下来打我，就像要把一只在她房间里的蜘蛛打死一样。不幸的是那只鞋子有很尖的鞋跟。我拼尽全力想把托克拖到礁湖那儿。一步，两步，对，也许我可以做到！

可贝瑞又扑到我身上，把我撞向离水更远的地方了。为什么没有老师或同学发现这里正在发生的事？

终于有人发现我们了，是露西。她惊慌失措地爬向我们，同时她的身体迅速地变换着颜色。“蒂亚戈，要我咬他吗？”

“是，好主意。”我喘道。

章鱼触手缠住了贝瑞的小腿，这感觉一定很难受，因为贝瑞退缩了一下。“停下，露西！滚开！你休想咬我！”

又有三到四只触手缠了上来，艾拉发出了一声尖叫。“啊！快把你的吸盘拿开！”

“露西……快去找人来帮忙！”我不知怎的喊了一句，绷紧了全身的肌肉，把我的三个对手往前推向礁湖。顿时水花四溅，我感到周围的一切美妙而柔软，仿佛给了我新的力量。我终于能变形了。我在心里想象着虎鲨的样子，真切地感觉到我的身体在变形。

托克、贝瑞和艾拉也发现了，显然他们比我受过更多的这方面训练，能熟练地变形。很快，托克的身体摸起来又硬又粗糙，当他张开嘴时，一股令人难以忍受的恶心的口臭向我喷涌而来。幸运的是，他作为一只短吻鳄就抓不住我了。我在刚好齐腰深的水里用尾鳍拍打着，往前冲并用嘴把他推走。

他咆哮着转过身来，合上了嘴。不幸的是，我的一只胸鳍被他咬住了。我被困住了！我的鲨鱼身体促使我去又狠又准地咬对手几口，把他干掉，可我用尽全力压制住这股冲动，把嘴闭了起来。我绝对不能用我的牙齿，要不然这里就有死人了！

“我在想办法找人，可是所有人都还在忙着呢。”露西忧心忡忡地向我报告。唉，真是祸不单行！

贝瑞变成一条梭鱼从另一边攻击我。我第一次注意到水里有血。这闻起来超级美味，只可惜这是我自己的。这两个家伙怎么了？现在这不再是一场没有危险的小打小闹了。他们完全不在意会伤我多重！他们难道不知道，如果我真的发生了什么严重的事情，他们会被学校开除吗？难道他们有阴谋，可以确保自己不被牵扯进去？

该死，我真的身处险境了！我必须得甩掉托克——我每动一次，他的牙都让我感到很疼。我可以挣脱出来吗？不行，那样他会把我的鳍撕碎的。“放开！”我在脑子里大声喊道，我还从来没有这么大声过，“放开我，不然我就咬你了！”

托克吓坏了，竟然真张开嘴把我放开了。哎！我终于又能疯狂地甩来甩去，把挡路的对手推开。

可这并没有我想象中那么管用。那两个家伙依然从两边攻击我，不给我喘息的机会。我得先避开一个，再处理一个。老师依然没有出现。

终于，我的机会来了。贝瑞往错误的方向游得稍微远了一点，远离了我的头部。我弯曲身体，用尾鳍狠狠地给了他一击，就像练习把树枝抛到沙滩上那样有力。我只听到“啊”的一声大叫，然后是一声非常响亮的啪嗒声。他好像飞出去很远。

我抓紧利用这个机会，把我的鼻子滑到托克长满鳞甲的肚子下，把他顶了起来，他在空中扭个不停同时发出隆隆声。

可现在艾拉也变形了，她愤怒地嘶吼着，变成一条巨蟒缠住我的身子，感觉就像一个能令人窒息的拥抱。她故意将身体缠绕在我的鳃上——她在使用露西在另一条鲨鱼身上用过的招数！可我有办法甩掉她。我一边翻转一边冲进海湾里。那里有一块从海底伸出来的岩石，是我上一次探险时刚刚发现的。

“休想！你不敢这么做！”艾拉用尖锐刺耳的声音说道，她可能料到我要做什么了。

可我就是敢这么做。我把我的鲨鱼身体连同缠住我的蛇朝石头滑去。“啊，该死，停下，你这个讨厌的杀人鲨！”艾拉一边骂一边把身体收得更紧了一些。渐渐地，我的呼吸越来越短促。她什么时候才会松开呢？她必须松开，要不然我们两个都会丧命。

和平时一样，只要我一紧张，我就开始打嗝。这一次可是作为鲨鱼。

可打嗝并没有耽误我想做的事。我又一次把我和她撞向岩石。这一次成功了，艾拉不得不松开游走了。“我全身上下到处都是擦伤……如果我告诉我妈妈的话你就完了！”她在临走前在我脑子里吼道。

我对这个警告毫不在意，让自己在水里漂了一会儿。我仍然头晕目眩，忽然眼前一阵发黑，我可不能让这种情况发生！一旦我长时间停止游动，作为鲨鱼的我就会窒息。我发出微弱的呼救声——会有人听见吗？

有人听到了。很快莎丽和芬妮就向我游了过来。在游过来的路上，芬妮身上那些化装成艾德·希兰的道具开始一件件脱落下来——刚开始只有一顶红色假发漂浮在水中，后来又有一些用于改变脸型的橡胶块以及塞在衣服里的垫子。

“哎，你在这里啊，我们都在担心你呢！”莎丽说道，同时和芬妮合力从两边托举着我的虎鲨身体。

“嗯，我们担心，有没有人带着伤在礁湖里徘徊着。”芬妮说，她头上又出现了蓝色的头发。

“为什么你们不害怕呢？”我迷糊地嘀咕，“我到底还是一条虎鲨啊。”

“哎，没那么夸张啦！”莎丽表示道，“就只是因为你有一次把一个浮筒咬了？”

“可是他把它彻底咬坏了！”芬妮反对道。

“那又怎么样？你要把他放开，让他淹死吗？”

“我不会淹死的。”我脱口而出。可话刚出口，她们两个就都把我放开了。“别，别，真有可能会淹死的！你们能不能再把我抬起来？”

“那好吧。”芬妮说道，“来，莎丽，在他淹死前，我们把他从这里拖出去吧。”

“谢谢，”我很费劲地说道，“我很抱歉你的戏服坏了，芬妮。”

“嗨，反正也没有用了，”芬妮说，“先别动，好吗？哇，你的皮肤好粗糙，比砂纸还要粗。”

很快，她们把我搬运到沙滩上，在那里我设法变了回去。这时，怀特小姐和贾斯帕也找来了。

我的格斗老师皱着眉头说：“我听说，这里出了点事。”我一边穿上贾斯帕给我带来的衣服，一边讲述了刚发生的事。

“听起来像是迷魂液。”芬妮说道，“我爸爸在警察局里工作，他经常碰上这样的事。在玛拉身上症状很明显。”

我慢慢地点了点头：“这东西很危险，他们是从哪里搞来的呢？”

“家长拜访日那天，你会见到你同学的家长，然后你会发现里面有些不随和的人。”怀特小姐只说道，“我相信你。可要证明艾拉和她的朋友是幕后黑手恐怕很难。”

“可他们在礁湖里攻击了我，这是明摆着的事！”我说道。我的身体感觉就像被打碎了一样难受，可至少那些伤口不再流血了。

“问题是，艾拉宣称是你攻击了她，而她只是自卫。”怀特小姐说，“托克和贝瑞跟她的说辞一样。露西不确定到底发生了什么。”

我无语地盯着她。我也许早该料到这些，它就像一颗手榴弹精准地打中了我。我会不会受到惩罚？虽然我只是在自卫。

“你不用再解释了。”怀特小姐说道，她的声音坚硬而清晰，“我们心里都清楚。可惜没有证据。我得跟杰克和艾拉的妈妈——雷诺克斯女士谈一下整件事，毕竟这事关系到你的奖学金，也就是说你在这所学校的前途。”

“是。我明白。”我挤了一句话出来。至少怀特小姐相信我，这感觉不错。没有什么能比我明明很诚实，却被冤枉撒谎更让我上头的事儿了。“玛拉怎么样了？”

“她刚刚醒来，我们刚才都很担心，以为必须要把她送到医院去才行。所以，我们不得不中断派对。很可惜，乐队刚开始表演。”

我这才发现音乐停止了。反正我对派对也没什么兴趣。当我看见艾拉、托克和贝瑞手里拿着柠檬水在船屋前游荡时，就更没有兴趣了。

莎丽、贾斯帕和芬妮把我带回了宿舍。“你休息一下，好吗？”莎丽说道。要是她能把手放在我没受伤的胳膊上，那该有多好啊，可是她没有。

拿着医药箱赶过来的奥利维娅指着我的另一条手臂，说：“要帮你……消毒吗？”她问道，突然间她的脸色开始变得苍白，“鳄鱼的嘴里真的有好多细菌……很容易感染和……”她突然倒在了地上。看来是晕倒了。

“都是我的错，我该直接把她拉走。”芬妮说道并使劲地拍了拍奥利维娅的脸蛋，“她有时会忘记自己会晕血。”

“那她还想学医！”

芬妮耸了耸肩：“我也改变不了啊。刺尾鲷有时候犟得很。”

最终是贾斯帕在宿舍里为我进行了消毒和包扎。“希望这些伤口在星期天的家长拜访日前就能痊愈。”我对他说，感到一阵刺痛，就像一千根小针在扎似的。我又想到家长拜访日了。“我的父母有可能会来，我可不想让自己看起来就像被一只暴龙咬烂了，又吐了出来！”

“一只暴龙不会把你吐出来，而是会把你吞下去。”贾斯帕咕哝道，然后他的脸色亮了起来，“你很期待吗？我能理解。我的父母也要来，太棒了！”

我不得不咽下一口唾沫。是的，我很期待也有些好奇，可是当我一想到那一天，充斥我内心的主要还是紧张。我能问他们一些严肃的问题吗？比如为什么他们把我抛弃了，为什么他们从未露过面，好像我对他们来说完全不重要一样？

我难以入睡，不知什么时候，我直接从床上爬了起来，沿着黑暗的沙滩徘徊，让海浪冲刷着我的脚。当我发现有人安静地坐在黑暗中的棕榈树下时，我惊了一跳。是怀特小姐。她正望着大海，好像在……沉思，或者伤心，或许两者都有。

我的大脑还处于混乱迷糊的状态，我走向她，直接坐在了她旁边。

“您上次说，‘感觉’被高估了。”我问道，“那是什么意思？要是没有感觉，我们就成机器人了。”

“我想表达的意思是，‘感觉’会让一个人的生活变得更难。”怀特小姐说着，目光却没有离开大海。

“对，是这样的。”我每次想到莎丽，我的心就会突突直跳。有时候愤怒的情绪会给我带来麻烦，比如有一次我在路上骑着我那辆破破烂烂的自行车，一个司机差点把我挤出公路。在下一个红绿灯，我追上了他，用拳头砸向他的铁皮车顶盖。结果反遭“迫害”，我全靠快速奔跑穿过几个后院，才摆脱了那个家伙。

我思考着，我怎样才能跟她说，她相信我说的话对我来说有多重要。可我眼下所能想到的字眼听起来都超级庸俗，所以我只说了句“谢谢”。如果约翰尼知道了会有什么反应呢？这一次他肯定不会笑了。

有一段时间，我们俩一起凝视着红树林和礁湖里银色的浪花，就这样沉默不语。然后怀特小姐深吸了一口气。“我刚开始不确定，你能否学会控制你的冲动。”她说道，“可是你今晚没咬人，给我留下了深刻的印象，这让我深感欣慰。说明你的意志比你的鲨鱼天性还要强。”

“当时只差一点儿。”我说。

“结果最重要。”这次她居然微微咧开嘴笑了，“现在你快回去休息吧。周末会有很多事的，到那时就算是鲨鱼也要精力充沛才能应对。”

“嗯，好的，晚安。”我向这位在我内心刚晋级为“最喜欢的老师”的怀特小姐致意，然后回到了我的宿舍。

不 小 心

星期天——家长拜访日！

在上午快接近中午的时候，停车场挤满了越来越多的来看我们表演的家属。我在停车场的角落徘徊，躲在夹竹桃树丛后面，等待着与我长相相似的人出现。每开过来一辆车，我的脉搏频率就会激增，只是之后又不得不回落。不，那两个打扮入时的人不可能是，肤色不对。那么他们呢？一对有意思的夫妇——一个肤色很深的鬈发女人和一个肤色苍白的红发男人，眼神很欢快。不，他们也不是，因为他们很快就搂住了开心的诺亚，把他们的鼻子和额头贴在了一起，看起来很有趣，这可能是毛利人的问候方式。

当那个女人触碰到我的目光时，她向我微笑着说："起亚奥拉。"这意思应该跟"你好"差不多。我尴尬地点了点头，也回了一句问候。

贾斯帕把我介绍给他的父母，他们是两个长得圆乎乎的、看起来很和善的人。"这是蒂亚戈，他是我的朋友，他不允许别人欺负我。他来了以后，我的日子比以前好过了很多！"

他的爸妈很开心，紧紧地握住了我的手不想松开。

终于约翰尼叔叔的旧车咔咔作响地开进了停车场。约翰尼一眼就看见了我，虽然我被树丛遮住了一半。他宽宽的脸庞抽搐了一下。“斯克特和伊利丝还没出现，对吧？”

“他们也只是说有可能会来。”我说道，突然间感觉身体像被抽空了一样，疲惫不堪。

约翰尼眯着眼睛仔细地打量着我。“你看起来非常累。你还喜欢这里吗？还是要我带你回去？”

“不要！我很喜欢这里……大部分时候。”我赶紧说道。我犹豫要不要告诉他，我可能会因为派对上的那次打架而失去我的奖学金，我最终还是没说，他反正很快也会听说的。相反，我说：“我在这里学到了很多东西，比如说我已经能很好地变形了。再过几个星期，我就能很好地控制我的第二形态了。”

“我很高兴。”约翰尼毫不掩饰他的欣慰，放心地说，“我自己从来没有真正学过，有两次在陆地上突然变成一条鱼，差一点没命了。”

我关切地从侧面瞥了他一眼，说：“哦……所以你才那么着急把我送到这所学校，对吗？”

“这只是原因之一。”约翰尼叔叔说，歪着嘴笑了笑，“下班后又能到沙滩上去玩也不错。有你在时就不行。”

我有点不高兴了：“你为什么不早点儿告诉我，把我当成什么啊！”

“你说得没错。我活该，这是对我之前谨小慎微的惩罚。”

渐渐地，很少有车子开来了，又过了一会儿，一辆也没有了。可我的目光还黏在入口那儿。是他们的飞机延迟了吗？还是他们没找到地址？这个学校的位置很隐蔽，他们一定是在高速上错过了，现在正在骂导航……

怀特小姐修长而结实的身影突然出现了。“你们来吗？表演快开始了。”

我看着她，却一句话也说不出来。

“来了。”约翰尼叔叔冷静地说，同时拉住我的手臂。我努力不让人发觉我是多么失望。

围着礁湖，一些家长以人的形态在摆好的垫子和椅子上坐了下来，从礁湖和附近海面波动的情况能看出来，那里也有一些观众舒舒服服地在等着观看表演了。我想起莎丽非常怯场，而且我也知道，偏偏她是第一个表演的。我赶紧去找她，想去看看她怎么样了，也许能为她打打气。

我在变形房中装有绿色和蓝色水的玻璃墙后找到了她。她现在是一只海豚的形态，紧紧靠着布璐和诺亚。“我现在不能出去！”莎丽喊道。

“但是你必须出去 。”平时很有耐心的布璐听起来有些不耐烦，“快点儿，马上就轮到我们了！”

“你能不能自己表演？”莎丽恳求道。

“不，她不能。”诺亚替布璐回答道，“别这样，别丢下布璐。你能做到的！”

“你完全不必担心会在你爸妈或者兄弟面前丢脸，因为他们现在正在巴哈马的某个地方游弋呢。”布璐试着说服她。当她发现我时被吓了一跳，不自主地往后缩了一下。

我来不及考虑她的反应，沿着斜坡跑到池边，趴到地上，伸出手放在莎丽的海豚背上。她的皮肤摸起来又光滑又温暖。“嘿，莎丽，你是一个连虎鲨都不怕的女孩，你还记得吗？外面的那些人没我危险！”

奇迹发生了。莎丽忍不住笑了：“也许你说得对。”

“那么，可能发生的最坏的情况是什么？”我问她，“如果有什么差错，那些人也许会少一些喝彩。但是大部分情况下，就算你们表演有什么失误，他们也根本发现不了。”

“对，他说得很对，”布璐马上说道，“如果你忘记了我们编排的动作，我们就看情况随便跳呗。”

“好吧。”莎丽听起来心情轻松了不少，身体也有一点放松了，“谢谢你，蒂亚戈！”

“祝你们表演愉快！”我向她们两个祝愿道。她俩游进礁湖，奔赴她们的舞台。我刚好听到杰克·克利尔沃特在说欢迎词的最后几句。“现在请大家欣赏我们的学生莎丽和布璐表演的水上芭蕾！”

我的心跳开始加速，把两只手的大拇指紧紧握在拳头里。

跟我希望的一样，大家完全感觉不到莎丽的怯场。表演令人惊叹，两只海豚，一只灰色，一只有条纹，在游泳时飞快地围着对方旋转，然后时机拿捏得恰到好处地在空中飞越。在一次跳跃中，她们甚至还在空中用胸鳍击了掌。观众热烈地欢呼起来——我当然是最大声的那个。

最后她们两个用尾鳍立了起来，在水面上行走。我曾在电视上见过一次海豚表演，可这次的表演要好上一千倍——而且没有任何驯兽师或鱼的奖励！我和其他人都使劲地鼓掌。

“太棒了！”一位女士喊道，她穿着漂亮的墨绿色职业装，里面搭配着白衬衣。两只海豚在水里鞠躬致意。

其他的表演节目也分散了一点我的注意力，让我暂时忘记了心里的不愉快。玛拉和露西以动物形态——海牛和章鱼——表演了一场模拟的格斗；海狮克里斯和短吻鳄托克给我们展示了变形；电鳗雷奥诺娜让一只灯泡亮了起来；奥利维娅和朱娜表演紧急救援行动，“救”出了海马利努斯。朱娜还第二次登台表演，这一次，她以人的形态蒙住眼睛，然后从 30 米开外的距离非常准确地穿过小棕榈树林，走向藏在那里的玛拉，因为她能强烈地感觉到其他变形人的存在。芬妮和诺亚一起演了一个好玩的短剧，表演了纯正完整的毛利人战舞，混杂着跺脚、拍打胳膊还有吓人的眼神。大家的表演都获得了热烈的掌声。

达芙妮从空中把整个演出过程用挂在她那海鸥脖颈上的迷你摄像机录了下来，这样那些鱼类家长就能在一个水下屏幕上看直播了。我一直以来都想要一架无人机，看来海鸥也不错，而且还不用充电。

趁我叔叔和别的家长聊天时，我悄悄地溜达到莎丽那儿去了。我可以告诉她我多么喜欢她的表演吗？这会不会像在拍马屁？不，我当然能跟她这么说，毕竟她是我最好的朋友！而且这对她也有好处，可以增强她的自信，有可能她下一次就不会那么怯场了。

这时，那位穿着墨绿色职业装的女士正在跟莎丽和布璐说话，她俩刚刚变形回来，裹在彩色毛巾里，湿湿的头发向后拢起来——一个金发，一个深棕发色，她俩又都戴上了海豚尾鳍的项链。“你们的表演很精彩，也可以进行公开表演啊！我相信有很多人想看，有些人甚至愿意为此付费观看，你们觉得怎么样？”

“也许吧。”莎丽犹豫地说。

布璐看起来真的对这个赞誉感到很开心，居然还问：“您真的这么认为吗？”

莎丽看到我时好像松了一口气。“嗨，蒂亚戈！真可惜你这次没能表演什么，下一次肯定可以。”

“我已经知道他能表演什么了。”克里斯正好经过我们，他带着有些放肆的笑脸，洁白的牙齿在黝黑皮肤的映衬下更加白得闪闪发亮，“谁敢跟鲨鱼游泳，就能得到10美元！”

我敲了敲自己的额头，说：“那如果很多人敢呢？谁来买单，你还是我？”

克里斯和我互相挑衅地打量着对方。显然他不喜欢我和莎丽经常在一起。可我也根本不会因为他不喜欢而与她刻意保持距离。

“原来你是一条鲨鱼。”那个穿着墨绿色职业装和高跟鞋的女士饶有兴趣地倾听着，对着我微笑。幸好她似乎没有因为我是鲨鱼而远离我，反而显得更好奇了。“你是新来的吗？”

“是的，我才来这里几天，这里的一切对我来说还都非常新奇。”我向她解释道，同时琢磨她是不是在考察我对她的孩子来说有多危险。为了慎重起见我又补充道：“可我已经在学习怎么控制自己了。”

“这很好。”那个女士弯起宽大、化着妆的嘴唇向我微笑，同时把她那深黄色的大波浪长发撩到后面，“鲨鱼是非常让人兴奋的动物，可也令人摸不透，是不是？你是从很远的地方来的吧？”

“也没有那么远，我和我的叔叔约翰尼住在迈阿密的一个公寓里，我原来就读的学校就在公寓旁边。唉，现在对我来说是远了点。”我在纳闷为什么莎丽老是一个劲儿地扯我的胳膊，她想要干吗？

“那你的父母是做什么的？他们也来了吗？”

“还没有——有可能他们要晚点儿来。”我说道，因为我不知道他们在干什么，“可惜我的手机坏了，所以他们不能给我打电话……”

“那我建议你最好尽快买一个新的。”那位女士把她的手机拿了出来，光滑的屏幕在太阳下闪闪发光，“我对我的新手机很满意，花了我 2000 美元，可它物有所值，我推荐给你。”

“呃，我和我叔叔暂时没钱。”我说。

莎丽现在真的很烦人，她为什么要踢我的脚？贾斯帕也来了，站在我们旁边。“蒂亚戈！”他悄悄地对我说道。我有些不耐烦地反问："怎么了？"

"你真的不该再说什么了。这是……"

艾拉出现了，像平常一样打扮得精致完美，穿着黑色的迷你裙和黄色的无袖吊带衫。她完全没有理会我，向那位陌生女士露出了灿烂的微笑，并短暂地拥抱了她一下。"嗨，妈妈，路上还顺利吗？你给我带东西了吗？"

"我当然有啊。"那位女士温柔地说。她拥抱了一下艾拉，在她两个脸颊上亲了亲。"谢谢你这两天给我写了那么多邮件，我很高兴能清楚地知道你的生活中发生了什么！"

我感觉就像有人踢了我的屁股。这就是莉迪亚·雷诺克斯——艾拉的妈妈，据说是个很可怕的人，但她看起来很友好。虽然可能有一点肤浅，可也不比我老学校的那些肥肥的、穿着运动裤、喷着廉价香水的妈妈们更差。

不过那些妈妈没有保镖，而她有。有两个又高又瘦、长得很像的年轻女士看起来就是，她们低调地活动在雷诺克斯夫人身边。看第一眼时人们可能以为她们是模特：她们有着完美的椭圆脸型，长发夹杂着几缕深色的红发披在肩上。她们闪闪发光的绿色杏眼咄咄逼人地盯着我，使我感到不安。她们是变形人吗？如果是，会是什么动物呢？

"等一下，就在这里！"雷诺克斯夫人翻了翻她的手提包之后说，"我给你带了两件东西。啊，这是一个。"

当我看见她拿出来的是什么时，我感觉脚下的沙滩就像突然变成流沙似的，让我越陷越深。

艾拉的妈妈把一条用鲨鱼牙做的项链递给她的女儿。这可不是随便什么鲨鱼的牙，而正是那种三角形的、微微弯曲的虎鲨牙。“哦，谢谢。太好了！”艾拉喊道，一边对我邪恶地笑着，一边把项链挂在脖子上，用她的手机自拍了几下，“这看起来很酷，还能警告那些欺负我的人，对吗？”

“对，我非常确定。”她的妈妈说道，瞥了我一眼，这眼神让我的脊背一阵发凉，“顺便说一句，那些牙还很新鲜。”

莉迪亚·雷诺克斯在她的包里翻出来第二件礼物。当贾斯帕看清是什么东西时，他立刻变了身，尖叫着努力想钻进我的裤腿。第二件礼物是一个用犰狳皮制成的包包。

“找到这样的东西可没那么容易，我的秘书走遍了半个城市！”莉迪亚·雷诺克斯解释说。

“我能理解，这属于劣质皮革。”艾拉说，“要不然大家就都会去捡那些被车轧死后散落在路边的犰狳了。”

贾斯帕本想躲起来，但他放弃了，以他的小短腿能达到的最快速度飞奔着逃走了。艾拉兴致勃勃地看着他逃走。“谢谢妈妈，你真的费了很多心思，你真好，妈妈！”

怒火就像火山里翻滚的熔岩，在我身体里往上直冲。也许那对双胞胎保镖觉察到了我身体里正在发生的变化，她们以细碎敏捷的脚步走了几步，挡在了她们老板面前。她们中的一个把自己的头部变了形，有条纹的毛盖住了她的脸颊，一只长着手指那样长的剑齿的老虎开始冲我咆哮；而另一个则警告性地把手——不，是一只露出尖钩的猛兽爪子——举了起来。

幸运的是，莎丽在不幸发生前把我拉走了。

令人毛骨悚然的提议

我任由自己被拉走，不做任何反抗，我的大脑几乎无法思考。一个犰狳皮包！我在树林里不停地呕吐，想把我肚子里沸腾的无助的怒气吐出去。我更为那两位老虎女士的目光感到震惊——毫无疑问，只要我敢拿一根指头对着雷诺克斯夫人，那两个人就会把我撕成碎片。

莎丽把我领到船屋的后面，这下我们俩又是单独相处了。“为什么你跟她说了那么多？”她担心地问，“那个女的纯粹是一个像海带黏液一样的麻烦人物！她几个星期前来过这里，然后把一个跟艾拉和她的伙伴们作对的食肉鱼变形人从学校里踢了出去！”

“我当时不知道她是谁。”我无力地为自己辩解，同时努力地回想，我有没有跟艾拉的妈妈说了什么可以被她当作把柄的事情。幸好没有，或者还是有？“她反正知道我是一条鲨鱼以及我是刚来学校的新生。也许她早就从艾拉那儿听说了。鲨鱼牙和犰狳包——这些礼物都不是巧合。”

“是的。”莎丽说道，她的脸因为难过而扭曲了，“可怜的贾斯帕，希望那个包不是用他亲戚的皮做的。老天啊，我还以为你会攻击那个雷诺克斯……可不幸的是她带了那对双胞胎保镖，我想，她们好像叫拉蒂莎和娜塔莎。”

“那两个人确实很厉害。”我随口说道。忽然间我又生出了一个新的、更让我害怕的念头，“希望那些项链上的牙不是我父母的。他们今天说要来的，可是没有出现。”

莎丽直勾勾地盯着我，吓得说不出话来。

我们还没来得及继续讨论，一条学校的广播通知打断了我们，吸引我们转头倾听。“大家请注意，有一个重要的消息，请大家移步前往学校的入口大厅……”是杰克·克利尔沃特的声音，但不同寻常的是，他的声音听起来毫无感情。

“发生了什么事吗？”莎丽和我交换了一下担心的眼神。

当我们到达时，学校的入口大厅已经熙熙攘攘。水族箱里挤满了各种颜色的热带鱼，两只海马在努力地避开一群水母。很多人形的家长也在场。杰克·克利尔沃特以他高高的身型和浅色的金发在人群里显得鹤立鸡群，他看起来很严肃，但非常镇定。

当我看清站在他旁边的那个人时，我的气就不打一处来，是雷诺克斯夫人！我现在才发现她的笑容有多假，为什么我之前没发现？

为什么我一开始以为她的老虎保镖也是家长……我该有多愚蠢！她们两个顶多只有 20 多岁，当家长实在也太年轻了。她们中的一个向我抛来一个警告的眼神，让我觉得在血管里流动的不再是血，而是冰水。

我们的校长开始讲话了。“现在有一个家长的提议，雷诺克斯夫人坚持让我们马上讨论！”他解释道，同时向她点了点头。

莉迪亚·雷诺克斯走到一级台阶上，好让大家都能看清她。“欢迎各位亲爱的家长。”她开始说道，“我相信你们跟我一样喜欢刚刚的演出！它们真的征服了我！为什么蓝礁中学不可以每星期在人类的观众面前进行这样的表演呢？我们可以策划很多吸引人的节目——跟海豚和鲨鱼游泳，和一只缠在胳膊上的章鱼合影，蟒蛇和鳄鱼的表演，也许还有潜水员和鲨鱼的搏斗表演……”

一下子人群开始激动地窃窃私语。

“那对学校有什么好处呢？”一个脸色苍白的红发男人问道，那是诺亚的爸爸。他身上的T恤印有一个有机商场的标记，脚上穿着一双徒步凉鞋。

“这不很清楚吗？”雷诺克斯夫人笑着看向他，“我们所有人应该都很清楚，学校的资金状况跟一座沙堡一样不牢靠。目前在银行的债务有多少？”

“差不多8万美元，建筑造价比预算高了不少。”杰克·克利尔沃特勉强地说。

“那我们有什么钱进来吗？除了一些捐款和委员会的补助还有什么进账吗？令人遗憾的是还有很多学生交不起学费，比如我刚刚认识的新生，蒂亚戈……”她的手指向我，一下子就有几十双眼睛带着怜悯或好奇的目光转向我。我的脸像被太阳直射一样滚烫。虽然我很想逃走，可是我逼迫自己保持镇静。莎丽是对的——艾拉的妈妈真的会把我告诉她的话当作我的把柄！

“……尤其是那些作为动物生活的海行者们，他们今后也将交不起学费。除非我们开办这个参观日活动，给他们一个挣生活费的机会！”莉迪亚·雷诺克斯热情洋溢地说着，就好像这是一个百年不遇的好主意。

“说得对，海洋世界以及其他的主题公园是真正的金矿。”一位站在托克旁边的方下巴的女士说道，“我确信用这样的方式，一个星期就能赚1000美元。”

“至少有那么多。”另一个男士说，“你们知道在迈阿密凯斯岛上跟海豚玩半个小时他们要收多少钱吗？200美元！”

“那钱怎么分呢？”一个看起来很感兴趣的妈妈掺和了进来，“学生们当然要参与分成。”

“雷诺克斯夫人，您将从活动中得到最多的收入，因为您持有这所学校份额最多的股份，是这样的吗？”这是诺亚的爸爸，现在轮到他被那一对双胞胎无情的绿眼睛瞪着了。

可莉迪亚·雷诺克斯微微抬起了手，也许是为了阻止她的两位保镖。“这是一个完全正当合理的问题。可是我可以让您放心，这些钱大部分会用于学校的物资采购、举办项目活动、奖学金等用途上！如果还剩下一些，那可以用在法国南部的一座度假屋上，这会帮助艾拉提高她的法语。当然这座度假屋对学校的其他学生也是开放的……”

这本来是个很好的提议。尽管如此我还是觉得有些虚伪。比如，一个勉强交得起学费的学生，他的父母怎么还有余力把他送到法国南部去呢？

“确实，也许我们的学生能挣很多钱！”我们的班长朱娜激动地喊道，“可这是一所学校，不是一个游乐园——我们是学生，又不是马戏团里的动物！”一些二年级的学生使劲地点头表示赞同。

“你反正也不适合当马戏团动物，朱娜，就算你穿过一个呼啦圈，别人也看不见。”诺克斯挖苦道，朱娜朝他做了一个厌恶的鬼脸。

“朱娜说得完全正确。”杰克·克利尔沃特说，“在我计划办这所学校时，我的设想不是这样的。”

“我也不打算为人们表演跳呼啦圈。”莎丽说，她显得紧张又生气。我猜到她在想什么……对于一个这么容易怯场的人来说，这样的表演完全是一种折磨。

“我会喜欢的！”奥利维娅双眼放光地说，“这样我就可以为上医学院攒更多的钱了！”

“我觉得这个提议不好。”玛拉说，她那平时温和友好的琥珀色眼睛此时流露出激愤，“太多的游客会打扰我们，也许还会带来危险。如果我们中的一员变形时被看到的话怎么办？”

这话我赞同。是的，虽然我非常缺钱，可我还是反对这个提议。用虎鲨的形态给别人带来恐惧也不是我想象中的赚钱方式……这只会让大家更害怕！而且我会觉得自己很可笑。

“没错，保密是第一位的，这也是我的想法。”杰克·克利尔沃特说。

“我们当然会采取措施，确保不让任何人看到变形。”雷诺克斯夫人保证道，“所有变形还不完美的学生必须选择一个形态。”

什么？我试着想象自己很长一段时间内要作为鲨鱼生活着而不能变形，那会怎么样？不好玩！

“这对我的女儿有影响吗？”体型超重的玛拉妈妈怀疑地问。

“不，当然不会。”雷诺克斯夫人用安抚的语气回答道，“可是，像我听说的那些还不能控制好自己变形的海豚，就必须待在礁湖里。他们不能进餐厅，太冒险了。”她向周围的人群笑了笑，“其实也没必要了，因为那些游客会向他们投喂鱼，而我们通过卖饲料又能获得额外的收入。”

布璐和莎丽看起来很想马上就把雷诺克斯夫人推进礁湖，把她彻底泡进水里去。

“什么，我们只能吃掉进池子里的东西？”诺亚惊愕地问，“这听起来不太健康。我父母很重视饮食健康，他们有一家自己的有机商店。我还听说有些人会把各种脏东西扔进池子里，橡皮啦，薯片啦，拖鞋什么的……”

“首先，我们可以竖起禁止乱扔的警示牌。其次，你们肯定也没有那么傻，会吞下那样的东西。”雷诺克斯夫人说道，“你的家长一定也会同意我说的，诺亚，吃新鲜的鱼很有营养。”

听了这话，诺克斯给了她一个恶毒的眼神。“只有自己不是鱼的才会这么说！”

诺亚的妈妈想说些什么，可我的敌人不理睬她，继续说道：“当然为了这个新计划我们还需要把课程表改一改……也就是说要减少课时。”

克里斯、托克和一些二年级的学生欢呼起来。而我没有。我把嘴闭上等待那个一定会来的“但是”。约翰尼叔叔有一次跟我讲过：如果有什么事情听起来好到不真实，那通常不会是真的。

雷诺克斯夫人已经在继续了：“我们估计大多数的游客会在周末来，这意味着星期六和星期天会成为游客活动时间，此外周一到周五的下午也是。”她补充道，“授课可以在上午和晚上进行。”

刚刚还在欢呼的那些人惊得下巴都掉了下来。我也是。这可真是一个惊人的巨大“转折”！那我们的自由时间呢？这个恐怖的女人认为我们青少年不需要？

“当然这只是暂时的，”那个包裹在漂亮职业装里的女士保证道，“当债务全都还清，以及学校和所有参与人经济上都好转时就可以结束这个计划了。”

艾拉脸上露出了灿烂的笑容，和贝瑞、托克击了掌。“嘿，有谁会反对变富吗？”

我充满敌意地盯着她。我们都需要钱……可我们为了钱就要出卖自己的灵魂吗？！

“你怎么看这件事？”我问旁边倚墙而立的芬妮。她看起来跟平时一样淡漠，难道她不为这令人毛骨悚然的提议担心吗？

芬妮的蓝头发在从水族箱透出来的光线里发亮。“有可能会很好玩，谁知道呢？”她说，“可我不想我爸爸因为这些奇怪的表演而产生怀疑。”

“哦。”我震惊了，忽然想起来她爸爸是一个警察，“他不知道你是一个变形人吗？”

“不，”芬妮把一块口香糖塞到嘴里，“他不知道。不过这并不意味着我的家庭生活因此变得更简单容易——你能理解，对吗？”

“哦，是的。”我不由得想起我的父母，希望他们没事。为什么那个可恶的女人要强调艾拉项链上的牙是新鲜的呢？她是在吓唬我吗?

莉迪亚·雷诺克斯用力地拍手，也许是为了打断此起彼伏的讨论声。那声音听起来就像枪声一样骇人，入口大厅马上安静下来。“亲爱的家长，亲爱的学生，你们对此肯定会有不同意见，有支持也有反对。我提议我们直接投票。”

大家陷入了深深的沉默，我感觉到周围的空气仿佛凝固了。这个我越来越喜欢的学校会发生什么？我能感觉到莎丽的神经在振动。“不要，求你了。”她的话音那么小声，只有我能听见。反正我认为只有我能听见。那对老虎双胞胎看起来在第一形态里也有完美的听力，她们中的一个——不知是拉蒂莎还是娜塔莎——悄悄地向莎丽和诺亚的方向移动。

莉迪亚·雷诺克斯的唇边浮现出一个微笑……这次显得是胜券在握。她看起来很自信，好像已经知道这个投票的结果会怎样。

压力之下

杰克·克利尔沃特好像受够了这一切。他的声音有力地回荡在大厅里。“停。”他说道，“这对我来说太快了！我不反对搞投票，但是在这之前我们需要先仔细地讨论这个问题。”他指了指学校秘书，她今天涂着覆盆子色口红，跟平时一样显得闷闷不乐。“米萨奇小姐会为此在我们的网页上建立一个不对外开放的论坛。我提议，我们一个星期后再次在此会面，决定是否通过这个提议。”

很明显这完全出乎莉迪亚·雷诺克斯的意料。“这一个星期我们会错过好几千美元！”

一个老虎女人在不露声色地靠近杰克·克利尔沃特。当我发现这个情况时，我为我们年轻的校长感到恐惧。他敢违抗莉迪亚·雷诺克斯……我明白这意味着什么。

“这个我们可以应付的。”我们的变形老师加西亚先生插进来说道，他现在不是一只海豚，而是一位有着深色头发、身材修长的男士，他穿着浅米色短裤和带有学校标志的深蓝色T恤。几乎在不知不觉中，他和其他的老师移动到了杰克·克利尔沃特的周围。只有怀特小姐撩头发的动作透露出她现在跟我一样紧张。

如果只看她的脸色，人们丝毫察觉不到。在她的脚边，佩拉吉乌斯以海龟形态蹲着，四下张望着，看起来对眼前发生的一切很不赞同。

“那就这样定了，一个星期之后我们再次商议。非常感谢大家的光临。”校长说道，用坚定的目光看着莉迪亚·雷诺克斯，完全没去搭理那个已经快要碰到他的老虎女人。我感到整个身体都在抽搐了。在紧急情况下，怀特小姐足够强壮到可以阻挡那对老虎双胞胎吗？

最终是艾拉的妈妈打破了僵局。“那好吧，我们一个星期后再见。”她说道。虽然她在笑，但她的声音却是尖利的，“拉蒂莎，娜塔莎，你们来吗？再见艾拉，我的天使宝贝，常给我写信，好吗？”她和她的随从扬长而去。

别的家长也纷纷开始与他们的孩子告别。约翰尼叔叔透过水族箱的玻璃墙在和塞尔达的水母妈妈讨论一件事，所以我利用这个机会跑上楼去看一眼我的邮箱。等待登录进去的每一秒对我来说都无比漫长。我的父母发邮件了吗？他们可能取消了行程，但我没注意到？此刻我已经不那么在乎他们今天没来，重要的是他们是否平安！

果然，有一封来自我父亲的邮件，发送时间是今天中午，就在表演前一刻。我顿时放松了下来，身体在电脑前的椅子里瘫软了下去。

嗨，蒂亚戈！

对不起，我们还是来不了了，我们要在斯德哥尔摩临时过一夜。很遗憾！也许下次有机会再见。

斯克特·安德森

他们在斯德哥尔摩干什么？

不过转念一想，我觉得目前这对我来说也不重要。

我几乎没有觉察到我电脑的旁边坐着拉尔夫，那个黑尖吻礁鲨鱼。他正看着我。“嗨，兄弟，艾拉的那条项链真的很变态，可是不用紧张。那些肯定是掉下来的牙。你也知道咱们的牙齿……”

“是啊。”我说道，稍微放松了些。我早就知道鲨鱼——显然鲨鱼变形人也一样——有一副可以持续自我更新的牙齿。我在老学校时，有一次那些家伙把我的一颗犬齿打掉了，它一个星期内又长了出来。我从没去过牙科诊所，只在电视里见过。

有那么一段时间，我和拉尔夫沉默地并排坐着上网。然后我站起身来准备要走，对他说了一声“谢谢”。

拉尔夫连头都没有抬，说：“不客气。”

当我回到大厅入口时，大多数家长都已经走了，学生们回宿舍或者去沙滩了。约翰尼叔叔显得很不安。“那我也回去了。”他说道，“我不用告诉你我对那个提议的看法吧？就那个要把你们租给游客娱乐的提议。”

“反正也没人想租一条虎鲨……顶多想钓。”我向他笑了笑，“不用担心，我不会咬钩的。”

约翰尼咧嘴笑了：“我知道。除非有人在鱼钩上叉上一个加双份奶酪的墨西哥卷饼。”

“好吧好吧，你尽管取笑我吧。”我说道。有一次我生日，他带我到一家墨西哥餐厅吃饭，我直接吃掉了三个加双份奶酪的墨西哥卷饼，吃到他担心自己有没有带够钱。丢脸的是我们最后只剩下 5 角钱付小费。

约翰尼叔叔的思绪已经飘到了别的地方。“你觉得她说让潜水员和鲨鱼进行搏斗表演是认真的吗？”

“肯定是认真的。”我说道，突然感觉胃像打了个结一样难受，“我敢打赌她还想看到血流成河。最好是我的血。”

“为什么？你们之间发生了什么？还是……”

我们不得不中断聊天，因为杰克·克利尔沃特、加西亚先生和怀特小姐正走向我们。当看到他们严肃的脸时我就有种不祥的预感。每次我遇到麻烦总有这种感觉！

“你们去一下我的办公室。”杰克·克利尔沃特说道。

杰克的办公室宽敞明亮又通风，墙上挂着一幅蓝色的画，风扇在我们头顶上转动，时不时有凉爽的微风轻拂我。这是一间带阳台的办公室，阳台的木制栏杆上留有爪印。一张原木写字桌和一些椅子摆在房间的中央。克利尔沃特先生用一个手势示意我们坐下。约翰尼皱着眉头看着我。也许我该早点向他坦白星期五晚上发生了什么，可是最近一段时间我一直没有找到合适的时机说。

“我们遇到了一个麻烦。”校长说道，他好像喜欢直奔主题，“有些家长投诉了蒂亚戈。他们要求他立刻离开学校。”

约翰尼向我投来了不可思议的目光。

“在学校派对出了一点事。”我试图解释，“三对一。”

“幸亏我说服了他们不开除蒂亚戈。”克利尔沃特先生接着说道，“可是奖学金恐怕没了。如果蒂亚戈出了这个事情还能通过考察期的话，就很难向其他的家长解释了。”

我和约翰尼叔叔互相看了一眼。常规的学费我们永远也付不起……莉迪亚·雷诺克斯知道这一点，因为我愚蠢地亲口告诉了她！如果我不得不离开蓝礁中学的话，艾拉和她的伙伴会开心死的。反正每个人都知道原因，艾拉的妈妈非常友善地用她的大嗓门提醒了所有人学校的经济状况。

现在怎么办？回到我的老学校，再也见不到莎丽、贾斯帕和别的人？想到这里，我的喉咙发紧，眼睛开始痒痒的。

“非常抱歉。”怀特小姐说道。她为了这次的拜访日穿上了一条紧身的白裙子，模样非常优雅，可是她坐在椅子边上的姿势更让我联想到随时准备起跑狂奔的短跑运动员。

“为什么你不小心一点？”加西亚先生看着我，神色凝重，“我曾经提醒你不要卷入一场斗殴！你完全不记得我的警告了？”

“法林，我很确定有人把他引入了一个陷阱。”怀特小姐说道并转向我。她那狭长又有棱角的脸显得严肃又专注，深色的眼睛好像能看透我的内心一样。“是这样的吧，蒂亚戈，对不对？”

我对她不禁感激万分。多好啊，在这学校里还有一个和我一样危险的变形人，一个能懂我的人。“对，就是这样。你们不是会读心术吗？那你们就能很清楚地知道发生了什么！”

不知为什么他们都看向了加西亚先生，他大概是老师中最会读心术的人。“我可以这样做。”我的变形老师说道，但他的情绪还是很低落，“但恐怕不会改变什么。莉迪亚·雷诺克斯永远也不会把它当作证据接受的。我们先庆幸你没有严重伤害到别人吧，要不然你早就在回迈阿密的路上了。”

我的内心在反抗。“您还是做吧！”我坚持道，“我请求您。”

杰克·克利尔沃特、别的老师和约翰尼叔叔都困惑地看着我。

法林·加西亚也显得很惊讶，可是只有一瞬。当我们的目光相遇时，我看出来他懂了。“好吧。”他说道。杰克和约翰尼也点头。

“会疼吗？”我紧张地问。

“不会，如果你太使劲抵抗的话会让我疼。”加西亚把他的椅子拉到我身边，这样他就可以和我近距离面对面坐着。现在他不再显得生气，而只是冷静、专注。“放松，也许你想把眼睛闭上？”

我默默地摇了摇头。我又一次意识到自己和加西亚老师长得有多像。我们两个都是中等个头，身材修长，我们的肤色也几乎是一样的，像是加了很多牛奶的咖啡。只有他看着我的眼睛是深棕色的，而我的是亮蓝色的。可能很多人会把他当成我的父亲。

我能感觉到他的思想开始与我的思想发生碰撞，我不由自主地开始抽搐。

“这样不行，你在阻止我。”加西亚老师说，“试着保持完全放松。”

“对不起。”我嘟囔道，试着有意识地放松和打开自己，必须要成功！

这次好像效果好一些了，我能感觉到一个外来的思想在我的脑子里小心地探究。几秒钟之后就结束了。

“他说了实话。”加西亚老师说道，“有人给他下了迷药，后来艾拉、托克和贝瑞把他拖到船屋后，再后来他们打了起来，但他是出于自卫。”

我感觉身上仿佛卸下了千斤重担。我的奖学金没了，这无法改变了……可至少他们知道我没有撒谎！

“蒂亚戈，我非常抱歉，那些学生的行为很恶劣，居然这么戏弄你。”杰克·克利尔沃特说，“我希望你能留下，至少待到下个周末。也许我们可以找到一个解决办法。”

“谢谢。”我向他道谢，想起莎丽给我提过的奇怪的任务。那个要解救某个人的特别行动。这就是他希望我留下来的原因吗？还是另有一个我不知道的计划？

约翰尼叔叔与杰克·克利尔沃特礼貌地告别。约翰尼拍了拍我的肩膀，说了声“下周见”。我们两个都知道到那时筹集到学费是不可能的。他会回来把我带回迈阿密和那糟透了的旧生活。

当我也准备离开时，突然有人敲门，用一种很奇怪的方式，声音很低沉。

大家都停了下来。

“请进。”校长喊道。

我们都以为会是一些来告别或者想再最后补充一下意见的家长。可是推门进来的不是一个人。

一个神秘的任务

一只浅褐色的大猫穿过半开着的门摸索着走了进来。刚开始我打算跳起来，躲到椅子后面，可最后我决定跟约翰尼一样坐着不动。我一再告诉自己：这不是一只普通的猎食动物，而是一个陌生的变形人，他不会攻击我们！

“你好，卡拉格。”克利尔沃特先生欢喜地说道，“一路上都顺利吗？克利尔沃特高中一切正常吗？”

“一切都很好。”那只美洲狮把头抬了起来，胡须也立了起来，他好奇地在办公室里东张西望，“天啊，你们这里到处都在水下，这是正常的吗？为了能从一张桌子跳到另一张桌子，我变了形。”

“对不起，我们还有一个正常的入口，可是你进入了我们的餐厅……那里一直都很湿。”我们的校长笑眯眯地说，“很高兴你来了。我们要尽快派你去执行我跟你说的任务。”

“好啊，当然。我觉得我能帮上你们很酷。”那个美洲狮男孩回答道，用他又宽又软的爪子在房间里走来走去，向加西亚先生问好，显然他们早就认识了。

我迅速地搞清楚了好几件事。这就是另一所变形人学校派过来的人——只是他既不是特工也不是淡水动物。听他的声音也不是老师，而是一个年龄跟我差不多的男孩。老天爷啊！他们让我跟一只还没有成年的美洲狮去执行一项神秘的任务？

“顺便说一下，坐在面前的是你的一个伙伴。”杰克说着并指向我。我歪嘴笑了笑，向那只美洲狮挥了挥手。很庆幸我的老同学们都没有看到我如此怪异的行为。所以要派我去执行任务的消息是真的！一个特别行动队，哇哦！

“蒂亚戈，你能不能去拿一下卡拉格的行李，送到客人接待所的一号宿舍？”克利尔沃特先生说道，“然后你再回来，我们要开一个特别行动队的任务说明会。”

我在入口大厅找到了一个陈旧的皮制行李箱，把它带到了客人接待所。当我回到克利尔沃特先生的办公室里时，除了他已经没有别的老师了，但有一个瘦削的、绿金色眼睛的金发男孩坐在椅子上。他穿着带破洞的牛仔裤、洗得发白的T恤和帆布球鞋。他好像还不适应南佛罗里达的夏天，因为每隔几秒钟他就要擦一下额头上的汗。“嗨，原来你就是蒂亚戈。”他说，“你的第二形态是什么？”

“虎鲨。”我说道，同时心里暗暗希望他能被吓一跳。我大概正在变得越来越邪恶和放肆了。

可那个男孩依然友好平静地看着我，只说了一句：“啊，原来也是一只猎食动物。”

过了一会儿莎丽来了，她对我亲切地微笑了一下……可让我不爽的是，她也对那个陌生男孩笑了。在他自我介绍后，她说：“哇哦，你从一个周围没有海的地区来的？”

卡拉格笑了笑，说：“对，我们那里离海很远，可是有山，几千米高的山。”

“这个我想象不出来，你有照片吗？”

在他们两个聊天时，我坐在旁边，偶尔点一下头，试图保持着一副友好的表情。我随即就有了两三个恶作剧的主意。我想知道这个干鼻子在水下能坚持多久。

就在这时艾拉进来了，怀疑地看着我们。她来这里干什么？我想到一件糟糕的事——她不会也一起参与这趟神秘之旅吧？

现在人应该都到齐了，因为杰克·克利尔沃特严肃了起来，依次看了一眼我们几个。“我非常希望这只是一次普通的学习考察，可这不是，因为你们要离开这里好多天。”

“我们要去城里吗？”艾拉的脸亮了起来，“纽约怎么样？那里逛街购物很方便，上次我妈妈一天之内在那里花掉了一万美元。”她假装我不在场，一次也没有往我这儿看。我发现艾拉身上到处都是我们打架留下来的瘀伤，可是几乎看不出来，因为她完美地化了妆，掩盖得很好。

“不，你们要去的是埃沃格莱德——大沼泽地区。”杰克·克利尔沃特说，“我们收到了一个求救讯息。”

我暂时忘记了那个陌生男孩和我的敌人的存在。“是来自一个人类吗？”

“不。是一条短尾鳄，一只真的动物，不是一个海行者。它告诉我们那里有一个变形人需要帮助，也许是因为它迷路了。讯息不是那么好理解。”他找出一张纸条，“我把它说的话记了下来，但它是用它自己的语言说的，很含混：有人有困难，是你们中的一员。所有的佛罗里达黑豹[①]有危险。你们能去帮忙吗？”

我认真地倾听着。不只是因为我对这个求救感兴趣，我发现变形人还可以和动物交流，可是需要懂它们的语言。

“猫头鹰屎[②]！真令人费解，但似乎真的有人需要帮助。”卡拉格显得很不安，“他们不久之前就跟我讲过。这意思是……”

“正是，情况后来明显变得更糟了。”杰克·克利尔沃特不满地说，“自从我们接到求救以后，成年的林行者们已经在寻找了，我们也请护林员帮忙，可谁也没有找到。”

“连作为一只雕的您都没有发现那个变形人吗？从空中一定能看到更多。”莎丽显然深入思考过了。

“没有用的。你们是我们最后的尝试。”年轻的校长说道，“如果你们也找不到，那我们就不得不放弃了。我认为你们作为一个团队有恰当的实力：艾拉是蟒蛇，沼泽地是她的第二个家乡，她可以负责做向导。”

艾拉看起来自信满满，说：“在这方面我很擅长。大沼泽地很酷，我在那里认识很多友好的人！”

她环顾四周，好像在期待得到赞叹。可是并没有。

“卡拉格是我们的美洲狮专家。”杰克·克利尔沃特继续说道，“你们也听到了，那个求救信号与佛罗里达州黑豹有关，因为这里的美洲狮被称为佛罗里达黑豹。我们还不确定这一切有什么具体的关联。可是即使你们没找到求救讯号的来源，卡拉格也

---

① 佛罗里达黑豹是美洲狮的一种。

② 意思相当于 Shit，可理解为“该死”。本书作者根据不同的年轻变形人身份创造了大量的口语，尤其是一些比较粗鲁的口头语，比如下文出现的“扁虱咬伤！青蛙瘟疫！”等。

能查出，我们是否能为那些野外的猫科动物做些什么。”

卡拉格点了点头：“我听说它们只剩下两百只了——如果它们灭绝了，那就太可怕了。”

克利尔沃特先生转向我：“我想要你参加，因为你是我们当中最强的变形人，你可以保护团队。”

“为什么不是托克？他也很强！”艾拉带着挑衅的笑容打量着我，并用手指玩弄着她的鲨鱼牙项链。

“谁参与行动队已经定好了。”杰克·克利尔沃特用一种不容置疑的语气说道，“我这次想要派莎丽去，因为她需要一个不一样的变形练习地形。那里水陆交错，你需要经常变形，但你不会像在陆地上那样处于危险之中。”

莎丽咽了一下口水，最终她点了点头。“好吧。总有一天我会熟练掌握变形的。”她犹豫了一下，“而且这也让我想到了别的，如果这里变成某种形式的游乐园……我不知道我是否还愿意待在这儿。”

“我理解。我们谁也不想。”杰克·克利尔沃特说，同时深深地叹了一口气。

我的心猛地一沉，投票将会如何进行，大多数的学生和家长会反对这项计划吗？

一个想法像一道闪电般划过我的脑海。如果游乐园的事，也就是学生的表演得到了许可……那我就不需要奖学金了，因为我可以自己挣学费了！所以按理说我应该支持雷诺克斯夫人的计划，如果下个周末我和约翰尼叔叔被允许投票的话……只是……我能这样对莎丽吗？如果蓝礁中学变成这样的话，她可能会离开……这所学校将没有莎丽了，不，我不愿意想象这样的情景。

你其实别无选择，我对自己说。只有留在这里我才能学到对于身为海行者的我最为重要的东西。

我感到很痛苦。幸运的是，我不必现在就决定要怎么做，而是在下周末。在那之前，我还得去救人。“我们的特别行动队什么时候出发？”我问道。

杰克·克利尔沃特站了起来，说：“就明天早上。你们最好现在就去准备行李。收到那个求救讯号之后，我们再没有听到过那个失踪变形人的消息，这不是一个好兆头。”

“是，长官。”我说道，同时学着士兵做出敬礼的样子。

我们刚走出办公室，我就忍不住了。虽然没有任何证据，我还是问艾拉：“让你妈妈取消了我的奖学金是你的主意吗？一个星期后我就要离开这里了，因为我们付不起学费！”

艾拉瞪大了眼睛，一瞬间，我感觉好像有一道阴影从她脸上掠过。可在我搞清楚是怎么回事之前，她又表现出那一贯的傲慢神情。“你做了那么多坏事搞砸了自己的考验期，怎么能把责任都推到我妈妈身上呢？”说着她就径直走开了，可我们几个还留在原地。

卡拉格满脸疑惑，莎丽向他解释了发生的事。“猫头鹰屎。我很抱歉，蒂亚戈。”美洲狮男孩充满同情地说。

我耸了耸肩，同时想知道自己怎么才能忍受跟艾拉在同一艘独木舟里待好几天。

莎丽的念头又转到别的地方了。“所有的黑豹有危险？这事听起来真的很蹊跷！你觉得那个变形人还活着吗？就是我们要去埃沃格莱德沼泽地寻找的那个？”

“也许吧。”我说道，想到此时此刻也许有人正在用尽最后一丝力气，饥肠辘辘地在埃沃格莱德的沼泽地里跋涉……或者趴在那里，不管是以人还是动物的形态。他还有活下去的希望吗？也许没有了。

我还从来没有成为过一个人的最后一线希望。这真是一种令人毛骨悚然的感觉。

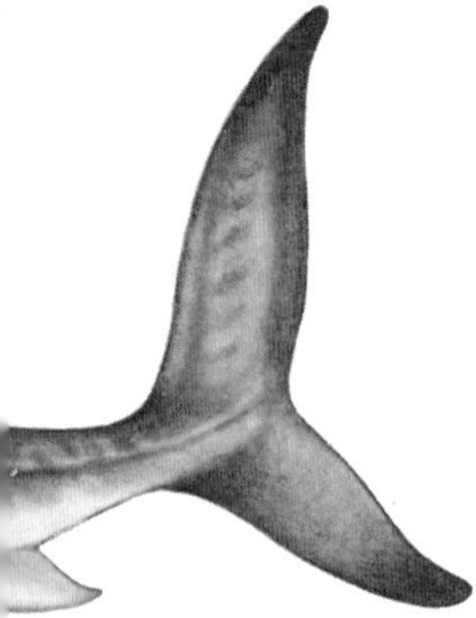

出发，登舟

在回宿舍的路上，美洲狮男孩仿佛对这项任务有着非常复杂的感觉。“埃沃格莱德的那些沼泽地真的到处都是泥潭吗？我意思是，那里到处都是水吗？我们会有一艘独木舟吧？”

“肯定会有。”我说。

好吧，这可能是个问题。我要在几乎全年都被淹没在水下的地区护送一只怕水的大猫！

莎丽和我带卡拉格参观了教室、两个有双向变形区域的变形场、礁湖、沙滩和船屋。在沙滩上，卡拉格直接扑向被太阳晒热的沙子，伸直四肢，双臂交叠放在脑后。“啊！太妙了。这个地方好多了。”

“哈，现在是星期日晚上……你还可以在这里享受到星期一早上。”我告诉他。

“不错。”卡拉格用他那双绿金色的眼睛观察着我，若有所思。他是怎么看待我的呢？

莎丽和我向他告别，去收拾东西。

“说说，你觉得他怎么样？非常好，对吧？”我的海豚朋友激动地问我。

她也许觉得他比我还要好！这可不行。

“对，是的。”我冷淡地回答道，“就是他的毛太多了，不合我的口味。”

“你又不用吃掉他，蒂亚戈。”她责骂我道。

“好吧。”我说。

回到宿舍里，我赶紧把一些换洗衣物、一个指南针和一些画画用品塞到防水书包里，书包是那个章鱼管理员给我的。

我的犰狳朋友因为不能一起去，伤心得要死。可他只是耷拉着肩膀在那里站了一会儿，然后他的眼睛就又重新亮了起来，跑开了。“等一下！我有一个东西！一个超级秘密的东西，你一定会需要的！是我哥哥做的，这是他的拿手绝活。”

我满怀期待地等待贾斯帕回来。可当他站在我面前，给我看他拿来了什么东西时，我有些失望。那只是一根跟我前臂差不多长的寻常硬木棍子。“哦耶，谢谢！”我说道，努力让自己看起来很高兴，“这个可以用来干什么？”

“你会知道的。”贾斯帕咧嘴笑道。

“那，谢谢。”我说道，又在外面的灌木丛里为自己削出一根叉棒，因为在沼泽地里从无害的水蛇到铜斑蛇有一大堆爬行动物。更不用说会和我们一起蹲在独木舟里的那位了！

当我们星期一早晨在停车场上集合时，我惊讶地发现莎丽也带了一条棍子。一根长长的削尖的棍子，尖头部分被涂成了黑色。

“你拿这个要做什么啊？”我问。

“哎，你就等着瞧吧。”莎丽对着我灿烂一笑，“这东西很重要。”

“你们都不告诉我。”我抱怨道，一边和大家一起把独木舟使劲推到校车的车顶上，同时在后备厢里装上我们的物品和饮用水水桶。

诺亚和布璐来跟莎丽告别了。我好奇地看着他们三个神情严肃地伸出手，按照毛利人的告别方式把鼻子和额头抵在一起，同时闭起眼睛。这场景看起来庄严而富有仪式感，不知为何让人感觉很美。

“要平安回来，莎丽。”诺亚说道，“希望坦加罗阿与你同在……嗯，就是，如果海神在沼泽里也能显灵的话。”

“我希望你们能找到那个失踪的变形人！”布璐说，“如果你们能够营救他的话，那就太好了。”

可惜诺亚和布璐只向我简单地挥挥手作为告别。布璐显然对所有的鲨鱼都没好感，她连看到拉尔夫都会避开，而诺亚表现出来的是不太确定是否需要在我面前保护莎丽。唉，反正在未来一段时间里他做不到了，他不得不相信我。至少我得到了一大把软心糖豆，那是他为了向我们告别专门带来的。

“尝一下那些黄白色的糖。”莎丽说，“那是黄油爆米花味的。可惜没有鲱鱼味的，那是我和诺亚最喜欢的口味。”

“可我不想把糖都吃光。”我不好意思地说。

“哈，别担心，这里还有很多呢。”诺亚说着，亲手把一颗黄白色的软心糖豆捞了出来递给我。很好吃。我很开心诺亚渐渐接受我了。相比之下，我在布璐那里一点儿进展都没有，而她偏偏是莎丽最好的朋友。

在这期间，总是心情不好的海鳗米萨奇小姐站在车旁，转动着钥匙发出叮当的声音，催我们抓紧时间。今天她穿了一条红色波点的裙子，涂了搭配的红宝石色口红。我们刚把独木舟绑好，就像赛跑一样奔向车的后排座位——谁也不愿意坐在米萨奇小姐旁边。

“不要挤！”她命令道，“如果你们有人胆敢把脚垫弄脏或者在车里扔下一张糖纸，就会被罚两天留泳[①]！”

留泳？！先不管这是什么惩罚了。

艾拉在抢座位比赛中输了，噘着嘴坐到了前排。可她立马跳了起来，开始擦她的屁股，那上面沾染了一大块咖啡色的污渍。“咦，好恶心，这是什么？”

“哦，对不起，是我放了块巧克力，打算在路上吃的。”莎丽看起来非常无辜，“我总是记不住，哪些人类的食物会融化，哪些不会。”

“你这超级愚蠢的尾鳍动物。”艾拉骂道，试着把巧克力擦掉，“扁虱咬伤！青蛙瘟疫！现在擦掉了没有？”

“差不多了。”卡拉格非常老练地打圆场说。那咖啡色的污渍变浅了，可比之前大了一倍，看起来就像艾拉刚刚发生了严重腹泻一样。

米萨奇被烦到不行，反感地命令我们安静下来，我们就出发了。

---

① 原文为“Nachschwimmen”，是作者自创的一种海行者学校里的惩罚。按照字面理解，大体应该为放学或下课之后留下来进行额外的游泳训练，类似普通学校里罚站或者跑圈的惩罚。

经过一路乏味的行驶后，我们在一条陌生的与国家公园接壤的小碎石路边下了车。第一眼只能看到周围到处都是一丛丛黄绿色的一米多高的草，以及掩映其间的波光粼粼的深色水面。哦，好吧。

“我们到了。”司机说道。我们把车上的东西卸了下来，把装备包括独木舟堆在马路边。

“求救讯号就是从这个地区发出来的——希望你们不会也发一个，我们可没时间不停地救人！”米萨奇小姐说道，用阴沉的眼神看了我们一眼，递给我一部圆圆的手机，看起来像一块被舔得光溜溜的砖头，也许是一部卫星电话。“你们每天晚上给我们打电话，三天之后，我们在这里碰头，明白了吗？”

“明白了。”艾拉奉承道。可是她那讨好的笑容在米萨奇小姐那里就像遇到一只不粘锅似的滑落了下来。秘书小姐像踩高跷似的走回车上去，我们看到在她的背上也有一块引人注目的咖啡色污渍。莎丽咧嘴笑了，我们也忍不住扑哧笑了。

米萨奇小姐怀疑地转过身来，问：“怎么了？”

艾拉张开了嘴，我赶紧说道：“我们在讲笑话呢。没事。”

当米萨奇小姐对着后视镜补妆时，我们又笑了一会儿。

“有没有人知道，这地区有危险吗？”卡拉格问道，眯着眼睛望向沼泽地。

我点了点头。“当然，光是那些无处不在的蛇就够危险了。”

艾拉看着我，似乎被我的话冒犯了。“胡说，对我们来说这都不是问题，要不然学校也不会把我们派过来了。我妈妈不会允许有人给我带来危险！”

我的手不自主地握成了拳头。没错，她的妈妈会很乐意把任何一个敢藐视她宝贝女儿的人干掉，比如我。不知道雷诺克斯除此以外会不会也是一个好妈妈？又体贴又会鼓励人，或者还有别的什么优点。不过肯定比我的妈妈好。

莎丽关切地瞥了我一眼，我成功控制住了自己的怒火，并用一个笑话拯救了自己。“哈，我个人认为，米萨奇小姐会很乐意把我们放在一个狮子笼子里。”我说，“当然得有一块警示牌：不要招惹动物，记得把自己的垃圾带走。”

卡拉格歪着嘴笑了。“对，我也有这个感觉。哎，狮子可不是我的最爱。”他喝了一大口水瓶里的水，“只是出于好奇，你们有人带武器了吗？”

“有，我带了。”莎丽说道并在她的书包里翻寻。然后她拿出来一个装满水、被封起来的塑料袋，里面有一条很不高兴的狮子鱼正在瞪着我们。“它有毒刺。”

我们都吓了一跳。“你有毛病吧！”艾拉尖声叫道。

我小心地向莎丽解释狮子鱼虽然可能有用，但它在淡水里会感觉很不舒服。“对，是的。对不起了，小宝贝。”莎丽对鱼说道，然后把水袋连同它的居民递给幸好还没开车走的米萨奇小姐，“您直接把它放到海里吧，好吗？不要摸它！”

米萨奇小姐用一个毁灭性的眼神看了她一眼，拿了袋子便把车开走了。

“你们到底来不来？别忘记我们是来救人的！”艾拉说着就开始跋涉前进了，莎丽、卡拉格和我则要把独木舟抬到水里，一只在附近蹲着的白鹭被吓得飞了起来。

“有人想游泳吗？”

“不想。”卡拉格叹气道。也许他根本不会游泳，典型的猫科动物。

“不必了。不知道淡水对我的皮肤会有什么影响。”莎丽这么一说，我也点了点头，虽然我觉得到水里凉快凉快也挺好的。可如果我在旁边水里游，他们两个就可以在独木舟上并排坐着，兴致勃勃地聊天了。这样可不行。

于是我们把独木舟推进水里，大家纷纷爬上船时，小船摇晃起来，好一会儿才稳住。

天气热得不得了，我的T恤早已经变成了一块潮湿的抹布。莎丽和卡拉格也在边抱怨边出汗，唯独艾拉显得活力满满、身心愉快。当然了，她在这里就像在家一样。这里闻起来有一股腐烂的落叶中夹杂着水的异味，还有被太阳烘烤的植物散发出来的气味。

当我看到一条有毒的铜斑蛇在附近的水中滑行时，被吓得不敢动弹，可艾拉只用手指发出一下短促的响声，那条蛇就逃掉了。

我们一开始划船，我就遇到了危险。我犯了一个错误，把手伸到了独木舟外，手被划了一道长长的、红色的口子。“啊，该死！”

“我们在锯草中，你这个蠢货，还把手伸出去。”艾拉说。

“好的，老板。”莎丽说道，“要不下一次再有什么东西可能伤害到我们时，你提前告知一下？”

“你们都是胆小鬼！”艾拉已经变形了，一条长长的有着棕黄色斑纹的大蛇顺着独木舟的边缘滑进了水里。我们经过了至少五条鳄鱼，可她看起来一点儿也没受影响。

下一个伤害到我们的是独木舟。我们必须要把它抬过一块地势较高的干燥区域，莎丽不小心踩到一个滑溜溜的东西，她尖叫一声避开了。湿滑的独木舟晃了起来，从我的手中滑落，它的棱角结结实实地砸到了我的脚趾。

“哦，实在抱歉，我不是故意的！”莎丽吓坏了，“你需要绷带吗？”

“不用。”我搓着我的脚趾，硬挤出一句话来。

艾拉用她那毫无表情的蛇脸，看着我怎么蜷缩成一团，然后默默地在水里搅起一个幸灾乐祸的波浪。她表示她很遗憾不能帮忙抬独木舟，因为她这会儿正好没有手。

相比那个失踪的陌生变形人正在经历的事，我的脚趾所受的伤微不足道。那个陌生人已经死了吗？也许我们还能找到他。如果到现在为止，变形人搜寻队和护林员加在一起都没能成功找到他，那我们还有机会吗？不过至少卡拉格在用大脑意识沟通方面很厉害——他用头脑发出的呼喊具有非常强烈的穿透力，一定能传得很远。“这里有人吗？如果你迷路了，我们可以帮助你！”

我们默默地紧张又仔细地辨听有没有什么回应，哪怕只是一个很微弱的生命迹象。但没有任何回应，我们可能没找对地方。

当暮色降临时，大约有一万只蚊子发现了我们，兴奋地向我们飞来。幸亏杰克·克利尔沃特建议我们穿了长袖的衣服。所以它们都集中袭击我的脸，而我喷的防蚊液好像被汗水冲掉了。

“我在想，在紧急情况下我们能认出那个变形人吗？万一我们遇到了他，但他因为晕倒或受伤了而不能做出回应呢？”卡拉格叽里咕噜地说着话，一边观察着一只红色喉咙的蜥蜴，“我们连他是什么形态都不知道。‘所有黑豹的危险’，这也不一定代表他就是一只猎食性的猫科动物。他也有可能是一个完全不同的形态。”

“没错。”我说道，搓着还生疼的脚趾，打死了一只蚊子，“你现在就想放弃吗？”

“不。你想放弃？”那个美洲狮男孩盯着我。

“绝对不可能。”我必须提醒这只猫我是谁，“虎鲨从不放弃！”

几秒钟后我就意识到这话听起来是多么丢脸的炫耀。然而，说出去的话不能再收回来。可我至少可以住嘴。我正好也需要在精神上准备一下，为我第一次在野外过夜。

我们把晚上打电话的任务交给了艾拉，她向杰克·克利尔沃特汇报这里一切正常。这也是事实，只是大家心情不怎么样。

莎丽说得对，我们需要她的棍子。当我们晚上在一座小岛上搭帐篷时，我们握着棍子，用它在篝火上烤了棉花糖。接着狼吞虎咽地吃完罐头里的肉酱意大利面，我们这才感觉好了一点点。

可是好景不长，直到我们抬头望向天空时。

“看起来不太妙。”我说。我看见一团蓝黑色的云，正往我们这边移动，我说：“要来风暴了，对吧？”

从艾拉、莎丽和卡拉格不安的脸上我看到了答案。

看起来，我的第一次户外露营会非常特别。

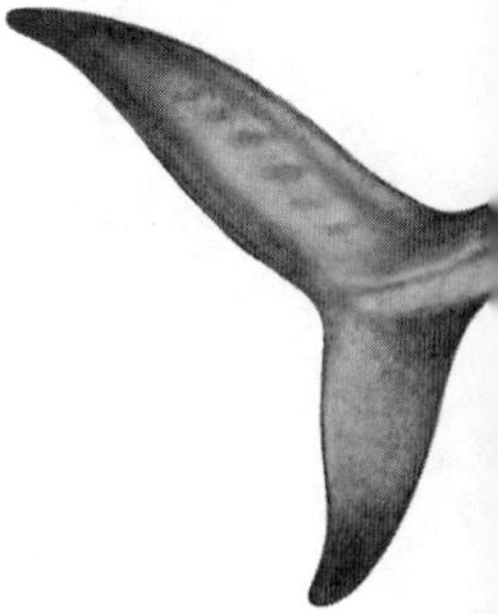

很多新的熟人

我们在小岛上奔来跑去，尝试把帐篷的支架插在一起，但是徒劳，支架时不时被风刮走，我们相互大声喊出指令，可几乎什么都听不清。

最后如同奇迹般，我们成功把帐篷搭起来了。我们四个蹲在里面，听着雨水溅落在薄薄的帐篷布上。咔嚓，一道闪电划过。

“我有没有说过我讨厌暴风雨，还有……”莎丽刚刚说出这句，剩下的话就被雷声淹没了。

我不讨厌暴风雨，一点儿也不。我喜欢落在我皮肤上的雨水，就像我喜欢水的每一种形态。现在呢？因为这阵突如其来的暴雨，莎丽坐在我旁边，跟我挨得很近，我们的身体几乎碰在一起了。可对卡拉格来说，这里明显太潮湿了。

“为什么他们不给我们两顶帐篷？”艾拉抱怨道，“这里有股猫味。我要去外面睡！”她从帐篷里爬了出去，用一条已经显出些蟒蛇纹的胳膊把她的衣服、一些首饰和那条可恶的鲨鱼牙项链从帐篷开口处扔了进来。莎丽抓住了项链，把它又甩向外面沼泽的方向。“啊，对不起，它从我手中滑走了。”

我笑了，赶在一群蚊子钻进来之前以光速把拉链拉上了。

“她平时都这样吗？”卡拉格环顾了一下，问道。

“是的！”莎丽说，把艾拉的东西塞进了书包里，“最好不要理会。”

“面对这样的指责很难不理会。”卡拉格说着，手脚并用地爬向出口，“我最好睡在扣过来的独木舟下面。在食物旁还有位置。”

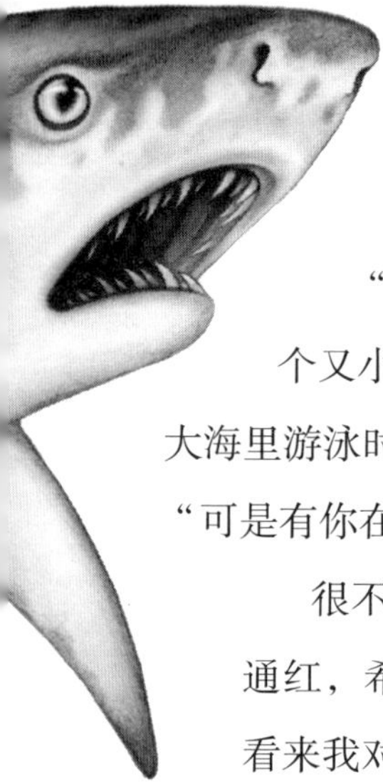

现在只剩下我和莎丽两个人了。“没事吧？”我问莎丽，把一个我们带来的超薄睡袋递给了她。

“有时候在陆地上真是一种奇怪的感觉，还在这样一个又小又软的空间里。”莎丽说着摸了摸帐篷布，“当我在大海里游泳时绝对想象不出这样的画面。”她温柔地看着我，说：“可是有你在这儿，真好。”

很不幸我完全没法答话，因为我实在是太局促了，满面通红，希望她在这半明半暗的空间里不会注意到我的窘迫。看来我对她来说，不只是一个刚认识不久的人了，要不然她不会说这样的话了吧？只要那个美洲狮男孩不在场或者在睡觉，我们之间就一切安好。也许有一天她也可能会喜欢上我！那我就不用先迈出第一步，那样的话有可能会失去她的尊重。

夜里外面有什么东西在沙沙作响，卡拉格在咒骂，传来一个沉闷的声音，可我太困了，就没有去看那只美洲狮在干什么，有可能他在驱赶浣熊，保护我们的食物不被吃掉。

我梦到我父母来蓝礁中学看我了，可是我们互相不喜欢并且一直在吵架。最终雷诺克斯女士也掺和进来，我被气坏了，就把她拦腰咬断了。梦到这里我惊醒了，发现嘴里有什么东西在牙齿之间磨。我被恶心到了，用舌头在我的牙上摸索，结果发现有木头碎块卡在中间。我那根漂亮的叉棍变成两截了。可恶！我尴尬地把断了的叉棍扔出帐篷。也许学校领导要把我撵出去是对的，这样对大家都好。是怀特老师错了吗？我的本能真的太强以至于无法被控制吗？

我反正也睡不着，就索性把我的画画工具从书包里拿了出来，在莎丽恬静沉睡时，我在手电筒的光下凭着记忆画下了昨天看到的东西：一只鹭鸟，一只在树枝上的蜥蜴，一只在浅水里捞鱼的浣熊和一朵奇形怪状的花，还有一只海豚。我现在每次画画都会画一只海豚。

还好我后来又睡着了。第二天早上，我被一些声音唤醒了。帐篷的底部摇晃得非常奇怪，我从莎丽身上越过爬向出口，拉开拉链，确认了三件事：我们在上面搭帐篷的小岛不见了。看来水在一夜之间涨了起来，现在我们的帐篷在一个湖的中央，周围有一些树伸出水面。

第二，卡拉格变成了一只猫科动物的形态，肯定是为了防蚊子。他正很不开心地用一只部分变形的手拿着一个空罐头把独木舟里的水舀出来。看来昨天夜里他为了睡觉不得不把独木舟又翻了过来。

第三，有两条陌生的蟒蛇正在和艾拉聊天。他们那有棱有角的头从水里伸出来，我只能猜测他们在水下的身体有多大。

当艾拉看见我时，她高兴地喊道：“你看我在这儿遇到谁了！这是我的两个表哥！”

“嗨。”我嘟囔着，揉了揉眼睛，从帐篷里钻了出来。幸好水只有几厘米深。啊，该死，我光着的脚踩到了什么尖的东西！我在水下摸索了一阵，把那条滴着水的鲨鱼牙项链拎了出来！哦，好极了。

“我正在跟我的表哥们讲我们的学校有多酷。变形课最好玩，我已经学会了一些技巧。”艾拉兴奋地说，头伸了过来，把项链从我手中抢走了。她好像真的很有热情，但奇怪的是，在课堂上我怎么从来没发现过！

“饭也很好吃，”她继续说道，“我们的舍监虽然不会写字也不会开车，可做饭是他的强项。只不过如果他尝试新的菜谱就会很糟糕。前天的那个柚子茄子海草烤千层饼就很可怕！”

“那是个什么厨师啊，他不会是一个素食主义者吧？”一个表哥问，“能要第二份吗？还是你需要先勒紧他，他才会给你第二份？哈哈！”

艾拉正想回答，第二个表哥打断了她。

“那个愚蠢的学校就建在海边吧？那里也有淡水吗？”他觉得从我们的帐篷上爬过去很有意思，差点把它压塌了。

拉链拉开了，出现了莎丽惊愕的脸。“嘿，你们在干什么？”

“早上好，这位头发乱蓬蓬的小美人是谁啊？”一号表哥细声细气地说。我努力抑制着要呕吐的冲动，同时想念我的叉棍。

“这跟你们一点儿关系都没有！你们能从帐篷上下来吗？”莎丽精力充沛地回答。

艾拉对此视若无睹。“我们有一个自己的池塘。当然可以加饭。厨师是一条章鱼，他肯定没有你们强壮，会非常顺从你们的！”

“听起来不错，那我们马上去一趟。”一号表哥保证道，同时把嘴张开，假装要咬我的腿。我赶紧把腿抽走，这让那个表哥觉得很好玩，他笑得在地上卷了起来。“我们会通知埃达、杰罗姆、英迪拉、布西、迪诺、莉玛、杜丽、布兰多、波丽和凯戈尔的，好吗？实际上他们从没想过要上这样一所学校，但如果它真的像你说的那样有趣……”

“当然，要通知所有人，”艾拉高兴地说，“好主意。”

莎丽、卡拉格和我互相看了一眼。这么多的蟒蛇？哦不！

“说说看，你们有没有听说过关于一个陌生的变形人的事？他在这里迷路了，”卡拉格问那两个表哥，“我们必须找到他。”

“没有，怎么了？”这就算是回答了。幸好那两个亲戚之后就走了。我们拆帐篷时，艾拉万般抱歉，说她很遗憾还是无法帮忙，接着我们又爬进了独木舟。

我们出发后不到十分钟，艾拉又遇到了熟人，这次是两只鳄鱼。“嗨！”她开心地向他们问好，“你们在这里干什么？”

“跟平常一样——游来游去，看看这里有什么可吃的。”其中一只鳄鱼咕哝着说。

“你们不觉得太没意思了吗？来蓝礁中学吧，那里一天有三顿饭，每隔一周的星期五还有派对呢！”

“真的？”另一只鳄鱼问道，“我要来！我们的一些兄弟肯定也会想一起来。他们最近一直在抱怨越来越难捕到猎物了，还有游客也不再投喂我们了。”

“好的，通知大家，”艾拉高兴地说，“我们学校还有那么多空位置，而且多一些淡水动物也不错。”

这是要干什么？我简直难以置信！

“等一下。”莎丽说，可艾拉和那只鳄鱼直接无视她，继续兴高采烈地聊湿地的八卦。

最终卡拉格介入了。“我能打扰一下吗？你们有没有听说一个在这附近迷路的陌生的林行者或海行者？”

“你说迷路进我肚子里的那只负鼠吗？”一只鳄鱼咕哝道。

“不，他说的肯定不是这个，”另一只鳄鱼插话道，“而是那只干的美洲狮吧，你还记得吗？”

“哪一只？你是说会很快变成湿的的那一只吗？”一只鳄鱼问道，同时用嘴巴撞了一下卡拉格，害他从独木舟里掉进了水里。我听到一声愤怒的吼叫，接着，美洲狮男孩带着滴水的毛和耷拉着的鬃毛又出现了。“哈哈，太好笑了，”他说道，耳朵向后倒着，这是猫科动物要发威的信号，“那你们到底是听说了还是没有？”

第二只鳄鱼转向我们，咧开一张深棕色嘴。“好吧，现在不胡扯了……我想，我前女友的兄弟的朋友上个星期说起过类似的事。说有一个林行者碰到麻烦了，离这里不远。”

我激动了起来：“你确定吗？”

“当然确定，就像是确定你在这里找不到鲨鱼一样确定。”那条鳄鱼嘟囔道，我则翻了翻白眼。

“就在这附近？太好了！”莎丽开始高兴了。

可与她相反，卡拉格的眼神看起来充满怀疑。不过也许只是因为他还像一包刚洗过的衣服一样在滴着水。

“嗯，让我想一下……你们应该往那个方向去。”鳄鱼的嘴像指南针一样转动着，指向另一个方向，“回头见，我们在那个奇怪的学校里见！”

啊，我们终于有了一条线索。朝那只鳄鱼指的方向看去，那里有好多小岛，岛上的树长得很茂密。这个地区有些地方看起来很干燥，如果再加上一些运气，我们可能很快就能成功地完成这个任务。我们最好私下里提醒一下杰克，他有可能就要面临一大群爬行动物了。想想就让人担心，那些家伙也许真的会缠上他。他们真的会去吗？还是只是说说而已？

我们用尽全身的力气使劲地划船。

我们不知道，我们正在驶向一个巨大的危险。

猎手和猎物

在去下一个岛的路上，艾拉突然说道：“我去侦察一下，一会儿见！”

为什么她突然这么着急？她想要成为第一个找到失踪者的人吗？不管那么多了，最重要的是我们能找到他并且帮到他。我加快了划桨的速度，使劲往前划，发现这附近的鳄鱼明显多了起来——是普通的鳄鱼而不是变形人。灌木丛里也发出可疑的沙沙声。太巧了吧，每次有麻烦或者有任务时，艾拉就会不在。

“你也去打听一下我们要找的那个家伙，蒂亚戈。”卡拉格对我说，“这不只是我的任务，你知道吗？”

我对这个猫科动物男孩的感觉很复杂，现在已经变成了一碗有毒的汤，在这一刻，它沸腾了。“反正也不是我的！”我顶回去，“没有你我们也可以成功！说实在的，我真不明白，为什么克利尔沃特先生非要你也参加！”

“呃，蒂亚戈……”坐在后面掌舵的莎丽说。

“你不喜欢陆地上的动物？”美洲狮男孩也生气了，“你自我感觉很好，只因为你是一条危险的鲨鱼……有没有可能，这让你有点儿上头了？”

“胡说，你懂什么？”我在独木舟里半转过身去，这样就能挑衅地看着他，“你根本不了解我们以及这里发生的事。”

卡拉格停止了划船，他的猫眼在闪烁。“你在这里传播负能量。你认为我没发现吗？”他跟我一样大声说道，“如果有什么不合你心意的地方你就说啊！你对我有什么不满？说出来！”

“呃，蒂亚戈，这真的很重要……”莎丽又一次说。

“卡拉格，你想让我在你脑子里为你表演一场灵魂‘脱衣舞’吗？”我喊道。不，我不可能说出来是什么在使我生气。这不能让莎丽知道，我确实是因为越来越喜欢她，才这么醋意横生！

愤怒像炽热的电流一样穿过我的身体，这一次我没能抑制住它。这让我害怕。实际上我没打算对着谁大吼大叫。我在做什么？莎丽看起来被吓到了——如果她因为我发这么大火，开始害怕我怎么办？

现在没人在划船了，独木舟在褐色的水上随波漂荡，透过水面能看到水底被树叶和树枝覆盖着。当我把桨扔在船头，交叉双臂，固执地往水里怒视的时候，我被吓到了。水下游动着一个差不多有 4 米多长的动物，它看起来像是来自远古时代。我赶紧四下看了一眼。那些鳄鱼靠得更近了一些。毫无疑问，我们被包围了！

“对，正是，这就是我的意思。”莎丽说，深深地叹了一口气。

“我们该上岸去。”我焦急地说，同时去摸索我的桨。为什么我把它扔得那么远？

卡拉格还没发现，我们已经被人选中当成下一顿点心了。

“正合我意。”他吼道，“可你这么说，只是因为你……”

“去岛上！”莎丽喊道，开始尽她所能用力地划船。

卡拉格向四周看了一眼，被吓到脱口而出一声猫叫——听起来很像是“喵”。

就在这一刻，其中一只鳄鱼从一侧撞上了我们的船。另一只一半潜在我们的船下面的鳄鱼也浮到水面上来了。我们的独木舟像一匹在牛仔竞技场上的马一样失控了。莎丽愤怒地用桨刺向一只鳄鱼，不幸的是，这样她的身子就太靠边了。我们的船翻了！我突然就躺在温暾污浊的水里了，慌乱中我四下拍打，因为我不知道，我的哪一边马上就会被咬到。

四下里都看不见我的海豚女伴，有鳄鱼把她拖到水下去了吗？“莎丽！”我喊道，同时站立了起来。人在这里是不会淹死的，水深只到腰部。

我旁边漂浮着一个睡袋，在另一边，我的背包也漂在水面上，里面装着的东西正在散落出来，包括贾斯帕送给我的木棍。当一只鳄鱼张开大嘴扑向我时，我突然就明白这东西是干吗用的了。在我还没被吓死之前，我已经抓住了棍子，把它竖着塞进了鳄鱼长满尖牙的嘴里。

那只鳄鱼完全懵了，用尾巴使劲一拍，越过了我，试着把嘴合上。不行，再也合不上了！它张着被撑开的大嘴，就像一直在打哈欠一样离开了。

少了一只鳄鱼，可这附近还有很多鳄鱼。我的心狂跳不止，想象着我的鲨鱼形态，感觉到自己正在变形。一股力量穿过我的身体，我的能量终于能派上正当的用场了！我的背鳍劈开水波，这时我看到了正在朝着岸边半涉水、半游泳的莎丽和卡拉格。

“我好讨厌湿答答的东西啊。”卡拉格叹息道，同时怀疑地注视着鲨鱼形态的我，“蒂亚戈，我希望这是你，是你吗？呃，你可不可以……”

“当然！”我说道，张开嘴咬住跟在他们后面的一只鳄鱼。它愤怒地乱咬和挣扎，哇，这家伙可真是一个强悍的能量包。“快一点，我不知道我还能坚持多久！”

卡拉格和莎丽以他们最快的速度艰难地穿过那片闻起来有硫黄味的黑色烂泥，最后到达了岛上。可是还没在安全区域里！

另一只小一点的鳄鱼从水中冲出来，企图咬住莎丽的脚踝。该死！我松开前一只鳄鱼，在它把下颌咬合之前转身离开。

“休想，小子！”我警告那只爬行动物，用嘴一推，把它顶到水边灌木树根丛里。但这只鳄鱼很快就设法挣脱了出来，所以我又扑向它，用牙咬住它的尾巴，像一个铁饼运动员一样把它抛了出去。随着一声巨响，它落在水里，受到奇耻大辱似的生气地游走了。

“来这里！”卡拉格在这当口喊道，以美洲狮的形态蹿到一棵大树上，树枝一直延伸到水面上。“莎丽，快！”

莎丽跟在他后面爬了上去，先是有点犹豫，再后来越来越大胆。“啊哈，我不得不承认，这像猴子般的人类身体还是有些优势的。”

我从独木舟上看到的那只大家伙还在等待着。我不知道它现在何处，这让我很担心。另外不妙的是，沼泽地里的其他居民看起来也很饥饿，它们现在可逮住机会了。一条巨大的蟒蛇，比艾拉的亲戚更大的一条，从岛上滑到水里，向我这里游来。还有两条从另一个方向靠近，它们几乎马上就要够到我了。

“我还能抵挡住吗？”这个念头在我脑子里闪过。奇怪的是，我这次没有像之前遇到危险时那样打嗝。我愤怒地把全身肌肉都绷紧了，用尾鳍围着自己拍打着。这起作用了。几秒钟后，其中的一条蟒蛇就像一根巨大的意面一样挂在枝杈上了。

“你现在可以把它当成一根长长的面条吸进去。”莎丽说。

“可惜我们现在没有搭配的番茄酱。”我回答道，同时把下一个选手甩了出去。只听见大叫一声，这也难怪，第二条蟒蛇不偏不倚地落在卡拉格和莎丽避难的那棵树上。它带着愤怒的嘶嘶声爬过树杈，张开大嘴威胁着他们俩。

可卡拉格根本就不想被吓唬到。他的耳朵向后贴附着，怒吼着把自己的前爪赏给它。左边一下，右边一下，那条蟒蛇大概眼冒金星了，反正它像根鞋带一样从树上滑脱，掉了下去。

不幸的是莎丽也快要掉下去了。“该死，我……哦，不！”她喘息道，我看到她的形态变得越来越像海豚。有那么一瞬间，我们眼前出现了一个画面：一只灰色的母海豚横在一根树枝上，努力地保持平衡。结果她还是掉了下去，泥浆飞溅出几米远。

可是，有一大堆我们的敌人就在等着这一刻。

小心，奸细

海豚莎丽落进泥水里翻滚着，她周围还埋伏着很多鳄鱼。我想游到她身边保护她，可有人阻碍了我。

“这里发生什么了？”一个女孩的声音在我脑子里喊道。啊，艾拉回来了。她用蟒蛇的身体像铁箍一样死死地缠住了我后三分之一的鲨鱼身子，让我几乎游不动了。“你们正在痛打的人是我舅舅，你们这些废物！”

哦，现在我知道之前是谁在喊叫了。真讨厌，我完全不需要知道。我气愤地吼回去：“你那该死的舅舅要从我们身上咬下来一块肉！”同时我用尾鳍使劲地拍来拍去，希望这样能使艾拉头晕目眩。不过如果我运气不好的话，艾拉或许喜欢坐过山车的感觉。

“我只想帮你们，你们这些愚蠢的牲畜。”那条大蟒蛇声称，在这段时间内他又苏醒过来了。他听起来闷闷不乐的，“哦，顺便说一下，你的海豚朋友遇上麻烦了……活该。她说什么来着？‘你现在可以把它像根长面条一样吸进去。’面条？我是面条？！我永远、永远也不想再听到这个比喻了，明白了吗？”

哦，是的。莎丽的确有麻烦了。那只巨大的鳄鱼，把我们的独木舟翻了个底朝天之后一直等在那里。它现在开始移动了，朝着那条在齐腰深的水里游动着并且发出刺耳警告哨声的海豚。

“放开我，马上！”我命令艾拉，可已经太迟了。

那只巨鳄胜券在握地在水里穿行，滑向海豚。

莎丽潜入水下。她要干什么？我看到她的身体在水下就像是一个影子。哦不，她在干什么，她直冲向那只鳄鱼！卡拉格、艾拉和我惊讶地看着眼前发生的一切。莎丽没有丝毫犹豫，使劲用她那海豚鼻子有力地撞向那只大爬虫的肚子。在褐色的水里我看到那个大家伙被撞了出去，围着自己的中轴翻转着，然后笨拙地歪歪扭扭地游走了。

哎呀，海豚并不像我想象中那么弱。只要她想，她也可以用这样一击杀死那只鳄鱼。鳄鱼的肚子上几乎没有铠甲的保护。

“好了，我想，我们赢了。”莎丽的声音听起来有些颤抖，当她游向我和艾拉时。

“是的，其他的都跑了。”我确认道。这时艾拉终于放开了我。

“我们还会再见的，”她的舅舅嘟囔着穿过沼泽，“多么可悲啊，你要和这么差劲的一群人混在一起，艾拉！”

“好了，好了，冷静一点！”艾拉在他后面喊道。

“现在的年轻人都堕落了，这一定跟现代社会有关。我真的觉得，应该……”

幸好剩下的话逐渐消失在了远处。

“我会告诉克利尔沃特先生，你攻击了我的亲戚！”艾拉表现出一副欣喜若狂的样子，“这样你还是会被开除的！”

“等一下。”卡拉格在岸上站立起来，他肉桂色的尾巴暴躁地拍来拍去。他的一只爪子上挂着那串鲨鱼牙项链。“你当人的时候戴的这条项链……这是鲨鱼牙做的吧？你这样对蒂亚戈简直太过分了。你向他道歉了吗？”

我困惑地望着他。这个陌生的男孩为什么要维护我？他不是明显感受到我不喜欢他了嘛！

莎丽补充道：“也许这样蒂亚戈也会为你舅舅的事向你道歉了。”

艾拉把项链抢了回去，却没有回答。她正有别的麻烦：也许因为卡拉格让她想起了自己的人形，她突然间变形了，变成了一个赤裸的女孩站在那里。“该死！发霉的烂蚌[①]！”艾拉咒骂道，赶紧潜入水里。可惜有点太晚了，我们都看到了她臀部上丢人的文身了——一条有爱心眼睛的蟒蛇！

卡拉格转动着头，他的美洲狮身子突然又绷紧了。他吸了一口气，嗅着味道，倾听着。“该死，猫头鹰屎，”他说道，“你们发现我们被监视了吗？”

莎丽缩了一下，摇摇头，环顾了下四周，像在寻找着什么。

“被监视？你的意思是除了刚刚那些想把我们当猎物的可爱家伙之外还有别人？”我试着开玩笑，可卡拉格没有理我。他低

---

① 原著里的变形少年口语中经常会说到一些奇怪的恶心的物体，如这里的“烂蚌”，基本意义等同于大家常说的“臭狗屎”。

伏着身子悄悄走进岛上的灌木丛里。不知他是怎么做到的，用那些巨大的爪子完全无声地行走。

莎丽和我急忙变形，穿上泳衣，把独木舟翻了过来，把它拖到了岸上。等我们完事后，终于可以去追卡拉格了。我的光脚陷在稀软的黑泥里。起初我们不得不弯下腰来在红树林中的低矮树枝下穿行，到了岛的内部，我脚下的土地开始变得干燥，有沙的质感。

我们找到了卡拉格，他正在用鼻子仔细地搜寻。“你们看到了吗？”他问。

我们蹲在他旁边，好奇地观察他发现了什么——是一只大型食肉猫科动物的脚印。

“这是一只佛罗里达黑豹的脚印吗？”艾拉问道，她终于变得好奇了。

卡拉格摇了摇头，他用美洲狮的形态做这个动作看起来很滑稽。“有一些很古怪的地方。我们看看，能跟踪这个足迹吗？”

我们还没来得及回答，他就已经跑到前面去了，进入了一片绿褐色的灌木丛，阳光透过树枝的缝隙在地面投下斑驳的影子。艾拉、莎丽和我暂时将独木舟扔在一边，跟在他后面跑了起来。

如 夜 之 黑

我们很快就搞清楚了，那个留下踪迹的人正在试图逃离我们。那踪迹拐来拐去地出了宽阔的松树林，穿过泥泞的灌木丛，又回到了开阔的水面。到了那里，足迹就消失了，因为水里留不下踪迹。“唉，看来我们只能忘记这回事了。”卡拉格失望地说道。

“也许不用。”我随口说道，同时变了形。跟我希望的一样，我的鲨鱼感知力来帮我了。我在水中嗅到了猛兽皮毛的味道，并跟随着它，一直来到我们左手边的一座大岛上，到这里卡拉格就又可以接手来追踪了。他刚才不得不游泳过来，显然他不太喜欢又一次把自己弄得湿漉漉的。

“不管他是谁，反正他不想跟我们有什么关系。”莎丽气喘吁吁地说，她身上已经被锯草刮破了好几处，正流着血，“我们最好折回去，去找那个迷路的变形人！”

“对啊。”艾拉闷闷不乐地说，“我不知道我们到底在这儿干什么。”

“等一下。”卡拉格只说了这一句，就继续往前跑着，用只有一只猫才可以做到的轻柔步伐。

我什么也没说，因为我有一种感觉，他知道自己在做什么。他好像已经用某种方式预料到了，我们在这踪迹的终点会找到什么。

“我们在他附近了，”卡拉格终于说道，“现在只要小心地继续下去就行了。”

草丛里忽然有动静！我们都站住了，就像变成了树一样。我吃惊地看到了黑色的皮毛，然后是一双绿色的眼睛正愤怒地注视着我们。“你们为什么跟着我，想干什么？”一个女孩的声音说道。一个林行者！卡拉格是怎么知道的？他只是猜到的？

“你不需要害怕我们。”卡拉格温柔地说。

“我为什么要怕你们？”那只母黑豹咧开上唇，我们看到了她的獠牙，“别来烦我，我不需要你们。”

卡拉格慢慢地靠近那个陌生的林行者，一步又一步，同时示意我们待在后面别动。如果四个人同时走向她，那只母黑豹也许会觉得太受威胁。“你饿了吗？我们的独木舟里还有一些食物。”

“你们有吃的？”那个林行者忽然没有那么强的敌意了，她眼中野性的光芒渐渐消失了，“你们到底是谁啊？在这里干吗？对了，我叫诺艾米。”

“我们来自蓝礁中学，这是一所专门为变形人创办的学校。”莎丽插了进来。她那开朗、友善的声音似乎让陌生的变形人平静了下来。因为她开始嗅我们的气味，同时在一棵树干上磨她的爪子。“啊，这很好玩，我不知道还有这样的地方。我大概也是这样的一个……变形人。”

“你就是，诺艾米。”艾拉说，语气出人意料地友好，“要不然你不会感受到我们的意念。”

我们慢慢地接近了彼此。我充满同情地看着这头年轻的母黑豹，她看起来状态很差——非常瘦削，皮毛黯淡无光又散乱，上面挂着牛蒡，她耳朵后还吸附着一只肥大的扁虱。

诺艾米好像感觉到了我的想法，她站了起来，骄傲地抬起头，肌肉绷得紧紧的。“希望你们不是来抓我的。我现在就告诉你们，尽管你们有四个人，也别想抓到我！”

“你曾经被关起来过吗？”莎丽同情地问，“你是从动物园里跑出来的吗？”

那只母黑豹显得有些局促不安了。“不，我住在鲍勃那里。那里没有别的动物，所以不是动物园，对吧？”

“鲍勃？”艾拉问，“那是谁？”

“他买了我，我住在他那里。可上次也许我不该扑向他，把他推倒。有可能我最近在嬉闹中有点儿野蛮了。”那只母黑豹扑到地上，把嘴埋进她的爪子中，“好吧，我承认我觉得伏击他的助手，还有把他的手机从手里打掉很好玩。要不然就太无聊了。”

我渐渐地明白了一些事。“是鲍勃把你带到这里的吗？”我问。

“我在等他回来，等了好久了。”这只母黑豹盯着灌木丛，“也许他被什么事给绊住了或者什么的。他一定想死我了！”

我深深地陷入了对她的同情之中，她还没意识到自己已经被抛弃了。她亲爱的鲍勃不会再来接她了。

“他不会再回来了，要不然他早来了。”卡拉格温柔地说，“很抱歉，不要以为这是你的错。不论是谁，都不该把一只黑豹当宠物养，一个林行者更不可以！”

诺艾米看着他，迷惑又伤心。“可是……你真的认为鲍勃不会再来了吗？”

“卡拉格恐怕是对的。”我插话进来，“人类会干这种事。什么样的动物他们都会抛弃——猫、狗、蜥蜴……”

说话之间，我们越来越靠近那只母黑豹，她也在靠近我们。她现在已经在我们之间走来走去了，嗅着我们，同时用她骄傲的绿眼睛打量着我们。我安静地站着，牢记她的样子，为了以后能够把她画下来。虽然她是一只瘦小的佛罗里达黑豹，可我还是不想被这爪子打到。哇哦，如果兰多和其他老同学知道我在这些日子里都经历了什么，肯定会很意外！这跟我在迈阿密那个差劲的城区里的生活可真是天差地别。

“我原谅你们跟踪我了。”诺艾米宽宏大量地说，“你们看起来很友好。”

“对的，我们很友好。”我说着，忍不住笑了。好吧，我们中的大多数人确实是友好的，虽然不是全部。“是你求助的吗？那个发出求救讯息的人？”

“对。”诺艾米承认道，“是我。当初鲍勃把我留在这里时，我感到非常害怕，还问了一些动物我怎么样才能离开这里，以及它们是否可以帮我。应付这一切挺难的，但我只想回家。”诺艾米梳理着自己的毛，就像她在说别人的故事，而自己对这一切都不怎么感兴趣似的。“不过那是在我习惯这里的生活之前。在这期间我还算适应得不错。我有几次已经能够成功抓到一头野猪或一头白尾鹿了，很好吃，我强烈推荐。”

这一切听起来十分云淡风轻，可是我听出来她的声音在轻微颤抖。而且她捕到的野猪也不可能很多，因为我简直可以数得清她黑色皮毛下的肋骨。

“你想跟我们回去吗？”卡拉格小心地问道，“学校真的很酷，如果你不喜欢的话，你还能回来。”

诺艾米伸展着她那又长又灵活的身体。“哎，我不知道……可是为什么不呢？你刚才说的那些食物是怎么回事？”

我们回到独木舟的路上比过来的时候慢了许多。我们从干粮袋里取出一大份炒鸡蛋和火腿干，把它们混在了一起，然后不可思议地看着诺艾米狼吞虎咽地全部吃掉。她吃东西的时候，莎丽帮她去除了毛里的扁虱和牛蒡，她用一个呼噜声向莎丽表示感谢，然后就精疲力竭地蜷缩在一块干燥的地上，睡着了。

“现在我们找到要找的变形人了。”我说，“可我还是搞不懂那个求救讯息——‘所有的黑豹有危险’，那只鳄鱼说的是什么意思呢？”

大家都耸了耸肩。

很快蚊子又成群结队扑向我们了。这次艾拉必须帮我们搭帐篷了，因为她现在正好也是人形。“哎哟！”她叫着，一根帐篷杆弹了回去，打中了她的肩膀，“讨厌，我这里会有一块瘀青的，好难看！”

诺艾米的一只眼睛睁开了，耳朵闪动了一下，接着又睡着了。

等帐篷架好之后莎丽立马爬了进去，开始翻她的装备。“等一下，手机呢？”她问。我们惊愕地互相看了一眼。一定是在打斗时掉到船舷外弄丢了。哦，该死！我们立刻开始到处翻找，把我们的包都翻了一遍，可到处都找不到。

“一部卫星电话值多少钱？”我问，这次我又开始打嗝了，“你们认为我们的家长需要赔吗？”

艾拉轻蔑地耸了耸肩，说：“我妈妈会给我买 10 部新手机，要是我好好求她的话。如果我不好好地请求，那就只有 5 部。”

“我觉得和学校失去联系很糟糕。”卡拉格表示，“我们无法通知他们，我们已经找到了失踪的林行者。而且万一我们遇到紧急情况呢？”

莎丽歪着嘴笑了：“你的意思是说，比那次鳄鱼攻击还要紧急的情况？”

“我们必须找到。”我说。这次艾拉很意外地没让我们求她太久。也许尽管她说了大话，也不愿意受到学校老师的训斥。等她游出去开始寻找之后，不知怎的就留下我和卡拉格在沿岸进行搜寻。现在他又变成人形了。

不久之前我们还对着彼此大吼大叫，所以现在我在卡拉格的附近仍不是很放松。就在此时他突然用部分变形的爪子在我身侧抓了我一下，这对改善关系可没什么帮助。我像一只袋鼠一样跳了起来，抱怨道：“干吗？”

可卡拉格只是把头侧过来倾听，然后说道：“啊，太好了。你不再打嗝了。”

确实是这样。我马上就恢复了平静。

“有人把诺艾米抛弃了，这真的很让人同情，”我说道，我们在一处风景不错的地方坐了下来，“可这样的事情好像经常发生。最近在沼泽地里有了一些以前不在这里生活的动物。”我很快地往肩后看了一眼，“比如蟒蛇。也许是从一个爬行动物商店里逃出来的，或者是有人低估了他的宠物小宝贝能长多大，所以就趁还能在车里装下它的时候，把它丢在这里了。”

“希望诺艾米不会想要回到那个混蛋那里去。”卡拉格说，“你差点把事情搞砸了，当时你差点跟她说她看起来有多糟糕。那时她几乎就要逃走了，这是原则问题。”

“哦，你能听到吗？……对了，你当时是在第二形态，所以你可以感知到我的想法。”我不好意思地用鞋子在地上蹭来蹭去。

卡拉格咧嘴一笑，说：“现在的你有时会在整个地区发射你的想法，就像一个无线电发射台。”

“什么？哦，该死！我不是故意的！”我脑子里想到了一个恐怖的情景，莎丽能读到我的想法，知道了我有多么喜欢她。

“不用担心，你肯定很快就会在变形课里学到怎么样正确地运用脑对脑私语。”

“你能教我吗？”

“我可以先这样开始，”卡拉格看着我，“跟我说点儿什么，非常小声地说出来。”

“你喜欢蓝礁中学吗？”我悄悄地说。

“好。现在再小声些。”

我又低声说了一遍，这次在昆虫的嗡嗡声、鸟的鸣叫声和风的呼啸声中人肯定是听不到了。可卡拉格还是听到了。猫科动物有着非同寻常灵敏的听觉。

“很好。”美洲狮男孩说道，把他的手部分变形成了爪子。

“现在你不要再说出来了，而只是在心里想着那句话。如果你愿意，你可以轻轻地动嘴唇。把你想说的话往我的方向发送，同时看着我。”

我按他说的做了，卡拉格满意地点了点头。“你往我的脑子里私语了，一定没有其他人听得到。请教一下你们的老师，看他能不能尽快教你怎么屏蔽想法，这个也有用。”

我们沉默了一会儿。“还有呢？”我最终还是问道，“你能回答我刚刚问的问题吗？你觉得这里怎么样？”

卡拉格叹了口气，把他的手变了回去，用胳膊搂住了膝盖。“说实话？我痛恨沼泽，忍受不了蛇，我还想念我的女朋友。她叫蒂卡妮，一个狼变形人。”

“哦，真的？一匹狼？”

“对。我们说好了每天在一个特定的时间段一起看月亮，互相思念对方。可昨天我因为那场该死的暴风雨没有这样做，感觉很糟糕。”他望着挂在天上的新月，同时摸了摸挂在脖子上的闪亮的爪子印银饰。

他有一个女朋友！我突然感觉放心了。那么，他不是在和莎丽调情，而只是在友好地聊天。无论如何，他不是一个竞争对手。哦，老天，希望他没有感应到我吃醋的想法。那可就太丢人了。

“另外，要谢谢你和艾拉说那条项链的事。”我说。

“不用谢。我要谢谢你用你那可怕的牙齿帮我们抵挡了那些可怕的动物。”

“哈，当时纯属自然反应。”我说。突然，我们两个都忍不住笑了。

实际上这个美洲狮男孩很不错。

“你觉得你原来上的那所普通的中学怎么样？你是作为人类长大的，对吧？”卡拉格问。

我才刚刚离开那所中学一个多星期，但我知道自己一点儿也不想回去，回到铁丝网后面那些冷漠的老师和无聊的同学们那里去。“那里挺讨厌的。你知道那种感觉吗？就是没人真的关注你，只有当你违反一些该死的规则时才会被看见。”

“我当然知道。”卡拉格说，“虽然我遇到的是另外一种情况，我非常努力地想做对每一件事，但这恰恰是错的，我想别人不接受我正是因为这个原因。”

“你真这么认为的？”我若有所思地问，“所以你的意思是说，如果你干成了自己的事情，大家就会尊重你？”

“有可能。”卡拉格说，“我待得不够久，所以还没法检验。在克利尔沃特高中我必须先明白‘做自己’是什么意思。”

“危险的动物……跟我一样。”我断定。

“这对有些人来说是个大问题，尤其是对一个麋鹿女孩。”

“她最终习惯你了吗？”

“不知从什么时候开始，确实习惯了——可是还不是彻底的习惯。”他说，“这说来话长。”

我们是多么相像啊！这一点我以前从来没想到过。“我想，如果我可以选择的话我更想成为一头美洲狮，他的亲近指数比一条鲨鱼要高。”我说。卡拉格忍不住笑了：“在大自然里，一头麋鹿可不会想和一只美洲狮亲近，这一点你可以相信我。”他从侧面看了我一眼，“你很想当一只海豚，对吧？”

真尴尬，被他发现了！我还没来得及承认，他就继续说道：“可你根本就不是那个类型。那就不是你了，而是另外一个什么人了。”

“也许吧。”我承认，同时问自己，成为别人是不是真的有那么可怕？

一只大蚊子落在了我胳膊上，我的注意力暂时转移了一下。

“明天早上我们就可以回去了。”我说道，“拜拜，沼泽和红树林，我们完成了任务，知道了求救讯号是谁发出的，不只是这样，我们还救了她。可惜手机弄丢了，不然我们就可以通知杰克了！”

“他会很高兴的，反正对你、莎丽和艾拉会满意的。”卡拉格叹了口气，“可不会对我。我的工作还包括跟佛罗里达黑豹联系。诺艾米虽然是一只佛罗里达黑豹，可不是我们要找的种类。”

我皱了皱眉。“哇，可别让她听到，她会挠你的！”

虽然卡拉格试图让自己听起来很平静，我还是发现他很沮丧。“没有别的办法。你们可以先走，我随后就来。我对这里已经有些熟悉了，我可以找到回学校的路。我的方向感挺好的！”

“休想！要么我们一起走，要么谁也不走。”我不假思索地说，“我们会……”

忽然，身后的一声吼叫吓了我一跳。原来诺艾米已经无声无息地潜行了过来，蹲在了我们后面。我的后颈甚至可以感觉到她热乎乎的呼吸。“你们在说你们要走。我都听得清清楚楚！你们也想抛弃我！那我最好现在就走。”说着她就转身离去了。

又多出这么一茬……

毛茸茸的朋友

卡拉格用快到我都没看明白的速度，以一个男孩的形态堵住了那只母黑豹的去路。诺艾米站在离他不到一米远的地方，吼叫着用爪子打他。“走开！你无法阻止我逃跑的！”

卡拉格站在原地一动不动。“别紧张。我知道你经历了很多可怕的事，可这里没人想伤害你。”

“那你可以直接让我走。”诺艾米嘟囔道，“我再也不想被抓住了，再也不要！”

“听我说！”卡拉格的眼睛闪烁着危险的光芒，“我有任务需要完成，在这之前我不能把你送去学校。我和蒂亚戈刚刚在说这个。”

“什么任务？”诺艾米的尾巴末梢还在紧张地摆动，同时嘴里发出低吼声。

偏偏在这一刻，莎丽从帐篷里爬了出来，可能想出来看看这里有什么麻烦。糟糕的是她这样正好堵住了诺艾米的逃跑路线。那只母黑豹陷入了恐慌，不停地走来走去。“我必须离开！我不要再被抓住！必须去找鲍勃！”

莎丽非常缓慢地，像慢镜头动作一样，伏到了地上，以免惊吓到那只母黑豹。

“鲍勃恐怕不会来了。”她对诺艾米说，又转向我们，“卡拉格，蒂亚戈，我们必须尽快把她带到学校，你们自己也看到了！”

卡拉格激动起来。“对，我知道，可是这里的佛罗里达黑豹有危险，我不能抛下它们不管。你想象一下，它们会在佛罗里达灭绝，而我还能为它们做些什么……”

“大家冷静一下，”艾拉叫着，作为一条蟒蛇从地上滑了过来，“我有一个绝妙的主意。我可以带诺艾米回学校，你们留下继续寻找那些奇怪的佛罗里达黑豹。跟我走吗，诺艾米？再见，你们这些失败者，祝你们开心！你们没有独木舟也能应付，对吧？”

“也许可以。”卡拉格说，“不过我很讨厌游泳，独木舟里还有我们全部的装备。”

我和莎丽也兴奋不起来。我已经可以想象到：艾拉带着被救的林行者回去并得到所有的嘉奖。我们则还要在沼泽里再四处乱走一段时间，为了寻找一只稀有动物，就像在超市里找一块金子一样。我们会空手而归，像傻子一样站在那里。

“那好吧，那我就和这条又大又肥的蛇走吧。”诺艾米环视了一圈说道，幸好她现在又平静下来了，“再见了，朋友们，很高兴认识你们。”

“你什么意思——‘又大又肥的蛇’？”艾拉把她的前半个身体抬了起来，把一个冷酷的眼神投向诺艾米。

“对不起，是超级肥的蛇，我的意思当然是这个。”诺艾米平心静气地舔着爪子，可她同时把钩爪伸了出来，这不是巧合。看来她也不怎么喜欢艾拉。

我们又吵了一会儿，直到我们发现那只母黑豹站了起来，正要往灌木丛中去。

“你要去哪里？”莎丽在她后面喊。

“我要跟一个朋友告别，是在这里认识的。我刚开始还怕它，以为它会攻击我，因为我在它的领地里。可过了一段时间后我发现它是一个不错的家伙。”

艾拉的好心情没了。“什么朋友？一条在这周围滑来滑去的怯懦的水蛇或是一条毒蛇？”

“不。”诺艾米回复道，“它长得跟你很像，卡拉格。我一会儿就回来了，你们在这里等我好吗？”她优雅又悄无声息地离去了。

卡拉格像被雷电击中了一样，只是还没有被烧焦。“不，等一下，我和你一起去！”

我激动到无法呼吸。我慢慢地搞清楚了，这里有两只不同的佛罗里达黑豹，一只黑色的，一只浅棕色的。这就是那只鳄鱼想要传达的讯息吗？也许是诺艾米告诉他，她害怕那只陌生的猎猫。这附近真的有一头佛罗里达黑豹吗？如果是，那真是走了不可思议的大运了！如果卡拉格能设法用那只黑豹的语言与它进行交流的话那就太好了，否则我们又要从头开始了。

最后我们一起去了。除了卡拉格，我们几个都变成了人形。诺艾米那个毛茸茸的朋友果然是一头佛罗里达黑豹。这个新朋友是一只很大的浅棕色的猎猫，我看不出它与卡拉格这样的普通美洲狮有什么不同，它有大大的爪子和看起来非常柔软的圆耳朵。

可它对这次邂逅却并没有表现出什么热情。它先是想把自己藏起来，可是诺艾米发出了一种生硬的喵喵叫，它就决定站在原地等待。它像示威一样给我们看它的牙，打量着我们每一个人。它是不是在考虑该先把谁咬碎？我挡在莎丽身前——在任何情况下我都不能让她出什么事！

“请尽量离远点。”卡拉格警告我们，同时把自己变小，满怀敬意地靠近那只佛罗里达黑豹。他开始用美洲狮的语言和它说话，一连串振动似的嘀咕声、柔和的喵喵声和呼噜声。那只雄性黑豹很慈祥地回答他。

卡拉格小声地给我们翻译：“我问它，它和这里的其他动物遇上什么麻烦了吗？我们能帮上忙吗？”

“它知道我们是谁……是什么吗？”莎丽问。

“我想是的。我向它解释了我们既是动物又是人，所以我们能帮忙解决两者之间的问题。它马上就接受了。”

卡拉格又忙起来了，那头黑豹好像在跟他讲什么。“它说，糟糕的是在那些灰色的带子上跑着的呜呜作响的可怕的东西。”卡拉格告诉我们，“有些它认识的黑豹就是这样死的。”

“可怕的东西？”艾拉不解地小声说。我假装转动着一个方向盘，嘴里还发出呜呜的声音。因为这个动作我获得了一句：“啊，好可爱，你小时候想当一名卡车司机吗？”

“不，是宇航员。”我嘀咕道，同时眼睛一直没有离开那只佛罗里达黑豹……我马上就生自己的气了：我又向艾拉泄露了一件关于我自己的事。虽然我不知道她妈妈会怎么利用这一点来对付我。

卡拉格正在表演一个哑剧。他转向那只陌生的黑豹，展示给它看，他怎么样等待，左顾右盼，最后才开始跑。

“我想，那里正在进行的是一场交通规则培训。”我对着莎丽的耳朵说，可我只得到了一个困惑的眼神。海豚对马路也没什么经验。

“我向它解释了怎样穿过一条高速公路而不被轧死——它要转述给所有的伙伴听。”卡拉格说，“可我不确定它会不会这样做，黑豹是不合群的动物。”

突然那只陌生的黑豹变得激动起来，好像它想起了什么，似乎同时在跟卡拉格和诺艾米说话。

“它说，还有一件事。不久前，它的一个伙伴在这里的南部吃了一只浣熊，那个伙伴后来就生病死掉了。”卡拉格翻译道，“它觉得那个地方有点不对劲，因为它这辈子吃过好多这样的小野兽，都没出过什么问题。”

我们互相看了一眼。“恐怕我们对由于腐败变质的浣熊引起的胃痛做不了什么。”我说。

“需要我们从药店里给它带些东西吗？”艾拉傻笑着说。

卡拉格没有把这一句翻译给黑豹听。反正它不会说话，只是在持续发出声音，甚至小声地咆哮。很明显它的心里还有其他事。

“另外一件事更严重，”卡拉格翻译道，“之前是沼泽、森林和大草原的地方，现在突然之间出现了许多房子、灰色的东西和可怕的东西。人类在蚕食它的领地！它希望我们能让这个停下来。”

尴尬的沉默在我们之间弥漫开来。它最大的愿望我们无法帮它实现，它最大的问题我们也解决不了。那只黑豹好像也感觉到了，它转过身去，在树皮上磨起了爪子，默默地告诉我们，这是它领地的一部分。

“卡拉格，你必须回答它，要不它就走了！”艾拉听起来很担心。

“我说了，这很难，可我保证会努力尝试。”卡拉格说。

“我也保证。”莎丽说。我当然也不可能闭口不言了。“我也加入，”我说，“我们可以身体力行地去做，争取让更多的土地被列为自然保护区。”

艾拉深叹一口气。“这太天真了。房子建在那里是改变不了的事实。来吧，伙计们，我们走了！”

我们友好地向黑豹告别。

“那只致命的浣熊真的很蹊跷。”我们提及今天经历的事，莎丽说。我点了点头，那只黑豹说的话也在我脑子里挥之不去。

“也许它有狂犬病。”我猜测道。

“不，狂犬病不是通过吃来传播，而是通过咬。”卡拉格告诉我。

“那我们和一只浣熊聊聊吧，如果能行的话。这样我们也许就能了解到更多的情况。”我建议。

“这当然可以。”卡拉格说，“你们有人会浣熊语吗？”

“我会一点儿，应该够用了。”艾拉说，然后变形为一条巨大的蟒蛇，滑走去捕猎了。半个小时后，她喊我们过去，我们穿过灌木丛来到她身边。

她黄棕色斑纹的身体缠绕着一只吓坏了的浣熊，只有它那长着尖鼻子和带条纹的强盗面具般的脑袋从蟒蛇“线团”中露了出来。那只浣熊看到又有一只美洲狮、一只佛罗里达黑豹和一些人走向它，它看起来好像马上就要心脏病发作了。

“那，来看看它能帮我们解谜吗？”艾拉说道，把蛇头转向那只浣熊，开始发声，听起来就像一扇没上油的门。我打赌她的口音很糟糕。

当那只浣熊明白了自己在接下来的时间里不会马上就死时，就固执地看着我们，然后开始大声咕噜、嗥叫和尖叫。

“它在说什么？”卡拉格饶有兴趣地问。

艾拉翻了翻白眼，说：“它说，吃一只浣熊会带来坏运气，如果我们殴打它，我们都会死得很惨！”

她又尝试和那只浣熊说话，可它只是使劲地咬了她的蛇身。

“哎哟！”艾拉喊道，放松了她缠紧着的身体。那只浣熊挣脱了束缚，一跃而出，跳进水里逃跑了。

经历这次失败后，卡拉格又变了回来，我们分了一轮莎丽书包里的软心糖豆来安慰自己。我画了一幅浣熊捞鱼的图给莎丽看。“你真会画画。”她说道，然后深吸了一口气，“等一下……我想我可能知道这里的浣熊发生了什么事……还有沼泽地发生了什么！”

与臭味做斗争

艾拉立马把莎丽推到一边，抢着看了一眼素描本，卡拉格和诺艾米也好奇地伸长了脖子。“在我看来，这就是一只普普通通的长毛的动物。”卡拉格说。我也不解地看着自己画的图。

莎丽用食指指向画中的鱼，说：“对，可是你们看不出它在做什么吗？”

“在吃午饭？”艾拉很不以为然。

“我们那里曾经有一艘船在海里沉没了，船上装有一些奇怪的东西。”莎丽激动地讲道，“那些东西都落到了水里，后来我们就发现附近的鱼不能吃了，吃了会肚子疼。”

我若有所思地点了点头。“比如说含有水银的化学垃圾，鱼吞食后吸收了它，却可以活下去；浣熊每天会吃很多鱼，也许它们会水银中毒。那只佛罗里达黑豹猎食浣熊后也就跟着中毒了。”

我给卡拉格和莎丽解释了什么是水银之后，他们也都点头赞同。

“如果确实如此的话，我们必须要查出水里的毒是从哪里来的。”艾拉说道，然后马上就蜿蜒出发了，速度之快让我们几乎跟不上。

“嗨，你要去哪儿？”莎丽喊，“我们没法搜查整片沼泽！”

“是的，确实不能。可是那头佛罗里达黑豹说过，是在这里的南边，我们到那里再问问那些鳄鱼吧，看它们知道些什么！”看来从这一刻起艾拉掌握了指挥权。

“可是……”我刚说了一半，艾拉就立刻厉声说道：“对，我也会鳄鱼语，如果你是要问这个的话。”我们就只好跟着她出发了，以免她消失在我们的视线里。

我被惊艳到了，艾拉·雷诺克斯真是一个语言天才。她还可以利用这个天赋做一些有用的事，而不只是用五种语言嘲弄人。

这是一个非常辛苦的下午。卡拉格、诺艾米、莎丽和我在第二形态里用我们敏锐的感知力寻找鳄鱼的踪迹，然后由艾拉出面询问，如果有哪一位不想合作的话，那就直接审问。但是收获不大。

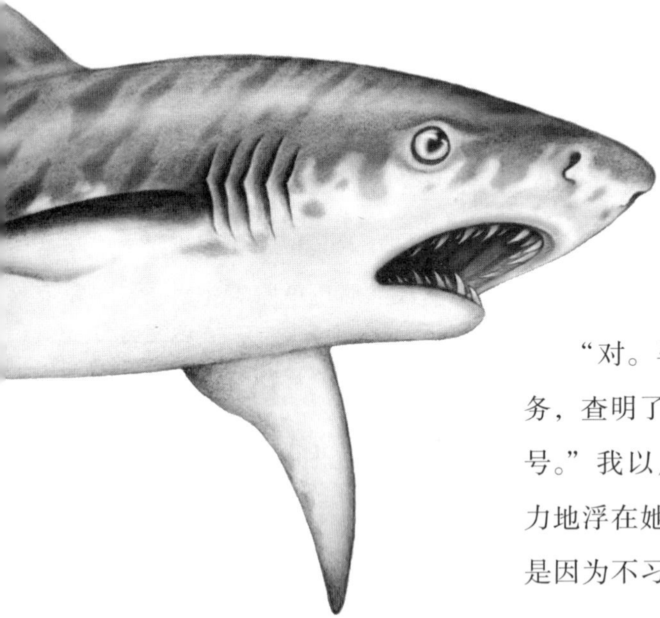

“我们还要继续找多久呢？”莎丽最终悲叹道，“什么也没发现，我们该回学校复命了。”

“对。毕竟我们完成了任务，查明了是谁发出的求救讯号。”我以虎鲨的形态软弱无力地浮在她旁边的水里，也许是因为不习惯淡水，我的皮肤有些发痒。没有手真的非常讨厌，不方便去挠，但又不好意思让别人帮忙。

“什么，难道你们不想查出是谁污染了我的沼泽地吗？”艾拉愤怒了。当然，这也是她的家乡。

“到目前为止这还只是一个推论。”我抗议道，“也许那只佛罗里达黑豹吃的浣熊只是病了，我们在这里继续搜查只是在浪费时间。”

“哎，来吧，再试几次。”卡拉格向我们发出呼噜声，因为我们所有人都喜欢他，于是就让步了。

我们至少问了十五只鳄鱼，终于碰上了一只既了解情况、也愿意与我们聊这些的鳄鱼。

“它说也许浣熊事件跟臭味有关，”艾拉翻译道，“等一下，伙计，什么臭味？你们反正也不用除臭剂。”

那只鳄鱼咕哝了一句什么。

“嗯，它说，最近每隔几天总是有人类来它的地盘，而且每次都是在没有月亮、夜色漆黑的晚上。”艾拉解释道，“他们会卸下一些什么东西，接着水就有臭味了。”

我们恍然大悟，这就是答案，我们的推论是对的。有时作为一个人类只能让人感到羞愧。幸好我并不是一个真正的人类。可是我还是感到羞愧。

“明天又是新月[1]。”莎丽沉思着说。

“很好！”艾拉开心地说，“我让那只鳄鱼直接带我们看看

---

① 这里指月相。新月前后是一个月当中月光最暗的时候，也就是鳄鱼说的“夜色漆黑”坏人来卸货的时候。

它说的那个卸货的位置。”

可那只鳄鱼只带领我们往卸货的方向走了一小段，然后它就拒绝继续游了，我们只能让它告诉我们路线，然后就和它告别了。

我们在潮湿闷热中挣扎了好几个小时，穿过红树林，涉过齐腰深的水，终于来到了一条宽阔的沥青路上。“我们在哪里？”卡拉格小心地沿着有车辆飞驰的马路侦察。

“这应该是去基拉戈的一条高速公路。”我说道，一个星期之前我还想象不到我居然会在某个地方成为人类专家！“晚上很少有人到这里来，即便经过也都是来去匆匆，不会注意到那些在路边停下来的卡车。”

“现在怎么办？”艾拉斗志昂扬地问，“我们在这里埋伏，袭击并干掉他们，怎么样？我可以勒住他们！”

“如果有一只美洲狮扑上去，他们肯定也会害怕。”卡拉格说着，手指上伸出了锋利的爪子，令人印象深刻。

“可是如果他们带着武器呢？你们懂的，就是枪之类的？”我环顾大家问道。在我生活的街区好多人都有武器，甚至青少年都有，这些毫无顾忌地污染环境的人也许比大家以为的要更危险。“可我们把电话弄丢了，真倒霉，要不然我们就可以通知杰克这里的情况。”

“是啊。有可能还要等好几天那些家伙才会出现，如果他们真的会来的话。”莎丽显得有些不确定，“到那时，克利尔沃特先生会以为我们也失踪了，也需要帮助呢。”

“哦，不！”我下意识地说。也许我们可以拦下一辆车，问车上的司机可不可以借用他的手机给学校打个电话。可如果有人看到我们这么脏兮兮的，全身都是伤痕地出现在荒野里，他多半会先打电话报警。我不确定现在联系警察是否合适。虽然这好像事关犯罪，但我们还没有任何证据。也许警察会问些很深入的问题，比如为什么有一群青少年在没有家长陪同的情况下出现在沼泽地里。他们当然不会知道我们不是普通的青少年……

诺艾米变得非常安静。她渴望的目光追随着每一辆红色的汽车，可能她还在盼望那个鲍勃会来接她。

“我们投票吧，”艾拉说，“谁同意我们继续待在这里？给那些卑鄙龌龊的家伙们一点儿颜色瞧瞧，最好不要挑衅海行者。”

立刻有三只手高高举起，连诺艾米都抬起了一只前爪。

我犹豫了片刻还是举起了手，但我不认为这是一个好主意。除了艾拉，他们三个大部分时间都是作为动物长大的，他们也许还不能想象有些人能干出什么事来。我一定不能让莎丽以及其他人有任何危险！

我们在公路边上一块半干的地上安顿下来，准备长时间等着。希望那些家伙今天真的会来，要不然我们还得再等一天，明天继续监视。我可真的没有这个兴趣。

“有人带吃的喝的了吗？”卡拉格开口说道，同时抹了一把脸上的汗水，“艾拉，你可以去独木舟那里取一只我们的背包过来吗？在这个地区你行动最快。”

“可是我不饿。”艾拉无所谓地说。我想起在一本科普书里读到的内容：对一条大蟒蛇来说，一个月只捕猎一次就够了，不过最好是一整只猪或者差不多大小的猎物。或许作为人，她要吃得更勤，但相应地只需吃更小份，比如一个汉堡什么的。

“我可以抓几条鱼。”莎丽提议道。可我们所有人立即想起浣熊的事，我的海豚朋友就又补充道：“还是算了吧。”

所以我们只好带着咕咕作响的肚子坐在那里，看着太阳渐渐落下去，侧耳倾听着公路上的声音，直到我想起那些蚊子，很快又要到它们觅食的时间了。事实上我很想保留住自己的血。卡拉格和艾拉为了不受蚊子的威胁，又变成了美洲狮和巨蛇，可莎丽好像没有兴趣到那些含盐的、有毒的淡水里。她就以一个女孩的形态坐在我旁边，我能明显感觉到她很不舒服，看着她偶尔挥手拍向一个冲过来的吸血鬼。

“我去拿些装备来。”我终于站了起来，“要不然我们谁也待不下去，坚持不到抓住那些污染环境的坏蛋。”

实际上把这四个人留在这里让我感觉很不安，毕竟杰克·克利尔沃特专门把我派来，就是因为我比较强大，其他人需要我的保护。不过现在天色刚刚开始变暗，那帮家伙肯定会很晚才出现。

“你小心点。”莎丽担心地说，我向她笑了笑，同时像安慰她似的点了点头。

我又开始在水里跋涉，在烂泥里挣扎着前进，同时尽可能避开那些在水中优雅地滑行或是在湿地上盘成一团休息的蛇。因为艾拉没跟我在一起，它们就一点儿也不尊敬我了。我被一条铜斑蛇吓得猛然缩了回去，它咧开大嘴，亮出浅色发亮的喉咙警告我不要再靠近。你好！再见！我绕了一个大圈避开了它。

一个人类在黑暗中会变得无助，可我不是一个普通的人类。

我可以在黑暗中看得十分清楚，对此我从来没有感到奇怪。我一直以为，大家都是这样的，而手电筒只是一个市场营销的产物。我怎么会知道这是由于我的第二形态是一个夜行猎人呢？

经过一番周折，我终于找到了独木舟和我们的装备。我赶紧把一顶蚊帐、防蚊喷雾剂、干粮和满满的两瓶水装进我湿漉漉的书包里，那里面还有（幸好是防水的）绘图本和昨天画的画。此外我还带上了相机，虽然在黑暗中也许用不上。

我正要急着回去……突然听到有人在喊我：“嗨，你站住！”

是另一个变形人？我困惑地朝四周张望，可是什么也没有看到。见鬼，到底是谁在喊？

尖 牙 利 爪

我花了一点儿时间才找到那呼唤声的来源，因为我后来想到抬头向上看。是一只白头海雕，他正张着巨大的棕色羽翼滑翔过来，落在距离我几米远的一根树枝上，完成这个动作可不太容易，因为他的一只爪子里还抓着一部卫星电话。“蒂亚戈！你们一切都好吗？你们昨天晚上没按约定做汇报，我就想，最好还是来看看你们怎么样了。”

“您能这样想真是太好了，克利尔沃特先生。”我说，同时感觉自己松了一口气，“我们把手机弄丢了，希望它不是很昂贵。幸好您来了，因为我们……”我尽可能快地把发生的一切告诉了他。

“哎，这些人该遭天打雷劈。”杰克·克利尔沃特说，“你们想和那些犯罪分子单挑？其他人现在在哪里？”

“在去基拉戈的高速公路边。”我解释道，“他们在那里等那些家伙，也许他们今晚会再次出现。但也有可能他们明天才来，或许还要更久……”

校长先生振翅起飞，向着水面的方向滑行。同时他变了形，一个年轻的金发男子站在齐腰深的水里。“我给警察打电话，也许他们可以派一些人过来。”他愤怒地说道，举起手机放到耳旁，“我们必须尽快赶到高速公路……该死，蒂亚戈，你就没有想过那些人可能会有武器吗？”

“呃，实际上有想过。”我说，同时觉得自己很蠢，也很紧张。我怎么能把莎丽一个人留下！

“您什么意思，现在没法分派人手？”杰克对电话那头说，“什么，你们需要维持贾斯汀·比伯演唱会的秩序，所以没有时间去理会真正的河狸[①]？呵呵，真幽默，我们这里只有水獭。不，并不是完全确定犯罪分子今天会出现。对，报案的是一些小年轻。等一下，我……”

校长先生火冒三丈地结束了通话。

“没有人来帮助我们？”我总结了一下。

杰克痛苦地抿了抿嘴唇。“这跟6月份叫安德鲁·米林的人在这块区域捣乱时一样。可能你在新闻里看过……许多被米林煽动的林行者和海行者一起攻击了人类。而警察完全没有应对计划。”

“哦，对，我在电视上看到过！甚至还死了人，对吧？你们可以保护那些人吗？”

“我们尽力了，但当时非常艰难。”杰克解释道，“不仅人类受到了攻击，我们的学校也受到了攻击。我不得不把那些没那么强的学生送到大海里或沼泽地里，因为我担心我们无法守住我们的阵地。”

---

① 原文中用了谐音双关语，贾斯汀·比伯的英文名字是Justin Bieber，而Biber是河狸，这里代指文中需要保护的野生动物。

“好险！”这是我眼下唯一能想到的词，“可……你们赢了，对吧？”

“是的，可是只是在佛罗里达这里赢了，因为变形人参议会提供了帮助……至于是什么样的帮助，这是一个秘密。”

“安德鲁·米林到底是谁？”我问，“是一个有名的商人吧？我想我在电视上见过他。”

“他是一个憎恨人类的美洲狮变形人。出于报复心理他试图挑拨变形人和人类之间的关系，让双方互相为敌。幸好那个混蛋现在蹲在监狱里，变形人参议会限制了他变形的能力。每当我想起这件事，我就会更珍惜我变形的能力。”杰克变回了雕的形态，在我头顶上飞翔，和我一起赶回公路和其他人会合，那些未知的罪犯今晚很可能又会出现。我从没料到我居然会对卡拉格在莎丽身边而感到高兴！

终于，我们回到了高速公路边。从远处我就能听到他们激动地用意念说话的声音。我变得有点儿紧张，在水里走得更快了，急于想搞清楚他们面前的公路上发生了什么事。更多的肾上腺素开始在我体内循环。

可当我走到公路边时，除了四个生气的变形人，没有看到其他人。“怎么了？”我问。

“艾拉没有问就直接把诺艾米当枕头了。”莎丽向我解释道。

“只有鲍勃才可以这样做！并且只有在我没有心情玩的时候！”黑豹女孩抱怨道。

我也只能摇头。

“你怎么这么久才回来？”卡拉格问道，他现在正以一只浅棕色猎猫的形态站在黑豹诺艾米身边，“我们已经在讨论你会不会被谁吃掉。”

看到诺艾米，杰克惊讶地问道：“等一下，这只猎猫是谁？”大家七嘴八舌地告诉他，这是我们找到的失踪的林行者，以及她是如何来到沼泽地的。

“哦，天哪！”克利尔沃特先生说道。他和诺艾米聊了聊，接着又变形了，开始给学校打电话，好像在请求怀特小姐的支援。这个主意可真好！我眼下最希望站在我们身边的人就是格斗老师怀特小姐。可她能及时赶到吗？

我饿极了，先从干粮中取出一大份辣椒肉酱。因为我忘记把餐具带过来了，所以我们就只能用手吃了。不过这里有足够的水用来洗手。

路上出现车头灯的时间间隔越来越长了。如果那些家伙今天会出现，那有可能很快就要来了。我的皮肤在发痒，就像有蚂蚁爬过一样，虽然这次难得不是真的有虫子。几分钟后，莎丽突然抬起了头。“有一辆车正在减速。”她说，“发出很低的声音。也许是那种……叫什么来着？”

我看到卡拉格的后颈毛立了起来。“小卡车。对，听起来就是小卡车。离我们大概几百米远。”

我们的谈话顿时停止了，我紧张地从书包里摸出相机来。这是一辆灰色的小卡车。有人将它停了下来，熄灭车头灯，关上发动机，并在那里停了一会儿。篷布下面装了什么东西，可以看出是圆形的轮廓——是桶吗？是的，很可能是。就是他们！那些混蛋。可是怀特小姐还没到呢！我的心脏在胸腔里像打鼓一样怦怦直跳。

“我们只要记下车牌信息和注意其他线索，”杰克再三提醒我们，“不要打架，明白吗？”

莎丽用手里的圆珠笔记下了车牌号。有些数字她写反了，可还是可以认出来。

“但是车牌很有可能是偷来的，他们回到迈阿密就会直接换掉。”我说出了我的担心。

我们观察着几个男人如何从卡车里出来，如何开始把篷布从装货的车厢上拉下来，然后把桶卸下来。我默默地数着有多少人。二……三……四……还挺多的。第五个人拿着一台步话机站在附近，显然是在望风，他也许在监听警察的无线电通信。我叔叔也有这样的设备，虽然这是被禁止的。

我拍了几张照片。但由于不能使用闪光灯，照片上看不出什么，只有一些奇怪的乱蓬蓬的影子和一个大块头。

“他们戴着面具——有可能是为了参加狂欢节，人类是这么说的。”黑豹诺艾米悄悄地对我们说。我也看到了。他们的头发之所以那么蓬乱，是因为他们戴着假发，而且还戴着太阳眼镜！在半夜三更这个点儿很有必要！

在离我们 10 米远的地方，有两个男人——一个肌肉发达，另一个很胖，正在把一个桶推过路边石，然后开始把里面的东西倾倒进沼泽里。我们厌恶地看着，我一心想去阻止正在发生的一切。腐蚀性化学品的臭味飘到了我们这边，我屏住了呼吸，以免吸进这股臭气。

“我们不能让他们这么做！”部分变形的艾拉愤怒了，她的声音像刀一样刺穿了我的头。

杰克用犀利的猛禽的眼睛看着我。“我试着把他们的面具扯掉，你就打开闪光灯拍些照片，蒂亚戈。虽然他们会知道自己中了埋伏，并且会逃走，可我们有了照片，就可以作为报警的证据。”

我用力地点了点头，克利尔沃特先生飞走了。他用力地拍打着翅膀，几下子就飞到其中一个似乎是指挥整个行动的人那里。在那家伙还没意识到发生了什么事时，一只几公斤重的猛禽就撞上了他的头——希望这一下很疼！他的太阳眼镜飞落到了柏油路上。然后猛禽的利爪抓住了假发，并抓到了空中，下面就露出了半个秃头，就像克利尔沃特先生抓到了一只豚鼠。他的胡子倒像是真的，反正没掉下来。

我疯狂地拍着照，拍那个被去掉伪装、抱住头不停咒骂的人，可不幸的是正好他背过身去了。我还拍了他那些困惑的兄弟们以及那些桶。其实我该用闪光灯的，可是用不了，该死的电池快没电了。

“小心，杰克！”卡拉格喊道，其中一个人从车厢里扯出一根金属棒，正生气地挥向杰克，他因为翅膀太过巨大而不像一只小鸟那样灵活。我的心跳几乎要骤停了。不！不！不！

一个巨大的浅棕色的身影从我身边飞过。卡拉格扑向那个男人的后背，用爪子抓住了他的肩膀，他大叫一声把棒子扔掉了。还在货车上的他的伙伴慌忙躲到了桶的后面。

这时，诺艾米也飞奔上前，扑向了那两个男人和打开着的桶，她用爪子抱住其中的一个人，就像在和他们玩一个打架的游戏，可这不是游戏。那个肌肉发达的男人失去了平衡，掉进了他自己刚刚投过毒的水中。那家伙看起来很不舒服，因为他尖叫了起来，就好像有 30 只黄蜂同时在蛰他。

很不幸，他的兄弟没时间把他拉出来——他们都自身难保。诺艾米把第二个，就是那个很胖的人打倒在地，用前爪把他滚来滚去，就像他是一坨面团。当他试图逃走时，她就在他晃晃荡荡的肥肚子上跳上跳下。“太棒了，跟在家里玩打架游戏差不多！”她兴奋地和我们分享。

这打架游戏可真够粗暴的啊！我总算明白她为什么会被抛弃了。

与此同时，艾拉那几米长的蛇身从开着的副驾驶门滑进了卡车的内部。希望能把启动钥匙吞掉，扯掉一些电线什么的。可那

个站在汽车另一侧的人爬进了驾驶室，进去之后才发现有一条蛇在车里——他极有可能一眼看到了蟒蛇张大的喉咙，反正那尖叫声听起来就像是那样的。驾驶座的门开了，一只裹着人的蟒蛇球滚到了沥青路上。“你没法呼吸了吧？”艾拉说，发出嘶嘶的声音，“感觉如何？你还想再喝一口你们的化学汤吗？”

莎丽害怕地看着眼前所发生的这一切。“你最好待在这里！”我急忙说道，反正校长刚才关于打架的禁令好像已经失效了，我就把相机放在车道旁边后，跑去帮他们几个。情况很紧急，因为那个负责把风的家伙刚刚拔出了一把枪，并将枪瞄准了还在与人搏斗的诺艾米。可能他以为自己只是射杀一只危险的野生动物，他怎么会知道这也是一个女孩呢？

“别开枪！”我本能地喊道。

可是这命令的效果并不好：枪管朝我的方向转了过来，接着，枪口闪了一下。天啊！他们有真家伙，他们当然有，在我们这个美丽国家的某些地方，每两个人中就会有一个在抽屉里藏有武器。我的脉搏剧烈跳动着，试图扑到卡车后面，就如同我最喜欢的动作片里那样翻滚起来。但是不怎么成功，我趴倒在地上，擦破了膝盖和手掌。

我该扑到别的地方去。这下，我发现自己正与那个被校长扯下假发的大胡子男人四目相对。他正对着手机喊着什么，可当他看见我时，就把手机塞进口袋里，同时去抓一把塞在他腰间的黑色手枪。哦，天啊，他也有一把！就像很多次在校园里一样，我没有思考，只是快速做出反应。我的手自动地弹出来，本能地去抢那把枪。

我们的手差不多同时摸到枪，结果那块又沉又滑的金属从我们两个的手中滑脱了。那个大胡子立即弯下腰来，可我的反应比他快。在他的手碰到武器前的一刹那，我用脚把那个金属物件踢到了卡车下面。我抓住了机会，使劲地踩了一下他的手，又打了他一拳，可惜有点打偏了，拳头只从他的脸颊上擦过。

大胡子咒骂着站了起来，握住了受伤的手。可我的优势只保持了一小会儿。就在我为下一击积攒力量时，他成功地抓住了我，把我撂倒，将我的脸重重地摔在地上，我嘴里飞进一块马路上的碎石。他接着又把我的胳膊扭到了后背上。我疼得要命，并感觉到我的一颗虎牙松动了。

“我抓到了一个！”他向其他人喊道，“赶紧把那些野兽打死，我们必须马上离开这里！”

“你抓的是我最好的朋友。”突然有一个愤怒的女孩声音说道。是莎丽！她一脚踢中了那个把我胳膊扭歪的大胡子男人的胸口。她在第二形态里有一个很厉害的尾鳍！虽然她在行动中不小心踩到了我，可我一点儿也不在乎。我翻过身来，刚好看到那个领队的家伙站起来，往后踉跄了几步。接着我很享受地看着我的海豚女友用膝盖撞向了他身体特别敏感的要害部位。那个大胡子哼了一声就瘫成一团。我为什么还会以为她需要我的保护呢?

我从嘴里吐出了小石子、血和一颗虎牙，向莎丽喊道：“快离开这里。”在荒野的掩护下，我们跌跌撞撞地爬过车道边界，扑进了森林。我看到，在我们身边有一只佛罗里达黑豹在奔跑，在几米远的地方，一条巨蟒的尾巴消失在灌木丛中，还有一只有着闪亮白头的雕在低空中飞走了。幸好大家只是受了点轻伤。

“卡拉格，走了，快来！”杰克叫道。

“稍等，我正忙着呢。”卡拉格回答道，同时把左前轮的气门咬掉了。即使我在远离他的位置上，也能听到从轮胎里喷出气体的嘶嘶声。

“耶！你还能再弄一个吗？”莎丽欢呼道。可我们听到卡车启动了。其中一个人爬到了驾驶座上……现在他在踩油门。

卡拉格转过身，纵身一跃，逃走了。卡车的发动机还是转动了起来，尽管一个轮胎瘪了，那东西还是开动起来了——正朝着卡拉格的方向。卡拉格停住了，转过身，在马路上蹲了下来，直盯着颠簸着开过来的卡车。他在干吗？！他没意识到他们想轧死他吗？他被吓得动不了了吗？

他没有。一秒钟后，卡拉格往斜上方强有力地大步一跃，落到了迎面而来的卡车驾驶室上，又从那里跳到后车厢上。他好像设法打开了锁住车厢的插销，然后又跳到车后的地面上。尽管轮胎瘪了，这些家伙还是设法让卡车摇摇晃晃地开走了。他们的货物从车厢里滚落到公路上来，幸运的是，那些封闭的桶没有摔破。

“哈，如果警察对这个还不感兴趣的话，那我现在立刻就得麻疹。”杰克开始第二次给警察打电话，这时卡拉格心情愉快地加入了我们。“嘿，你在干什么，蒂亚戈？”他惊讶地问。

这时莎丽正在翻看照片，说：“唉，太暗了，什么都看不清。”而我则已经翻开我的书包了，把画画的东西掏了出来。之前那个领头的家伙和我对视过一秒钟。我的铅笔已经开始在纸上飞舞，画出了一张脸。

这是一个男人的模拟画像，一个警察最好能抓到的家伙。

艾拉的秘密

几分钟后，从马路的另一头开过来一辆黑色宝马，从里面闪出怀特小姐的身影。“什么，你们没给我留下一个无赖？”她扬起了眉毛，打量着蹲在我们旁边的白头海雕，“嗨，杰克！你们没事吧？”

“谢谢你这么快就赶过来了，阿丽莎。”杰克说道，他的声音一下子变得不一样了，更柔软了，“疯狂大脚踩油门，对吧？”

怀特小姐笑了笑，他们对视了一会儿，互相打量着对方。“那当然了——既然我现在有脚而不是鳍。不过怎么能让这些人跑了呢？”

“我们没有时间把所有轮胎都弄坏。”卡拉格说，“为什么你在驾驶室里没把他们的车钥匙叼走，艾拉？”

“就是没成功，好吗？”艾拉大声地喊道。怀特小姐若有所思地看了她一眼，可什么也没说。

我们的格斗老师帮我们清理了公路上的桶，以免它们被汽车撞到。然后她问道：“有谁想要坐我的车回学校吗？”

“我！”诺艾米轻松地跳上后座，就像她平时习惯的那样自然。也许她就是这样坐鲍勃的车的。

“喂，你别让我在皮革上看到一个爪印。”怀特小姐警告她，“那你们呢，不一起吗？”

莎丽、卡拉格、艾拉和我互相看了一眼，几乎同时摇了摇头。看来其他人和我有同样的感受：就这样结束探险，让我们心有不甘。我们会带着装备划独木舟回去。“那好吧，可别绕道，也别再带搭车的了。”杰克说着把羽毛展开，甩了甩。作为人，他也已经腿软了，就像我们这些劫后余生的人一样。

幸好他没有继续给我们什么别的忠告或者温馨提示，直接把卫星电话给了我们，然后祝我们好运。这样我们就可以出发了。

“你说，我们的校长和怀特小姐是不是在恋爱？”我在去独木舟的路上问莎丽。

莎丽笑了，说：“我听说他约过她两次了。可她都拒绝了。”

“哦，可怜的人啊！”我说着，同时问自己是否有一天会和莎丽有一次真正的约会？很可能没有。我太胆小了，不敢去邀请她！不，也不只是胆小，我的直觉告诉我，我一定不能。否则我会被归入她那些无名崇拜者的行列中，反倒不会再有任何机会接近她了。

克利尔沃特先生的那句“祝你们好运”好像真的起作用了，因为接下来一切都很顺利，再没人给我们捣乱。当卡拉格、莎丽和我在激动地谈论并且至少五次回顾过去几天发生的事时，艾拉却一直保持着沉默。在回去的路上，她最多说了五句话，而且要说也只是简单得不能再简单的话，比如：“你能更向左边划一些吗？”或者：“小心，水下有树根！”

我不知道她怎么了，我们也没去烦她。她闭嘴的时候，反倒比平时让人感觉舒服多了。

星期四晚上，我们回到了蓝礁中学——疲惫，肮脏，胳膊上的肌肉酸痛不止。但是我们非常开心，因为杰克亲自来集合点接我们了。“这真是一次成功的特别行动……同时也是一次学习考察。”他说，“你们肯定也有同样的感受吧？”

我们看着彼此布满汗渍和干泥巴、被晒得黝黑的脸。“嗯，是的，我学到了很多地理和生物知识。”我说，“尤其是关于鳄鱼和蛇的。”

莎丽笑了：“我们在格斗和生存方面也取得了进步。”

“更不用说在特殊情况下的行为了。”卡拉格再次用他那部分变形的牙演示昨天夜里是如何咬破轮胎的。

“那动物语言呢？”我问，“我们与佛罗里达黑豹、浣熊和鳄鱼进行了详细深入的交谈！”

“太棒了！”杰克说。

“变形也算吧？”莎丽兴奋地问，“我们一直在变形，而且几乎每次都成功了。”

“对，你们说得都对。”校长先生说，“所以我感到很荣幸，可以在所有这些科目里给你们1+。在特殊情况下考验应变能力的科目只能给你们一个2分[1]，因为你们弄丢了卫星电话。”

我们大声欢呼，车里的喊声震耳欲聋，甚至连沉闷的艾拉都从嘴里吐出了一句“好棒”。

“现在那些家伙被抓到了吗？”莎丽问。

---

① 一些西方学校的评分体系会用1、2、3、4、5来代替A、B、C、D、E。这里“1+”相当于“A+”或者“优+”，而“2”大致相当于“B”或者“良”，都是不错的成绩。

“目前还没有，不过多亏了你们的照片和蒂亚戈的画提供了一些线索。”杰克说，“能破案的概率看起来还挺大。”

“你能画这么好真是太棒了。”莎丽用一个我很喜欢的眼神看向我，“他在艺术课里肯定也会得一个 1+ 吧？”

“绝对的。”我们的校长确认道，我的笑容快溢出我的脸了。直到我们在学校的停车场上把带的东西卸下来时，我的笑容都还在。跟平时一样，我们在汗流浃背地刷洗独木舟和清洗装备时，艾拉又不见了。晚饭时，我们看见她与托克、贝瑞在餐厅里打闹。他们三个抢到了白绿色相间的船。这条船最受欢迎，因为它排在第一位，离自助餐台不远。

“你们和那些可爱的小蜥蜴玩得开心吗？”贝瑞嘲讽地问道。托克则冷冷地看了我一眼，说：“他们肯定只是想玩一下！”

“当然了。”莎丽说着在一条蓝白的船上坐下来，这是我们的老位置，“我们肯跟他们玩，可把他们给高兴坏了。”

“他们让我们向你们转达问候，同时想问问你们为什么没有被选中去参加这次很酷的探险？”卡拉格不动声色地补充道。

托克和贝瑞一时不知怎么回应，就试图用生气的眼神来对抗。可我们根本不理会他们，因为我们正专注在晚饭上——烤鲭鱼！我当然不会被分心啦！

艾拉没有说什么，她神情凝重，沉默不语。她怎么了？我该直接问一下吗？不，我没兴趣去碰钉子。在我们共同经历了探险后，她还是跟之前一样不喜欢我。

当我想起她邀请了多少蟒蛇和鳄鱼时，禁不住战栗起来，如果他们真的出现在这所学校的话该怎么办？那我们就有麻烦了。

“你们怎么看，觉得她的亲戚们会来吗？”我问莎丽，用下巴往旁边的桌子指了指。

她皱了皱眉，说：“很有可能。他们显然对艾拉的提议很感兴趣。”

“哦。”卡拉格担心地看着我们，“看来不太妙。”

“你说得对。”莎丽似乎因为这个想法无法好好享用她的鲭鱼了，“老师现在应付学校里的鳄鱼和蛇就已经够麻烦的了，虽然只有两三只。我不敢想象，如果这里到处都是爬行动物会是什么样儿。”

“等着看吧。”我说，“我想，我们反正除了等待也做不了别的。”

这个话题似乎只会让遇见过艾拉那些讨厌的亲戚的人感兴趣。贾斯帕看起来不太理解我们可能要面对什么麻烦。

“那根棍子能发挥作用，真是太酷了。”他的眼睛闪闪发亮。我们几乎完好无损地回来了，这让他高兴极了，“你的牙齿怎么样了？”

我用食指摸了摸：“它已经开始长出来了。”

“鲨鱼太酷了。”卡拉格说，他看起来有点嫉妒，“要是一只美洲狮把牙磨坏了，那就只能等死了。”

等一下，他说了什么？鲨鱼，酷？我难以置信地看着他，接着看了看其他人。似乎没有人觉得这句话有什么特别之处，其他人只是点点头，然后继续吃饭，继续东拉西扯。只有我自己愣了一会儿，静静地享受着这股穿透我全身的暖流。

“我们去看看诺艾米在做什么吧？”卡拉格提议道。我们点了点头，便站起身来，手里端着放着空盘子的托盘。

“你又想从一张桌子跳到另一张桌子吗？手里拿着托盘也许会困难一点。”我问美洲狮男孩。可他只是摇了摇头，龇着牙笑了。这次的特别任务磨炼了他的水性。当我们涉水横穿水漫过膝盖的餐厅时，他居然面无表情，一脸平静。

在回宿舍的路上，我觉得这个美丽而温柔的夜晚实在不该浪费在房间里，于是便沿着沙滩走到海湾另一头的船屋。听到里面传来很小声的谈话声，我吃了一惊，便停下脚步。那不是别人，正是我在这所学校里的三个敌人。我尽可能小声地绕着船屋，为了听得更清楚，我悄悄地把耳朵贴在了墙上。

“……没心情，因为你参加了这次探险吗？”贝瑞问道，“你心情这么不好跟我们有关系吗？”

“不，不，跟你们没有关系，你们是最棒的！”是艾拉的声音，“只是……”她欲言又止。

“只是什么？快说，不然我们帮不了你。”这是托克，他听起来很不耐烦，“你还有你妈妈！如果有人胆敢欺负你，你妈妈可以……”

“别再说我妈妈了！”艾拉低声喝道，船屋里出现了一片令人惊愕的沉默。终于，我听到艾拉继续说：“我……认出了一个人，那些把有毒物质倾倒到自然界的混蛋中的一个。”

“可这很好啊！”托克的声音，“你可以马上告诉警察……”

他不是一个能够快速察言观色的人。贝瑞却立马说：“啊！这样的犯罪分子肯定不会住在你家附近。你是通过……呃……一个刑事案件审理认识他的吗？”

我紧张地等待回答，大气都不敢喘。

“差不多。我知道他以前为我妈妈工作过。”她压低了声音继续说，她提起了一个名字。可惜我只能听到“斯威特林”或类似什么的。

小屋里又是一片寂静。这时我听到有人正在靠近，脚踩沙子的咯吱声清清楚楚。这声音船屋里的三个人肯定也能听到。原来是贾斯帕。他离我还有几米远，但他已经发现了我，开心地看着我，张开嘴想向我打招呼。我惊恐地看着他，把食指按在嘴唇上。

幸好，他明白了我的意思。我立刻跑开了，贾斯帕紧跟在我身后。我们躲到了棕榈林后的灌木丛里，这样就不会被船屋里的人发现了。刚刚听见的事情还在我心里盘旋着。

“怎么了？”贾斯帕好奇地问，“你看起来像刚刚看到了一只雷龙。”他很喜欢恐龙。

“不，我……我只是刚刚得知了一件事。”我感到非常纠结。

“到底什么事啊？”

我迅速看了他一眼，权衡了一下我可不可以说。我想如果让贾斯帕保守秘密的话，他是不会跟别人说的。于是我告诉了他。贾斯帕的眼睛瞪得跟球一样圆。“真的啊！”

我们听到船屋的门吱呀作响，还没等他们三个出来就逃走了。五分钟后，一大堆人挤进了我房间，卡拉格和莎丽知道了我刚刚偷听到的内容。“我需要先想一想，这到底是什么意思。”我说。

“她的妈妈一定和这事儿有关系，敢打赌吗？”莎丽激动地说。

卡拉格似乎在沉思。“不一定，但很有可能。”

“我从来都没喜欢过这个莉迪亚·雷诺克斯，她比海鳗和飓风加在一起还要讨厌！”莎丽看起来脸色阴沉，难为她那张原本开朗又阳光的脸变成了这样。

“我们要把这件事告诉杰克吗？”我问大家，“或者警察？”

“先不要。”卡拉格说，“证据太少。这就像我与安德鲁·米林斗争时的问题，我也证明不了。”

莎丽、贾斯帕和我相互看了一眼……我从他们的眼睛里可以看出来，他们跟我一样下定了决心要找出证据。只要三个年轻的变形人认为可以的话，就一定可以！

诺艾米好像已经在学校找到了最喜欢的地方——她喜欢躺在屋顶上。虽然她看起来还是很瘦，但毛色像黑丝绸一样闪闪发光了。当她看到我们时，用略带高傲但友好的绿眼睛看着我们。“嗨，伙计们！”

我们惊讶地发现，杰克正和她坐在屋顶上聊着天。我们迟疑了一下，可他向我们挥手，示意我们过去，看来我们并没有打扰到他们的谈话。所以我们就走了过去，坐下来加入他们。

“这段时间以来你已经详细了解了这里的情况。”他说，“那么，你想留下来吗？在我们这里学习如何独立生活。”

“好啊。”诺艾米马上说，同时舔了一下自己的爪子，“这里很好……只是水多了一点，可这问题不大。”

杰克显得有些不好意思。“只是有一个小问题……遗憾的是我们必须要收学费，每个月 300 美元。”

“哈，这不是一个问题。”诺艾米发出了咕噜声，伸了个懒腰。她站了起来，以皇后般高贵的姿态坐在屋顶上。“鲍勃肯定会帮我付的。”

“呃，可是他已经抛弃你了。”我说道。这个黑豹女孩难道还不明白这是什么意思吗？

“他这样做太不人道了。”杰克的脸扭曲了，“真是太可恶了，人们把这么多动物关在某个地方，最后又遗弃它们……”

“可诺艾米不是一只动物。”卡拉格平静地说，“你知道鲍勃的全名和他的住址吗？”

“当然了。”诺艾米的呼噜声更大了，“他叫鲍勃·埃尔玛·布卢明顿，住在珊瑚墙区。”

在她说出道路和门牌号之后，我们都笑了。“啊，是一个高档社区。”杰克说，用手梳理着在阳光下闪闪发光的浅色金发，“那，我现在就给他打电话。看看他会说什么。”

我们紧张地等待着，杰克通过查号台得到了电话号码并且开始拨打电话。“喂，你好，是布卢明顿先生吗？很高兴，我能打通您的电话。有人看到您把一只佛罗里达黑豹——顺便说一下，这是一个受保护的品种——遗弃在埃沃格莱德国家公园了。您一定知道，故意放生非本地动物是犯法的吧？”

我们没听清回答，可是他听起来很生气。

“是的，我们很确定是您，布卢明顿先生，我们有证人。”杰克平静地保证说，“当然，您大可以联系您的律师。这还是非常有必要的，尤其考虑到您因为放生了一只大型的捕食动物从而危害到了公共安全。这很可能会被判入狱的。”

这一次，对方回答的语气显得不那么自信了。

“到目前为止我们还没有报警。”杰克继续说，“也许您想先听听我的建议？您的黑豹——顺便问一下，她叫什么……啊，真是一个很好听的名字。她可以待在我们这里。”

我可以想象一句“什么？”从电话那头传过来。无论如何，杰克首先解释了他是谁以及他在哪里。“对我们来说，诺艾米会成为我们学校的吉祥物，我们就是这样安排的。当然，因为对她的护理和照顾会产生一定的费用，但您可以来看它。当然，媒体不会知道这件事的，政府也不会。”

5 分钟后他和鲍勃·布卢明顿达成了一致。

一只快乐的猎猫把大笑的杰克的脸舔了个遍。

最 后 一 天

虽然我非常为诺艾米感到高兴，但当我回到宿舍整理在沼泽地里画的画时，我还是感到非常沮丧，把它们挂起来已经没有意义了。诺艾米已经被安顿好了……但我在这所学校却只剩下两天了，因为我付不起学费。为什么我没被一个有钱人抛弃在某个地方？我一想起艾拉的妈妈毁了我的奖学金，我心中就充满了恼怒和沮丧。我该怎么办呢？为莉迪亚·雷诺克斯的乐园计划投支持票？虽然我厌恶这一切。然后违心地充当被参观的虎鲨来挣钱？

“你是怎么弄来学费的？”我问蹲在屋外的贾斯帕，他正用铅笔在一本谜语本子上涂涂画画。每当他解完所有的谜后，他就会小心翼翼地擦掉，然后再填一次，因为他买不起新的本子。

“我的叔叔和阿姨专门为了我而做了人类的工作，要不然我们付不起这里的学费。”贾斯帕担心地看着我，“你会留下，对吧？”

“如果不发生奇迹的话，我两天后就必须从这里搬出去。”我沮丧地说。

“啊，这样啊，那好吧。”贾斯帕看起来很平静，“奇迹总会出现的。奇迹并没有想象中那么少，你会看到的！”

他变成了一只犰狳，爬到床下，在他的泥土存货区里四处闻来闻去。“哦，对了，你有没有看到一个寄给你的包裹？我把它放在你床上了。”

“哦，真的吗？”我站了起来。这是一个扁平狭长的包裹，上面用整齐的字写着我的名字和学校地址，这笔迹是我以前从未见过的。是谁寄来的？我立刻把它撕开了——是一部崭新的防水手机。当我开机的时候，我注意到里面已经有了一张 SIM 卡，包括 100 美元的储值。这是什么情况？我用手摸了摸那光滑、冰凉的玻璃表面，看到了附在包裹里边的一张卡片。

嗨，蒂亚戈！

约翰尼告诉我们你的手机坏了……也许这将是一个很好的替代品。抱歉，我们上次没能来。

伊利丝

这是我爸妈寄给我的！我放下卡片，盯着手机。这东西肯定不便宜。这是示好还是贿赂？抑或是道歉？我还不确定要不要接受这部手机。但从另一方面看，为什么不呢？

打个比方，也许这是一只伸出来的手。我的机会！我的心跳加快了。我快速搜索了一遍手机内存……他们可能会在手机里保存一张他们的照片。但是没有，存储是空的。不过通讯录里有两个号码：斯克特·安德森和伊利丝·安德森。

我的手指悬在绿色的按键上，只要轻轻一按，这台设备就会拨打其中的一个号码……

但我最后还是胆怯了。我还没做好准备听他们的声音，或者就这么轻易地开始跟他们说话。

于是我写了一封电子邮件。

“你在干吗？”贾斯帕问，从床底下伸出他的鼻子来。

“我在尝试让一个人感到好奇，”我半犹豫半坚定地说，“我要勾起他的好奇心，让他来看看我。”我的手指在显示屏上快速滑动点击，描述我如何完成了一次沼泽地的探险，接受过的格斗训练，上了我以前从未听说过的课，还有见了那些我从未见过的海洋居民。

等我把邮件发送出去后，我感觉好多了。

可是接下来和约翰尼的谈话又让我的心情变得低落了。他说：“很抱歉，我还是不知道怎么解决学费的问题，我非常非常抱歉。我星期六会来接你，在这之前把行李收拾好，好吗？”

我意识到自己其实一直都在隐隐期待着他能找到解决办法。但他毕竟不是超人。“好吧。”我说，同时把堵在喉咙里的一个大硬块咽了下去。为了安慰他，我撒了个谎：“没那么严重啦。那我就搬回我的房间吧，我已经开始有点想它了。”

但约翰尼却用一种非常奇怪的方式回避我说的话。“呃……蒂亚戈……你的房间……就是，嗯，等我星期六来的时候再说，好吗？”

“为什么？怎么了？”我惊讶地问，但他不再说什么了。这一切真是太反常了！

我在蓝礁中学的最后一天是一个星期五，这一天是以一个麻烦开始的。这麻烦是深褐色的、闻起来像鱼的海狮引起的，反正在它的第二种形态里是这样的。完全偶然地，与拉尔夫一起住在隔壁房间的克里斯和我同时来到了我们宿舍共用的洗手间。他困倦地扑到门上，伸手去抓把手。“我先进去，好吗？”他咕哝道，看了我一眼，“你肯定会花很长时间，我能看出来。”

“啊哈，我有个更好的主意——我先进去。”我回答道，“你为什么还要洗，你反正马上又要下水了。”

“我必须把我自己打扮得好看些。你也知道是为了谁。”克里斯突然变得清醒多了，他那双蓝色眼睛亮闪闪的。“你知道她喜欢我，对吧？你只不过是和她一起去了沼泽地几天，并不等于你突然就在她那里占了先机！”

是真的吗？莎丽真的喜欢他吗？也许他们俩曾经是很好的朋友？不，他们好像还没有那么熟，至少我没听说。

“是的，确实还不能这样说。但我还是比你快。”我边说边闪进洗手间，在身后把门锁上了。哈哈，这一轮算是我赢了。可无论如何，我还是抓紧时间，没让他等太久。幸运的是，克里斯并没有怒气冲冲，而是咧嘴冲我笑。“一条戏弄海狮的鲨鱼！这样可不行。我必须赶紧报仇。明天九点在洗手间门口见，怎么样？”

“就这么说定了。”我也咧嘴笑着回道。

吃早饭时，杰克沉默不语地把一份报纸放在我和莎丽面前。“你们自己看吧。”他说。

我快速浏览了报道。又有人在沼泽地里倾倒化学废料了。这一次是一位游客发现了一些有颜色的奇怪水坑，以及漂在水面上的一层闪闪发光的油膜。我愤怒地把报纸拍到桌上。“这……这实在是太过分了！他们从没有停止过。虽然被我们发现了，但他们还在继续，只是换了个地方。”

“正常情况下该怎么处理化学废料？”莎丽好奇地问道。

我向她解释，正确处理有毒有害物质是很昂贵的。这就是为什么一些不法分子会通过承接环保回收合同挣一大笔钱，因为他们根本就没有以正确的方式对有毒废料做无害化处理，而只是找了个地方把它们倒掉。

“没错。”一直在听我讲话的杰克说，“顺便说一下，警察一会儿要来，要听你们讲讲废料桶和在高速公路上打架的事。我会把他们直接带到我的办公室，这样就可以尽量避免他们看到学校里的情况。询问结束后，你们就可以回去上课了。”

我到目前为止还没怎么跟警察打过交道，这就是为什么当黑白相间的警车开进学校停车场时，我变得非常激动。相反，艾拉和卡拉格却一直保持着自在放松的状态，莎丽也是。只有当她问我的时候，我才搞明白原因：“警察是什么来着？我们在人类学课里还没学到……”

杰克提前教了我们如何有礼貌地和警察打交道，并且和我们一起讨论了该如何讲述。在我们的陈述中，不会出现佛罗里达黑豹、蛇或美洲狮，当然，也不会有白头海雕叼着假发飞走。所以和警察见面的时候，我们都礼貌地站起来和他们握手。

虽然两个警察看起来很友好，可我还是感到很紧张。我努力在心里对自己说：你什么也没做，所以放松，别紧张！当警察问到我们的名字和住址时，我尝试让自己平静下来。他们不可能知道我和兰多有时候会无证驾驶，开着他哥哥的车到处转悠！

如果其中一个警官叫法林·加西亚，而且能像我的老师一样读懂我在想什么，那我早就完蛋了。但是他们两个毫无察觉，还问我们在“学校的郊游”中经历了什么。大部分时间里我们都在七嘴八舌地讨论这件事，直到艾拉大声地说：“所以你们还没有抓到那些家伙。为什么还没有呢？我们的校长不是已经把犯罪嫌疑人画像还有车牌号都发给你们了吗！”

“这位小姐，没有那么快的。那个车号牌不出所料是属于另外一辆车的，”那位女警察说，“不过那幅犯罪嫌疑人画像真的很专业，是你们当中谁画的？”

我不好意思地举起手来，而艾拉则咕哝着说“这位小姐”是著名刑事辩护人莉迪亚·雷诺克斯的女儿以及问他们是怎么想的。但没有人回应她。

“遗憾的是，到目前为止在我们的数据库里还没有匹配上，但我们仍然会在我们的网页上发布这张图片。”这位警察告诉我，我默默地点了点头。这会有用吗？我相信警察会抓到这些人，但有难度。

我们必须尽快开始调查和收集证据。但是如果我不能留在这所学校，我怎么才能做到呢？

这可能是我在这里上学的最后一天，我难以接受这个事实。在变形课上，我练习了如何在我不想改变形态的时候抑制住麻麻的感觉。在格斗和生存课上，我要强忍住苦恼与惆怅，因为我原本还希望从怀特小姐那里学到更多东西。幸运的是，之后是休息时间，我们可以聊一会儿。“你在沼泽地的时候和你的第二形态相处得还好吗？”她问我。

“还不错。”我说，“当我作为一个人在战斗时，我的鲨鱼形态也以某种形式跟我在一起。您明白我说的意思吗？我想，自从我知道自己是一条鲨鱼以来，我遇到情况时就会用不同的方式应对了。是因为我知道自己有多强大，所以我才敢于运用这种力量，对吗？这听起来是不是很蠢？”“不，一点儿也不，而且我敢打赌事实就是这样的。”她说，“大部分情况下是这样的，第二形态会影响第一形态。顺便说一下，这叫作‘染色’。因为你已经变过几次身了，鲨鱼的特性在你体内变得更强大了。”

“也就是说，如果我是一只海豹，我会逐渐拥有越来越多的海豹的特性？”我着迷地问。

怀特小姐挑了挑眉毛。“可你不是一只海豹，而是海洋中最危险的动物之一。你知道你父母是什么了吗？很可能他们中只有一个人是鲨鱼。”

我试着去回想约翰尼叔叔告诉过我的关于他们的每一个字。“他们是虎鲨和蓝鲨。我很想知道他们是怎么应对自己的异形的，我一点儿也不了解他们。”突然间我的声音颤抖了，这让我感到非常尴尬。以前没有父母时我过得也很好，但自从我知道他们还活着，却又不想了解关于我的任何事，这就让我感到很无力。怀特小姐沉默了，她耐心地等待着，直到我又能够说话。“我敢肯定您的情况不一样，是吧？”我问她。

“是的，家庭对虎鲸非常重要。”怀特小姐远远地向水面上眺望，“可我们有其他的问题。我父亲在陆地上工作，他只有在很少的情况下是条虎鲸……有一回当他再次游出去时，一个螺旋桨碰到了他。”

“哦，不！那他活下来了吗？”我吃惊地问。

“没有，他之后没有康复。从那以后，我母亲就再也不想和人类打交道了，也就是从那时起，她和我哥哥就只以虎鲸的形态生活了。”

“我能理解。”我说，然后问了一个我一直以来想问她的问题，“您当时为什么要帮助我？刚好是在您训斥我之后？是因为当时我心里想的事情吗？您感受到那一刻我内心可怕的孤独了吗？”

“是的。”她直截了当地说。

这时，螺号的声音宣布了课间休息的结束。

数学、物理、人类课。在课上，我尽最大努力地频繁举手，不知道为什么……也许是因为我知道我在人类的学校里不会再这样做了；也许是因为我想让老师们记住我：蒂亚戈，是的，他曾经在我们这里待过，一个非常特别的男孩，还那么聪明！哈哈，我有点痴心妄想。

最后一节课是杰克的艺术课，我们正在学习颜色以及如何运用它们。当我用画笔在纸上画时，忘记了时间的存在。我用我最喜欢的颜色画出抽象的形状：海蓝、冰川蓝、浅绿松石色、大西洋蓝、钴蓝、靛蓝、深蓝、钢蓝、宝石蓝、粉蓝。

放学后，我和贾斯帕坐在沙滩上一棵棕榈树的树荫下，看着莎丽和她的海豚朋友们正在玩一些高速度的游戏，我们随便聊着各种各样的话题。细小的浪花在舔着我的脚趾。礁湖里碧绿色的水在呼唤着我，让我无法抗拒，也不想抗拒。

“我去游一圈，回头见！”我对贾斯帕说，往外蹚水走了一段，然后把我的泳裤扔回到沙滩上，以鲨鱼的形态向海豚们打了个招呼，就游向了大海。

谁知道这一切我还能拥有多久。在这里，只要我愿意我随时可以变形。但在迈阿密，我很少有机会能够成为一条鲨鱼，还需要想办法抑制住对大海的渴望。

现在，我已经很适应独自在海里了。但是我的感官体验对我来说还是有些过多了：那些气味、水的振动还有电刺激，不过这一次我能更好地应对了，并且非常享受对周围环境的了解。我平静地摆动着尾鳍，向西边游去。

该死，我会想念这一切的！还有这里的同学，当然尤其是莎丽！我的身体因悲伤而弯曲起来，我宁愿直接让自己沉入海底。也许他们会给我写几封信，然后就忘了我。迈阿密离这儿实在是太远了，想很快见个面是不可能的。我还会再见到莎丽吗？也许她在学校也不会待太久了。这完全取决于星期六那该死的投票结果。我仍然在为该如何投票而纠结。投票当然是匿名的，没人会知道我是怎么选的。也有可能我根本就不能参加，因为我反正都不能在这里继续上学了。但是即便如此，我也会伤害到莎丽，因为我没能为阻止那个令她讨厌的计划出一份力！

我游了一段距离后才察觉到那条大蝠鲼。不知道为什么，我马上就知道那是芬妮。看她用像翅膀一样的黑鳍在水中“翱翔”，真是一个壮观的景象。

她目标明确地直冲向海岸的方向，那边有一个栈桥码头，插在水里的木杆上布满了贝壳和藻类。她要干什么？要见什么人吗？如果是这样的话，这里可不是一个好的会合点，因为我从远处都能看到那里有很多钓鱼线垂在水里！

我很惊讶地看到芬妮加速游了起来，接着冲向水面。我也赶紧游到了水面，以免错过她正在做的事。哇哦，就在那些钓鱼的人面前，芬妮从水中突然激射起几米高。只见一只巨大的黑色生物，在离人们的脸只有几厘米远的地方四下拍打着。伴随着惊恐的叫声，那些钓鱼的人踉踉跄跄地往后退了几步，有的人把钓竿扔到了水里，有的人被渔线缠住了。一位戴着棒球帽的胖女人尖叫了一声，连带着她的鱼桶“扑通”一声掉进了海里，好几条鱼心怀感激地逃走了。

芬妮猛然落回水面，腹部着水，发出一声像大炮轰鸣般的巨响，溅起的水花把所有的钓鱼人都弄湿了。然后，她逃走了。

正在这时，她看到了我。她吃了一惊，转过身来，她的鳍尖擦过水底，卷起了一团沙云。“哦，见鬼！我不知道旁边有人！”

“你经常这样吓唬钓鱼的人吗？”我好奇地问，为了不吓到她，没有再靠近她。

“如果你打算向克利尔沃特先生告我状的话，那你就去吧！”芬妮的语气充满了挑衅。她转过身，在我还没来得及开口说话前，就迅速往学校的方向游去了。

可惜。我根本就来不及告诉她，我觉得她的行为有多酷。

抉　　择

星期六早上九点钟，我和克里斯同时走到我们宿舍的洗手间门口，就像是完全碰巧一样。“嘿，还有这样的事，你也在这里？”他假装天真地问道，目光从我身边掠过，“还有你，托克？”

“好吧，这把戏真的太老套了。”我并没有转过身去。

但是随后我就听到身后有脚步声。背对着敌人永远不是个好主意。我转了过来……看到那个海牛变形人正从旁边经过。玛拉吓了一跳，因为我正好在她经过时来了个急转身。“呃，嗨！”我急忙说，同时扑向洗手间门口的方向。太晚了！从里面传出来克里斯的海狮笑声，听起来就像是一个坏了的喇叭。

该死！我没法报复他了，因为我明天就不在这里了。我垂头丧气地蹲在屋子外，贾斯帕在我旁边坐了下来。“你会看到的，一切都会好起来的。”他真诚地说，递给我一块太妃糖，不同于他其他的东西，这糖上面只粘了一点点土。我强迫自己微笑，向他表示感谢。我也会想念贾斯帕的！

第一批客人上午晚些时候就到了。下车的家长们神情显得严肃而专注。这一次大家可不是来欣赏有趣的节目的，也不是来赞赏孩子们的能力的，而是来决定学校的未来。入口大厅、大型水族箱和礁湖里逐渐挤满了互相议论的海行者们。杰克和其他老师向所有人打招呼，亲切地和他们聊天，并时不时紧张地瞥一眼时钟。

“我真的很担心其他学生和家长会投票支持这个游乐园项目。”莎丽抱怨道，“那可怎么办？我还想留在这里呢，这两个月里我学到了这么多东西！我当然可以回到海里，可是能在陆地上学习真的太有意思了。”

我本想告诉她一切都会变好的，但那会是一个非常拙劣的谎言。我只是点了点头，一个字也没说。

约翰尼叔叔也到了，我决定以后继续这样叫他。“哎呀，今天又是这么热。”他气喘吁吁地说，“幸亏我在第二形态里是一条热带鱼！”

“是啊，”我说，“现在快告诉我，我的房间怎么了？”

“嗯……我恐怕……你的房间已经没有了。”约翰尼努力使自己的声音听起来很平和。

“什么？！”我希望我听错了，“发生什么了？如果发生地震，那我应该也能察觉到啊。着火了吗？还是……”

“我们的公寓被解约了。”他打断了我的话，“后来，我从房东那里了解到他不是自愿这么做的，但他无能为力。看来是有人给他施加了压力，一个很有影响力的人。”

“他们把我们赶出去了？”一阵冰冷的刺痛穿透了我，“就这样？”

约翰尼点了点头。“是的，一夜之间被赶了出去。我现在住在一个老朋友家里。你也可以在她的沙发上睡几天，可是之后，我们就得找别的地方住了。但这估计会比较难，因为我们付不起太多房租。”

我费了很大劲才忍住不当着这么多人的面放声大哭。“那我们的东西呢？我的画、机器人和我剩下的衣服呢？”

“我把所有的东西都装进了箱子，堆在一间储藏室里。反正也不多。”

也就是说，我没有了学校，也没有了家。约翰尼把我接走……然后我们差不多就要露宿街头了。这感觉就像我以虎鲨形态吃了好几个旧轮胎，还带着轮毂！这时，我心中产生了一种不祥的预感——我怀疑那是我的错误造成的。这背后会是艾拉的妈妈雷诺克斯女士在捣鬼吗？我为什么要告诉她我们住在哪个社区以及我叔叔叫什么名字呢？她一定查得到我们到底住在哪一栋房子里……

莉迪亚·雷诺克斯身穿白色套装和绿色丝绸衬衫出现了，把我从沉思中拉回到现实。她和艾拉以及那对老虎双胞胎保镖快步走进大厅。她大方地向左右两边微笑，和一些人打招呼，并在那些没能及时躲开的人的脸颊上飞吻。

她只看了我一眼。但是她的眼神和微笑让我立刻明白发生了什么。她已经大摇大摆地走了过来。“你在这学校的最后一天过得怎么样？我真的很抱歉。顺便说一下，关于你的公寓我也很抱歉。但这也可以理解：很多人都不希望和心术不正的人做邻居。”

“我们不是……”我固执地开始申辩，但她并没有让我说完。

“你们可以在海里生活，所以不必为自己担心，不是吗？”

她没有等我回答就离开了，踩着她的高跟鞋直接去找杰克了。艾拉又多待了一会儿，也许是为了让我再多欣赏一会儿她的名牌裙子、鲨鱼牙项链和犰狳皮手提包。

他们都走了以后，我转向约翰尼叔叔，说："是你告诉她的吗？关于我们公寓被解约的事？"

"没有。"约翰尼咕哝道，我从没见过他那斗牛犬一样的脸像现在这样阴沉。

"好吧，那么现在很明显了，到底谁是那位有影响力的人物，那位让我们的公寓解约的人。"我向他承认，是我自己向她透露了她需要的信息。幸运的是，他没有生气，至少没有生我的气。"你怎么能预料她打算干什么呢？别担心，孩子。这不是你的错。"

我感到可怕的无助。她把我干掉了……而且她就要成功了。

"亲爱的家长们，亲爱的同学们，大家好。"杰克清脆又平静的声音响起来，底下慢慢地安静了下来。我们都转向他，紧张地看着他。我们年轻校长的表情没有透露他在想什么，他继续说道："感谢大家再次来到这里。现在我宣布学校大会正式开始。实际上今天只有一个议程，那就是投票。"他深深地吸了一口气，"让我简单地总结一下：第一个提议是我们改变这所学校的办学理念，把它变成一个游乐园，附带授课。这样一来，我们很快就可以摆脱债务，还会有额外收入，学生也会有收益。"

我忐忑不安地看到有些人的眼睛开始发亮。哦，老天！

"但是为此您的孩子将不得不放弃周末和下午的自由时间。谁赞成这个方案，请选'同意'。"

"一个真正具有开创性的举措！"莉迪亚·雷诺克斯容光焕

发地说道，“学校不仅很快就能还清债务，而且还将有能力进行其他的投资。”

“注意，重要通告：这位蛇女士的理智被人吃掉了！”诺克斯从他的水族箱里宣布道，“是谁干的，能马上把这里恢复原样吗？”

人群中爆发出一阵克制的笑声，雷诺克斯女士冷冷地朝水族箱的方向瞥了一眼。“我认为，这里的水族箱有点儿碍事，也许应该拆掉。”她说，“另外，我认为有必要扩大淡水区，目前的重点都放在海洋上了，而且……”

“稍等一下。”杰克打断了这位律师，“我还没说完。第二个提议是，蓝礁中学应该继续保持它迄今为止的样子——一所年轻的海行者可以全身心地专注于他们自身发展的学校，不被人类观察到。然而，这意味着我们将在经济上需要继续奋斗。赞成这个选项的人，请选‘反对’。”

大厅里充满了紧张的沉默。

“那，我们开始吧。”米萨奇小姐说，开始分发选票和笔，“支持还是反对，这就是本次的问题。父母不在的学生可以替他们的父母投票。”

蓝礁中学决议选票

□同意　　　　□反对

父母双方，两张选票。单亲家长也有两张选票。每个学生每人一张选票。教师与学校职员每人两张选票，校长有三张选票。

选票是防水的，这样也好。诺克斯在水族箱里得到了一张选票和一支笔，他用嘴咬住笔，在“反对”上打了一个大大的勾。其他不会写字的鱼类家长请老师们帮忙。我看到有好几个选了“同意”。

我心里很难受。也许这是我最后一个留在这里的机会！我的笔还在选票上徘徊，一个勾也没打。没有人会知道我是怎么选的，但如果选“同意”就意味着背叛，背叛我情有独钟的女孩。

突然之间我感到一阵轻松，毫不迟疑地在“反对”上打了勾。

“同意”的代价对我来说太高了。

“请您填……嘿，你干吗呢？！”米萨奇小姐一脸不悦地从贝瑞父亲手中抢走选票，他正想偷偷多填几张。经过一场短暂的瞪眼怒视对决，最后那个宽肩膀的男人松了手。

我和莎丽交换了一个眼神。这次她的父母也来了。他们穿着沙滩服，没穿鞋子，有些孤单地站在朱娜家人的附近，后者正在帮他们填选票。从他们坚定的眼神可以看出，他们跟莎丽一样选择了“反对”。其他人是怎么投票的？很难说，我没时间去查看网上的论坛。在我做出选择之后，我唯一能做的就是为莎丽和其他人祈祷这里不会变成一个愚蠢的游乐园，那样的话，他们会一直工作到倒下，还只能从游客手里获取食物。

约书亚，那个章鱼舍监，拿着一个盒盖开了槽的大纸板箱到处走动，收集填好的选票。朱娜和她的父母也明确选择了“反对”，这一点我从他们看雷诺克斯夫人的眼神中可以看出来。但我不太确定其他人的选择，比如说克里斯、拉尔夫、内斯特和那只水母塞尔达。

最终每个人都投了票，包括礁湖和池塘里的家长和学生。

我们都在焦急地等待杰克和米萨奇小姐点票。最后，杰克站了起来，清了清嗓子。“亲爱的家长们、同学们，我们有结果了。一共有 57 票赞成……84 票反对！”

大家好像集体大声呼出了一口气，许多人欢呼起来。莎丽和我喜形于色地相互看了一眼。我们赢了！这是一个小小的安慰。如果未来我要来这里拜访朋友的话，我就不用付钱买门票了，反正我也买不起。

和美洲狮游泳的人

兴奋了好一会儿大家才平息下来。有一些家长还试图争辩，但杰克·克利尔沃特一言不发地向他们展示了投票的结果单。

显得格外恼怒的是雷诺克斯女士。“你们会尝到错误选择的后果——这将是这所学校的毁灭！你们做了错误的决定，会因此而失败。祝你们开心！”

艾拉妈妈的脸上出现了亮红色的斑点。也许她不习惯自己的计划被打乱。

“你们还会收到我的消息的，所有人！尤其是您，克利尔沃特。”她注视校长的眼神让人不寒而栗。站在她身边的两位美丽而危险的年轻女子也向人群投去威胁的目光。气氛一下子变得安静了，非常安静，以至于让我觉得，就算是大人也会害怕。

莉迪亚·雷诺克斯和老虎双胞胎转身走向出口。当她经过我身边时，她停了一下，带着冷冷的眼神低声说：“我听说你不仅羞辱和伤害了艾拉，还有我的一个亲戚。你难道还不明白吗，一个人对一条蟒蛇所做的每件事都会两倍、三倍地报应到自己身上？”

“首先，那是个意外；其次，您对我和我叔叔做的事情已经够多了。”我激动地答道。

艾拉的母亲根本没有听我回答，就离开了，真希望她再也不会回来。

“多么让人恶心的女人。”约翰尼叔叔低声咕哝着，只有我能听见。接着他清了清嗓子，“蒂亚戈……是时候了。”

对的，确实是这样。

“马上，好吗？”我喉咙一紧，感觉有一个巨大的肿块堵在里面，“我必须先跟大家告别。”我和那些恰巧站在附近的老师们握手。

“保重。”怀特小姐说。

“您也是。”我心情沉重地回答。

“我真的很抱歉。”杰克说，“如果你们的经济状况有所好转的话……这里随时欢迎你，蒂亚戈。感谢你对大沼泽地任务的支持。你们都做得很好，没有你们诺艾米可能活不下来。”

我拥抱了贾斯帕，他显然还不相信我会很快离开。我们班的班长蝾鱼朱娜说：“哦，蒂亚戈，太可惜了！”玛拉给了我一个伤心的微笑，诺克斯说：“把你的鳍挺直，伙计，千万不要上任何钩！”

克里斯同情地看着我说：“少一个竞争对手是好事，可是我还是觉得遗憾。如果你明白，我是什么意思的话。”

“我也是。”我说。趁着我的犰狳朋友正好不在身边，听不到我们的对话，我悄悄地补充道：“也许你可以照看一下贾斯帕？”我瞥了一眼艾拉、托克和贝瑞。他们正在入口边徘徊，急切地等待着在我告别时会有什么尴尬的事情发生，这样他们就可以嘲笑我了。

“我会的。”克里斯保证道。

露西用八只手抱住了我，祝我“游得好，游得远”。就在我尝试把她所有的吸盘从我的皮肤上移开时，芬妮带着一副不可捉摸的表情朝我走来，她的手插在短裤的口袋里，眼睛藏在太阳眼镜后面，顶着一头桀骜不驯的蓝色头发。“嘿，虎鲨。”她说，“你没有告我的状，我觉得很好。你人还不错。你要走了，很可惜。”

“告什么状？”红嘴鸥达芙妮和水母塞尔达一起凑了过来，生怕漏掉一个字。

“跟我来，我全都告诉你。”芬妮低声说，又朝我微笑了一下，把这位唠叨的海行者从我身边引开，往通向二楼的楼梯走去。这时莎丽正好向我走来。我的心跳立刻加速了。我们心照不宣地往礁湖边走去，那里会安静一些，不受别人打扰。艾拉的人想跟着我们，但布璐、诺亚和克里斯挡住了他们的去路，他们生气地抱怨着，只好作罢。

“你还得收拾行李吧？”莎丽说，“我和你一起去。”

我们沉默着并肩走了一会儿，然后她说：“我爸妈不敢相信一条鲨鱼成了我最好的朋友之一，有意思吧？”

“是的，很有意思。”我说，不知怎么地，我居然对她微笑了。我最好的朋友之一。此时此刻，我想我会毫不犹豫地站在她和一只冲过来的霸王龙之间，保护她免受攻击。“在我以前的学校，也不会有人相信我最好的朋友实际上是一只海豚。”

莎丽调皮地笑了笑，但随后她的眼神开始变得忧心忡忡。

“你必须保守秘密，无论如何，绝对不能让人知道林行者和海行者的存在！”

“我当然知道。”我很快向她保证，但仍有些内疚。我的同学兰多曾看到我部分变形，到目前为止，我都还在为这件事烦恼。我一直很胆怯，不敢和他谈这个问题。我必须要改变这一点。“哦，对了，我有东西给你。”

我赶紧从旅行包里拿出我昨晚刚刚准备好的礼物。是一张画，画的是作为海豚的她在水下向我游过来打招呼的场景。我在上面留了我的名字和一个小小的鲨鱼剪影作为签名。

“哇，这幅画真漂亮！”莎丽说，同时撩起几缕挡在眼前的小麦色头发，拿起了那张纸，“等等，我要把它保存在我的脑海里。”她专心致志地看了几秒钟画，然后想把纸还给我。

“不，不，它现在属于你了。”我说。

我最好的朋友看起来有点困惑，接着她笑了。“属于？对哦，人类可以拥有物品，我还在适应呢。我有没有告诉过你？我最近在收集一些特别漂亮的贝壳，把它们放在礁湖底，摆成一个圈。”

“哪天你得给我看看。”我说，擦了擦正在变得潮湿的眼睛。我们无言地拥抱了彼此，然后我拿起收拾好的旅行包，沿着一条小路走向停车场，穿过棕榈林和变形场地，约翰尼在停车场等着我呢。不，最好不要回头看。

但是一个响亮的声音改变了我的计划。当我正要经过淡水湖和最北边的喷泉时，听到有人喊道：“嘿！嘿！蒂亚戈！我还有话要跟你说。”

是卡拉格，一个金发男孩的模样。他气喘吁吁地朝我跑来，在我面前停下。“你知道我和变形人参议会的关系还不错吗？刚才趁大家投票时，我给主席打了一个电话。他是一个狐狸变形人，在盐湖城当律师。”

“那又怎么样？”我不明白这是怎么回事。

卡拉格的脸上露出了灿烂的笑容，阳光使他的眼睛发出金绿色的光芒。“我们达成了一致，你可以直接从林行者委员会那里获得奖学金。自从安德鲁·米林的资产被没收以后，就设立了一些新的奖学金。你的奖学金刚刚获得批准。”他又悄声对我说，“你们的老师加西亚先生为你做担保了，他也是委员会的一名成员，而且据我观察，他是个好人。你在大沼泽地的特殊任务中表现出色，给他留下了深刻的印象。”

我惊讶得下巴都快要掉下来了。奖学金？他是认真的吗？而且偏偏还是那个最严厉的、认为我是个危险分子的老师支持了我？可是我嘴里只说出来一句“什么”。

卡拉格又耐心地向我解释了一遍。

我松开手指，包“啪嗒”一声掉在地上。里面发出当啷一声脆响，但愿不会又要换一部新手机了吧。我真的可以留下来吗？好像是的。看起来，这一切都归功于一只怕水的大猫，还有一个我最不喜欢的老师。或者说，我曾经最不喜欢的老师。

我没注意到，约翰尼也走了过来，显然他听到了我们谈话的内容。

“有什么条件吗？”我的叔叔问，他听起来满怀希望，但有一点怀疑。

“呃，有的，蒂亚戈的成绩不能太差。”卡拉格说着又转向我，他似乎有点担心，“委员会期望你的平均成绩是 2 分。不能有科目低于 4 分。你能做到吗？”

“就算让我拼尽全力也不怕，我能做到！”我向他保证。下一刻我就疯了似的开心起来。我们大笑着，欢呼着，抓住对方的肩膀，在小路上疯狂地跳跃，差一点掉进了喷泉里。其他同学当然想知道发生了什么事，他们好奇地跑过来，聚集在我们周围。

“我可以留下来了！”我看着大家的笑脸宣布道，也看到了艾拉阴沉的脸。她的两个同伴一直站在她身后一步的位置，用崇拜的眼神望着她。

“这太酷了！”贾斯帕很高兴，“看，奇迹会出现的，怎么样，我说对了吧？”可他突然变得严肃起来。他现在是一个不起眼的削肩膀的人形，可是当他走到人群面前时，似乎显得比平常高大很多。也许是因为他看起来如此坚定。他要干什么？

“可是还有另一件不好的事。”他看着吃惊的艾拉，严肃地说，“你身上有属于他的东西……他和他的同类。我认为，你必须还给他。”他指着挂在艾拉脖子上的虎鲨牙项链。

“我也这么认为。”莎丽说。布璐和诺亚也点头。

艾拉拍着自己的额头。“你们疯了吗？这是我妈妈花钱买的！这是我的！”

“可能是吧。”刺尾鲷女孩奥利维娅说，并且像在舞台上一样有点夸张地伸开双手，“但是想象一下，如果我们中有人戴着人类牙齿做的项链，我相信人类也不会喜欢的。”

“是的，简直是变态。”朱娜支持她，“我以班长的身份这样说！”

“把它给蒂亚戈！”贾斯帕又说了一遍，紧紧地盯着艾拉的眼睛。

贝瑞和托克威胁性地往前逼近，但同学们并没有被吓到，没有人往后退。我清楚地看到，艾拉的朋友们是如何开始变得慌乱不安的。我简直不敢相信，经过一番大喊大叫和抱怨之后，艾拉真的摘下了项链，把它递给了我。那些锋利的、棱角分明的牙齿就握在我的手里。我知道有一个适合安放它的好地方。我把项链装进了我的旅行包里。幸好包里摔坏的不是我的手机，而是我的牙刷杯。

“可是这个犰狳包我无论如何一定要留着！”艾拉破口骂道，同时打开拉链想拿东西，也许她想给她的鼻子补点粉。但她的手刚刚伸进包里，就尖叫着抽了出来。她的手指上吊着两只正在挣扎的螃蟹。

“这是谁干的？”托克吼道。

“哎呀，这似乎是我的主意。”莎丽说，我忍不住咧嘴笑了。

当螃蟹们意识到它们置身于新鲜空气中时，就松开了钳子，掉到地上逃走了。看来还有很多它们的同类在包里，因为现在有一只钳子从里面划开了一道口子。“嘿，这是要干吗？”艾拉大叫着把包丢下，眼睁睁看着它被螃蟹们撕成五彩的碎屑。

贾斯帕满意地点点头。

我环顾了一圈停车场，难得一见的美好场景，全班同学几乎都站在我和贾斯帕后面……而在另一边，艾拉、托克和贝瑞孤孤单单地站着。这三个人一下子变成了局外人。

“我要留在这里，你觉得可以吗？”我问约翰尼叔叔。

他对我微笑着说：“只要你下个周末去迈阿密看我就行。”

“我会的。”我向他保证。他是我现在唯一的家人，总有一天我会告诉他，他对我有多么重要。虽然我在单亲家庭长大，但他抚养我很尽责。只是现在不行，因为周围有一大群人在听我们说话。

我们彼此紧紧地拥抱道别，然后我把我的旅行包带回三号宿舍。整理好东西之后，我向舍监约书亚借了一把锤子，把那串鲨鱼牙项链钉在了我们宿舍的门上。

“这看起来像什么？”我转了一圈问道。

“好像表示一个海行者住在这里。”躺在附近海滩上的克里斯说。

“好像你咬了太多次花岗岩。”礁鲨拉尔夫说。

“好像你打算在这块领地上长期盘踞下去。”莎丽说，她正以海豚形态在礁湖里游泳。

“看上去很有咬劲。”贾斯帕说，喜滋滋地看着我，“但是很酷！”

致　　谢

开始创作一个新的系列，就像跳进水里，你必须先发现水是热的还是冷的。幸运的是，这一次是温暖的，就像佛罗里达的海，我们做调查研究时，曾在那里游泳和潜水！这次，我最重要的助手还是我的儿子罗宾—每次他急切地等待着最新的章节，这对我们是极大的鼓励。读完之后他马上就对如何使场景变得更好提出很棒的建议。

感谢克里斯蒂安·塞斯和萨宾娜·赫斯科恩再次扮演了很好的试读人角色。安娜·布尔纳以及乔娜和简·法伯也提出了一些有趣的建议。诺艾米·德·保拉，这个女孩，促成了黑豹女孩诺艾米这个角色，她提供了一个非常好的主意。同时也要感谢索尼娅在加利福尼亚试读了本书，以及克里斯蒂安的喜爱！

我还要一如既往地感谢我的编辑团队：来自阿瑞纳出版社的斯蒂芬妮、弗兰克·格里斯海姆，我能够和他们广泛地讨论和发展“海行者”系列。还要特别感谢盖尔德·F.鲁姆勒、玛蒂娜·库舒克，还有这次负责服务、支持我的鲁姆勒经纪公司的多丽特·顾利西。

译　后　记

亲爱的读者朋友，你好！我是本书的译者王沛迪（德文名：Peidi Fiona Wang）。我2007年出生于德国，3岁时回国，现在就读于上海德国学校。你现在看到的这本书是我在2020年新冠疫情期间翻译的。

我平时就很喜欢阅读。疫情暴发之后，为了阻断病毒的传播，所有人被要求待在家里。宅在家里时间久了我就感到有些无聊。有一天看书时，我突发奇想，想要翻译一本书。刚开始只是心血来潮，但是后来我想，如果我真的能做成这件事，会怎么样？于是，我就翻译了自己很喜欢的一本德文书《海行者》中的一个片段，译好后我给我的父母看了一下。他们觉得很不错，但不太相信我是认真的。在我的坚持下，爸爸终于答应帮我联系作者，前提是我要把前两章先翻译完。

当我真的拿出两章手写的译稿时，爸爸遵守自己的承诺，出面与原作者联系，同时也告诉我不要抱太大的希望："我们可以试着写邮件联系作者。但是你要知道，作为一个目前最受欢迎的畅销书作家，她的粉丝成千上万，也许每天都会收到大量的邮件，我们的邮件可能会被淹没其中。即便她看到了邮件，这么成功的一套书，也许已经委托专业译者在翻译了……即便这本书还没有翻译，她也有意将书翻译成中文，为什么不找专业译者，而是委托给一个12岁的学生呢？”

听了爸爸的一番分析，我觉得我不太可能收到回信，或者会遭到作者的拒绝。所以当我收到作者卡蒂亚·布兰迪斯第一时间的亲自回复时，我喜出望外。她不仅对我的勇气给予了充分肯定，而且明确表达了支持，还介绍了阿瑞纳出版社版权部的负责人与我们联系，启动了授权等相关事宜。她是认真的！我也就正式开始翻译了。

我给自己定了一个宏伟的目标，要在自己还是12岁时完成这项工作。我制定了一个工作表：首先我把译稿写在纸上，交给妈妈，请她帮我录入到电脑里，再交给爸爸，请他帮我修改错误和不恰当的文字表达，最后我的弟弟浩迪来当译文的第一位读者。原计划每周翻译一章，我觉得很快可以完成。我把工作进度标到白板上，每完成一章就打一个钩。

古人说打仗时人会“一鼓作气，再而衰，三而竭”，实际上做任何事情都是这样的。翻译初期进行得挺顺利，但是到了后来，我发现这工作真的很累人，因为我每天除了翻译还要上网课。一遍又一遍地组织句子和一次一次地查字典真的枯燥到让我怀疑人生。这本书里还涉及很多难翻译的与动物有关的名词，为了做到准确地翻译，真的让我费尽心思。就这样我翻译了半本书。按理说已经过半了，应该会很有继续下去的动力，但事实上当时的我感到身心俱疲，甚至有些想放弃，进度也变得越来越慢。

可是一想到要半途而废，我就感到很难过。而且自己快要

13岁了，这让我还是有些不甘心，我就硬逼着自己加快进程。幸运的是，在我不断地查字典和反复斟酌字词句后，我惊奇地发现翻译变得越来越顺畅和轻快了。于是我慢慢恢复了信心和动力。

终于，在刚刚过完13岁生日时，我完成了翻译初稿。我很庆幸我虽然“衰”过，但没有“竭”。看来，有时坚持本身就是有意义的。

正当我觉得大功告成时，爸爸告诉我译稿还需要反复修改和润色。我们把稿子过了一遍又一遍，还采纳了其他人的建议，尽最大努力把译文变得更流畅、优美。在译稿修订上花费的时间几乎和翻译一样长。

我原本以为一本书翻译完就可以直接付印，后来真正开始了，才知道还有另一个更大的挑战，就是在翻译、编辑制作书本之前要先找到愿意出版的出版社。尽管“海行者”系列在德国非常成功，曾经蝉联《明镜周刊》青少年畅销书的榜首，但是中国读者对它还是很陌生。另外，中德两国的教育体系和国情很不同，“海行者”的目标群体是十几岁的青少年，这在德国正是大量阅读各种课外书籍的年纪，而同年龄的中国学生却有着繁重的课业，可能没有那么多时间来阅读课程之外的书籍。所以很多中国出版社对此都有顾虑。经历种种周折，后来在知名德文版权代理蔡鸿君老师的帮助下，我们联系上了后浪公司，他们对“海行者”系列非常感兴趣，决定出版该系列作品。（特别提一下，我非常喜欢“后浪”这个名字，它的意思好像就是专门鼓励年轻人的，而且和“海行者”的故事主题特别搭，非常酷！）

由于政府很快成功控制住了疫情，学校也恢复了正常上课。尽管有原作者卡蒂亚·布兰迪斯的热情鼓励，尽管我内心也十分不舍，但在反复考虑之后，我还是决定专心学业，放弃翻译“海行者”的后两部。

翻译一本书是非常消耗时间和精力的，需要的不仅仅是语言知识，更多的是耐心、细心和毅力。在翻译过程中我遇到了不少困难，中间还有过放弃的念头，不过最终还是克服了。通过这次翻译，我不仅亲身经历了一本译著产生的全部过程，还收获了许多在学校里学不到的经验。

在这里我要感谢我的爸爸、妈妈和弟弟，还有原作者卡蒂亚·布兰迪斯女士、版权代理蔡鸿君老师、后浪副总编辑尚飞老师和编辑宋燕群老师、德国阿瑞纳出版社以及后浪公司，正因为他们给予我的信任、支持和鼓励，才有了这本译作的问世。

当然，我还要感谢我自己。多年以后，我应该会很感谢当年的自己，做了挑战自己的决定，尝试做这样一件事，并且努力完成了它。

最后，我衷心希望你会和德国的读者一样，喜欢并享受“海行者”的故事。

王沛迪

2022 年 3 月

图书在版编目（CIP）数据

海行者. 小心！虎鲨变形人 / (德) 卡蒂亚 · 布兰迪斯著 ; (德) 克劳迪亚 · 卡尔斯绘 ; (德) 王沛迪译. -- 福州 : 海峡文艺出版社, 2022.10
ISBN 978-7-5550-3044-7

Ⅰ. ①海… Ⅱ. ①卡… ②克… ③王… Ⅲ. ①儿童小说—长篇小说—德国—现代 Ⅳ. ①I516.84

中国版本图书馆CIP数据核字（2022）第136338号

Written by Katja Brandis
Illustrated by Claudia Carls
Seawalkers.Gefährliche Gestalten

www.arena-verlag.de
Chinese language edition arranged through HERCULES Business & Culture GmbH, Germany

版权登记号 图进字：13-2022-075

海行者：小心！虎鲨变形人
［德］卡蒂亚 · 布兰迪斯 著 ［德］克劳迪亚 · 卡尔斯 绘 ［德］王沛迪 译

出　　版：海峡文艺出版社
出 版 人：林　滨
责任编辑：陈　瑾
编辑助理：卢丽平
地　　址：福州市东水路76号14层
电　　话：（0591）87536797（发行部）
发　　行：北京浪花朵朵文化传播有限公司

选题策划：北京浪花朵朵文化传播有限公司
出版统筹：吴兴元
编辑统筹：尚　飞
特约编辑：宋燕群
营销推广：ONEBOOK
装帧制造：墨白空间 · Yichen

印　　刷：天津中印联印务有限公司
经　　销：新华书店
开　　本：889毫米×1230毫米 1/32
印　　张：8.5
字　　数：130千字
版次印次：2022年10月第1版　2022年10月第1次印刷
书　　号：ISBN 978-7-5550-3044-7
定　　价：45.00元

读者服务：reader@hinabook.com 188-1142-1266
直销服务：buy@hinabook.com 133-6657-3072
投稿服务：onebook@hinabook.com 133-6631-2326
官方微博：@浪花朵朵童书